北斗京华

周汝昌 著

周伦玲 整理

北京出版集团公司
北 京 出 版 社

图书在版编目（CIP）数据

北斗京华 / 周汝昌著；周伦玲整理．— 北京：北京出版社，2018.8
ISBN 978-7-200-13453-7

Ⅰ．①北… Ⅱ．①周… ②周… Ⅲ．①回忆录—作品集—中国—当代 Ⅳ．① I251

中国版本图书馆 CIP 数据核字（2017）第 267634 号

总 策 划：安　东　高立志　　策划编辑：司徒剑萍
项目统筹：魏晋茹　　责任编辑：司徒剑萍　魏晋茹
责任印制：宋　超　　封面设计：田　晗

北斗京华
BEIDOU JINGHUA
周汝昌　著
周伦玲　整理

出　　版　北京出版集团公司
　　　　　北京出版社
地　　址　北京北三环中路 6 号
邮　　编　100120
网　　址　www.bph.com.cn
总 发 行　北京出版集团公司
印　　刷　北京华联印刷有限公司
开　　本　880 毫米 ×1230 毫米　1/32
印　　张　9.375
字　　数　173 千字
版　　次　2018 年 8 月第 1 版
印　　次　2018 年 8 月第 1 次印刷
书　　号　ISBN 978-7-200-13453-7
定　　价　58.00 元

如有印装质量问题，由本社负责调换
质量监督电话　010-58572393

自序

（一）

我在北京生活了数十年，外乡人视我为“老北京”，以为我必然是个“京通”的专学家。其实这离事实很远——说来也许人家不相信，我并无资格写一部“北京生活五十年”的专著。我对北京这个伟大的民族历史文化殿堂与宝库，所知太有限、太零碎、太琐末了！只因友好的介绍与敦促，出版社方面诸位的不弃，这才使我决意试笔。

我从一九三九年首次眼见到当时北京的风貌气象；从一九四〇年读大学，住西郊为始，中经六年（沦陷）失学与两年执教于成都华大、川大之外，一直是北京的居民，其见闻经历，不应算是十分微少贫乏吧。但我学生时，不知几个月才得进一次城；而后来当编辑时又是坐班制，难得到处去游览娱乐；再后则病弱、目坏……，虽然身为研究员，已难外出活动。如此粗叙，已可见我上文自云并无资格写出一部名实相副的书，绝非谦语虚词。

自我亲见老北京之前，听说那变化已是太大了（庚子、辛亥、沦陷……）；而自我入京居京之后，那变化更是巨大得多。以前的，我连想象也不能得其万一。亲历的，则又笔不足胜任一个叙写梗概的职责。以此之故，我下笔之际，心情总是惭愧、惆怅、矛盾、杂乱……，这就使我这儿的文字更无可观之处了。

然而，巨细重轻，鲲鹏鹪雀，蹄涔海若……，自古也并存不废；人的阅历不同、处境不同，看事的角度重点也不同……，那么我虽是个零碎微末的“载记”者，其间也许又另有一番“境界”，也未可知。大手笔不肯不屑话及的，在这儿或可窥见一斑，从中得其意味——如此亦可自解自慰了。

我写老北京是想记录某些文化的痕迹，已经消失的梦寐难忘的中华艺术之大美至奇的古建筑、市衢坊巷，百姓商贾担贩的人情时序、古道淳风。

新中国的新北京，尤其自从明清的老城墙拆掉以后，其市容变化之巨大，实非拙笔所能形容，而我每一入市，已是难认何街何道，简直像外乡人“进城”那样陌生和“落后”了。几百万辆汽车塞满了整个北京的每一条通道，像水流一般永不停息或“断流”……外地来游者，除了逛故宫、游颐和园之类，已不再知道北京的历史风华何在了。他们却可以推知，老北京的优美的习俗民情，是中华文化的结晶的重要部分，这不会随市容之大变而归于消失。我愿以此小书作为祝愿的一种“心香”之献。

这个小文集是应邀特写的，极少数是旧撰。其文体带有一些回忆性质，但不是什么死板的流水史篇，也不是什么“大事记”，更不是名胜游记；只是以地、以人、以事为“三纲”而记我欲记之若干片段，此中存有“个性”，力避“八股时文”气。如果锡以美名，则无以名之之强名，或许可以“文化随笔”充之——愧甚愧甚。

我自创的一个文例是每篇之末有一首七言小诗。我喜欢这个形式。诗不全是重复“正文”的内容，是呼应、映照，以至是文“外”的补充，不拘一格。我以为可增情趣，也是中华诗文倚辅的传统特色。但此种诗不过是“竹枝词”体，通俗已甚，诗词专家幸勿以“高格”绳之，那就太远了。

诗曰：

紫陌红楼十丈尘，万家烟树瓦销鳞。

春愁依约宫墙柳，锦绣京华事事新。

庚辰上元节

（二）

我是天津人，北京还叫“北平”的时候，我就成了这地方的居民，也就以此为第二故乡了。直到今日，我还是认为：世界上最可宝贵的文明古城，如今只有北京了，实在太稀罕，太可爱，无与伦比地令人依恋。

但是，老北京的风貌、格局、风习、浓郁的中华文化情味气氛，都变得很厉害了，我每一外出，总觉得自己已是个外乡人来到一个不大像北京的地方。

我非常爱诵诗圣杜少陵“每依北斗望京华”的名句。一九六九年秋至次年七八月间，身在湖北咸宁“五七干校”，白天劳动后，晚夕有时搭起布幕放电影。记得一次是看苏联创作的列宁、斯大林故事片。我们落北而坐的正是不歪不斜朝正北的方向。天渐黑了，天上星辰越发灿烂了，然而最令我注目的还是那北斗当空！

这时，我心中诵念的是杜老的那七个字——也只有这时，方才加几倍地体会到杜老写下这七个字的心情。

老北京一片一片地消灭了，一面消灭，一面报纸上还不时出现“保护古都风貌”的大标题。人们的心愿挡不过开发商的财力富豪力，而且媒体也有文章指出：每十年出生一“辈”人，他们的差别就不是不显著，对一切事物的看法想法就不一样……那么，他们目中的北京，与我就绝不相似了——他们愿看我这本书或者即使看了，看得出“滋味”吗？

我说过的：我所“赶上”的老北京，已然是“尾巴的尾巴”。真正见过老北京的，读我的小书，不免生窃笑之心，书内所叙未免太孤陋寡闻了，竟敢题曰“北斗京华”，何其妄也！

原谅吧，谁使我这么孤陋寡闻的？我岂甘愿如此？历史安排的，我的一点儿知识只能如此。我还是时常想起梅花大鼓泰斗金万昌先生“王二姐思夫”之唱词“七小星拱北斗”，当王二姐刺绣时“七针扎”扎的就是“七个小星”。这星可不“小”，而中华人总认为这七星之下所笼罩的地方就是北京！

多么可爱的“北斗京华”一词，拙著竟得此以为书名，何其幸也。

——是为新序。

古历丙戌年，第一个“文化遗产日”

（二〇〇六年六月十日）写记于京华

目　录

楔子

燕京人海

我家原在“七十二沽”之间，不知哪世修来，得为北京人。若说也不过是寄寓侨乡，那也不然——证据就在一首词里：先师顾羡季（随）先生题拙著《红楼梦新证》的《木兰花慢》，后阕的起句即云：“燕京人海有人英，辛苦著书成。”燕字平声，京字为句中“暗韵”，是本调的定律。顾先生是昔时旧京人人皆知的“苦水词人”（苦水，是因用外文拼音的名字 ku sui 读起来就成了您的乡音的“苦水”了），有您此词特为标许，说我是燕京之人，这个资格就不同于等闲之言谈议论了。

但若以为我真够个“老北京”的称号与实际，却又惭愧无以克当。事实是我于一九三九年方得到“北平”来投考燕京大学，太晚了！真正的老北京，未曾赶上她的全美首善，仅只是个“尾巴”的“尖儿”——也许还够不上，岂敢冒充什么。

然而，我又确实在北京住了好几十年，所经所历，所见所闻，对今日之“当代北京人”来说，也有其“我如不言，后人何知”的“身份”。何况真正的老北京土著的“视角”与“心态”，未必与我全同，我于是不妨也来一叙五十年的北京生活之若干片段。“未尝不可”（《红楼梦》中茗烟之语），“谁曰不宜”？（这是谁先说过的话，可记不清了。）

苦水词人的那一句“燕京人海有人英”，暗藏两个典故：一个易知，是东坡诗的“万人如海一身藏”；另一则不易知——除非谁记得我的不计其数佚稿诗词，其中一首《水调歌头》有句云：“红桑几化人海，来作海中人。”先师看了，赞许那“来作海中人”五字运化得好。所以他老人家又在《木兰花慢》里用上了它。这些往事，文家心里喜欢讲求的中华笔墨之事，不知今后尚有留意而追寻，勿致一概随着“西化”而亡失者否？

北京是人海——又岂止“万人”哉，那真是北斗京华，东方宝库，才彦之奥区，英贤之渊薮。沧海一粟，也正可作“奇”观也。

来作海中人，前后已满五十年矣。

诗曰：

万人如海一身藏，语妙东坡试忖量。

人海人英有新意，木兰花慢味何长。

轮痕履印

古历丙戌（一九八四）夏至节日，我有一首七律，其句云：“至日云鸿喜不遐，春明风物系吾家。轮痕履印坊南北，茶影诗魂笔整斜。霏屑却愁琼易尽，揖芬长愧墨难加。揩摩病眼青灯永，惆怅东京总梦华。”此诗原为邓云乡先生新著《燕京乡土记》而作。那本书似乎是当代人所写的第一部追记燕京旧俗的著作，所以觉得非常可贵，他对老北京的感情，引起了我的共鸣与“伴奏”。诗中有他有我，颇有一番难以尽言的感叹。

今日年纪小些的人，也许连这种平易的中华传统诗也读不全懂了，少不得絮言几句：云鸿，是“雁足传书”古事的变词，亦即书信邮件的代词。不遐，是用古诗“不我遐弃”之义。春明，指京师，如明清之际的一部名著就叫《春明梦馀录》，专记北京古迹。霏屑，比喻美谈的话语“如霏玉屑”，洒然不绝，十分可赏。加墨，是为人修改润色文章的婉词。宋代旧京在今开封，古称汴州，亦曰东京，宋亡后，遗民作《东京梦华录》，备记当日汴京的繁华景状，览之令人神往，令人惊叹——也令人痛惜那种中华文化积累的不能保存，荡然俱尽。

诗曰：

游履轻尘也看花，洗碑拾石亦京华。

惭言著作三千牍，未有藏书富五车（chā）。

东京——北京

东京已不存在。它与北京又有什么关系？

答曰：关系太密切了。我住北京数十年，喜爱的文物风貌，却包含着东京汴梁的“质素”。我属于中国的“文人型”，天生就是爱和这些历史的悲欢离合打交道、话家常，不讲这个，我的“生活”就太乏味了。

老北京的全部格局，来自何方？定于何代？人人皆知的是它基于元代的大都的建置。但其实际——包括景观外貌与习尚风情，却是由金人从宋京汴梁“转运”而来的。所以我住北京，竟然可以连带“温”一点点儿“东京梦华”的佳境。一句话，我是要表明：老北京的历史文化内涵之丰厚，简直难以一个“地方”而浅观简论之，住北京这本身就是一个莫大的文化幸福！

金人灭了北宋，把无计其数的皇亲、富户、妇女、工匠、商贩、三教九流、百般人等，都掳捕驱迁到燕山府（今北京），修建布置起一座辉煌巨丽的新都城来——这“里面”可就包含着大量可见与不可见的宋京文化的“成分”，一直不绝如缕地传流下来。

人们熟闻的，总不出这些：如今“北海”（早叫“公园”了）奇石垒成的“琼岛”，乃是汴京大内“艮岳”的遗物（艮岳就是“花石纲”的一大历史典故和事件，引起了一部《水浒传》……）。还有老北京小酒馆里，要二两一壶的酒叫作“一个酒”，而“个”乃是北音把“一角酒”说讹了音（j、g二音自古互转），看宋代“话本”小说时，就明白了“一角酒”传到了北京，这话始终“活着”。

实际上，汴京炒栗子的名手李和儿，也被掳到燕山，怀念故国，见了宋使臣，拉住马，流泪相诉。这事情被陆放翁（游）记在《老学庵笔记》中。北京昔时炒栗的甜香冠于天下，是有来由的。

故宫藏有元人迺贤的诗卷，题咏他所见金都燕山的古迹名胜——当时已被元人破坏，所剩无几，诗卷遂成极其珍贵的文物文献（已刻入《三希堂法帖》，但此石字迹已不复存）。

但我最不忘怀的却是老北京市肆繁华处无数商号店铺的木结构两层小楼，其美无比！这就全是从东京“搬迁”而来的中华宝物！（可惜，从不受人珍视，百分之九十以上俱已拆毁，改建“洋房”了。）

我的拙句，“惆怅东京总梦华”——就是慨叹就连这种仅存的残痕剩迹，也都年销月减，渐至无影无踪，只能“纸上空谈”而已。

诗曰：

汴州繁盛只观书，幸有燕王是国都。

烟树蓟门前史在，不应遗迹付虚无。

斯文向往

文化神游

我的出生地在清代雍正朝以前，本是“河间府静海县”（属河北省，今为天津市之郊县）；静海有一位名人叫励宗万，康熙六年进士，历雍、乾两朝为官，他受乾隆之命，撰作《京城古迹考》。其书亦引古书志乘的记载，也有自己的踏访见闻，开头叙述北京的建置沿革，述明京师之地在周为燕国，在汉为广阳郡，永平八年（公元六五年）始置建幽州刺史。以后幽州一称未绝。慕容氏时为蓟门城，城有十门，著名的“铜马门”即其一也——而“蓟门烟树”又成为“燕京八景”的一大典迹。至唐，始名范阳郡……他引《春明梦馀录》说：“旧幽州城在今城西南，唐藩镇城，——即辽、金故城也。”

访京、居京之人，对这些应有一个起码的知识，不然就是“史盲——文化盲”了。

除了清代学人的引据撮述，我们今日的“北京知识”那又丰富多了，只就北京地区始建城池（都会）一点来说，近年考古、史地各界专家已经做出了崭新的贡献，在此粗叙，也属于我居北京的主题内容之一部分。中国人有点儿“历史癖”，由来已久（此癖到底是“福”是“祸”，看法不同，这就轶出题外，不再枝蔓了）。

话说武王伐纣克殷之年（赵光贤教授主张是在公元前一〇四五年。侯仁之教授赞成此说。当今“夏商周断代工程”学术研究结果尚未发表，故我只能引我所知见的论点），先封召公于“北燕”（因另有燕在今河南境，故以“北”别之），而同时却另封有一蓟国（诸侯称国）。燕之故址近年才发现，实位于房山县[1]琉璃河董家林村。它在蓟城的西南百里，而燕城东北的蓟城，才是如今北京的“前身”——亦即后来称“前燕”的慕容氏的蓟门古城了。

据史乘所说，“……后魏为幽州治。越唐为范阳郡，置卢龙节度使，亦治幽州。晋天福中入于辽，升为‘南京’，曰幽都府，太宗建城，方三十六里，崇三丈，……具八门；后改号燕京，为永安析津府。逮金天德三年，始迁都焉，仍号燕京；贞元元年改为中都大兴府，后海陵增广其城，门十有三，……元世祖至元四年，于（金）中都之东北建城而迁都焉，……”——这才是明清时北京城的基本方位与布局之定格，也即史家所称的“大都”。

燕京一名，至今多见运用，我的母校就叫燕京大

---

① 编者按：今改房山区。

学——今有新建之燕京研究院。“大兴”一名久存，成为县名。“析津”，只有《析津日记》一个书名。“永安”早已湮没无闻。至于北京也曾称为“南京”，今人聆之，定会诧为“稀奇”了吧？

诗曰：

神京路远指何方，北斗依依耿夜光。

好认天人合一处，地灵天宝不寻常。

皇都帝里

若一提老北京是“皇都帝里”，就会有人挑剔了：那么说叫作“封建思想”，或者还有更严厉的批判言词。其实呢，假若不是如此，那北京怎么会成为那样一种天下绝无、世上仅有的建筑规格、人文气象呢？讲历史，按事实，若不实事求是，又如何能真正了解与理解北京的一切？刘姥姥都懂得“……终是天子脚下”；林黛玉平生第一次进入“神京”，眼见的就是“其街市之繁华，人烟之阜盛，自与别处不同”。因何独此“不同”？不同何在？要想回答此问，离开“封建思想”的“皇都帝里”，你又有什么样的“反封建”的解释？愿聆雅教。

听老北京人说，北京自明及清，已经历了几大巨变：在早的不论，最严重的是庚子之变外国军队入侵的破坏，尤其东单牌楼一带炮击之点，连带东江米巷（后讹为“东交民巷”，成了外交使馆），旧貌荡然无复可寻了。其次是辛亥革命之后，政治移设南京，旧都原貌被一些不学之辈乱拆乱改，又有大批皇都旧观归于销灭。到我这个学生于一九三九年（民国廿八年）入京，则所见者实在已经很可怜了——然而今日想来，就是那些残景也成为“天上人间”了。这大约也就是我写此书的理由之一端吧。

诗曰：

每依北斗望京华，负笈燕园爱国家。

痛惜古都沦陷后，神州犹有不凋花。

进北京

入京之人，谁也不会忘记他第一次映入眼中的京城景象。

那时，我从家乡晋京的入口在“前外”东侧的老车站。

那时，由津至“京”（还叫北平）的火车，疏疏爽爽，清清闲闲，自自在在——没有多少人，也用不着纷争拥挤。及至车到京城终点，从车窗看见了真正的老北京的城。这不是个“名词”，是个实体。它那么古老，而又那么完整、现实；它那么峻伟，而又那么亲切近人——你一伸手，就可以摸到它，并无任何阻挡隔阂。

车缓缓停住了，乘客们从从容容下了车，脚踩着了北京的地面。我的感觉很奇异，但难以文词传达。

出了北京（老）车站，回头一望，见那是一座弧形顶红砖建筑，当时那是个很洋气的物色了。但一朝前走，“北京味儿”就扑面而来，令人立刻置身于一个异样不同人间的境界中。

出站是向西行，右手就是一排带廊子红柱的房屋，已与别的地方两样。走到尽处，接的是城墙旁门——此墙是连接在正阳门楼的。进了这门，才是真正的内城——老北京的主体：内城。

进了内城，入眼景色全新。这新，是外地人初见京城风貌的新。本地的老年人也会说新，只是意味不同：我所见的早非明清之旧观，因为辛亥革命后把皇城拆了，天安门外六部口内衙署消失了，只剩下皇城正门还有残痕可寻，已改名“中华门”。门内直到天安门外这一片，满栽了各色灌木小树，十分茂密，散步者都在此处游憩。这一景观，到新中国成立后仿苏联红场而建天安门广场，即又归于无有。

我这儿说的是一九四〇年的进城路线，前一年投考燕京大学时却与此不同，那是先在前门外“西河沿”去住旅馆。外城的事，容后另谈，因为我与北京的因缘是西郊海甸①与内城东城。

---

① 编者按：现称海淀。

如今且先说明：我早年学程十二分坎坷，也说不清经过了多少次的失学（四大原因：军阀混战，土匪猖獗，日寇侵略，水灾困阻），直到一九四〇年之秋，方得在京西郊读书。谁知只有一年半，燕园便被日军封闭解散。抗战胜利后，几经努力，又得重入燕园——到我毕业于西语系，已是一九五〇年。然后进入中文系研究院。一九五二年五月至一九五四年五月，入蜀在华西大学、四川大学外文系教授翻译。自一九五四年春夏之交，我正式落户于内城的东城，直至于今。

却说一旦定居东城，那么若从外城或外地回家，则必入正阳门东之侧门，循灌木空场的东侧而北行。此东侧是老洋式楼房样式，记得有一所北京最大的邮局，当时若寄海外信函，须到此局（因在东交民巷使馆区之旁也）。此侧并无民居——不像西侧还是老红墙，一排民户的门巷风光。倘若不循东侧直走，拐入一个小弯处，就是通往使馆街（原先翰林院等文化衙署所在），转而北，便还看得见残存的（八国联军炮火的罪迹）带琉璃瓦的某种叫不上名字的栏柱，——仅仅这一点点入目，立刻令你感到这是皇都，这是帝城，这是“日下”“春阳”，真是迥然与“尘凡”“俗世”境界悬殊了。

这样走不多远，眼前就是一座雄伟的“三座门”，此“门”像是一座城门楼，楼阁之下分列三个“洞门”，以通车马。它是跨“满”有名的长安街的特色古建筑，别的城市尚未见过。循此长安街往东不远，就到了街东口，那儿又一座金碧辉煌的牌坊（原长安街只到“东单”，以东全是窄密衔聚的民居，巷亦很狭。今日此街往东延伸，是新中国成立后拓宽展长的）。牌坊，本名“就日坊”（与西城对应的那一座叫“瞻云坊”），具名“东单牌楼”，而北京口语则只叫“东单”。

从“东单”往北行，笔直的大街（北京的街皆可用此语形容）忽到一处大十字街口，只见交叉之处，四面分峙四座大牌坊，其规制又大胜于“单”坊，真是美不可言——我每到此际，总是自愧“词穷才尽”，笔下写不出一句“像样子”的“文章”来足以稍表其美境，心里对不起它，惆怅而悲悯。

这叫东四牌楼，口语又只称“东四”。

从“东四”起，东侧的胡同（巷之专名）便排次起来，叫“东四头条”“……二条”……直到“十二条”为止。再往北，不排行了，有条胡同名曰汪家胡同，进去再往北，则一巷二名：西曰“辛寺”，东曰“门楼”。

这个门楼胡同，便是我定居北京的第一处“巢痕”了（巢痕是陆放翁诗中用语）。

诗曰：

长车缓缓驻都门，十丈崇墉古未昏。

帝里皇州成旧语，中华文化宝长存。

陋巷巢痕

这个门楼胡同，与它以南的大胡同相比，很显得敝旧简陋了。它与外城的一条胡同同名，因而我一度认为龚定庵（自珍）住过的就是这里——小文人的脾气怪，爱和历史名流才子攀点“关系”。其可笑大抵如此。

那是一九五四年春夏之交，我奉中央特调，告别成都四川大学的教职，经成渝新铁路，到重庆，穿三峡，回到阔别二年的京城。

下火车后，同座热情的一位同志，他单人下车先行，我是挈妇将雏，行动缓慢——他忽又走回来特意相告：有人民文学出版社的人来接你了。

我向前看时，果见一人，手执一面纸制的三角形小旗，上写欢迎我的大名，下款是那社名——就是通过中宣部调我的“单位”。

接我的叫老丁，后知是位工友，相貌不似粗人，镶着一颗金牙，很喜相——面上永远是一副笑容。来的是一辆小吉普，车经天安门前，我遥遥地望见了它，心中自语：“久别了，我又见到了你！”

这车就把我送到了门楼胡同。

这是一个小小的北京式四合院。在京城，万万千千的四合院，那高级的，进去让你惊讶它的规模与布置。而我到的这一个属于最“简单”的一种。

然而，正房的台矶很高，从庭院地面上说，它正如椅子之高，恰可倚坐。窗户是大扇上棂格下玻璃，窗台很低的局式。室内分隔为三间：东边是“落地罩”式木雕门，西边是槅扇隔开。

我到此虽比不上锦城华西坝的寓舍，却也十分心满意足了。

——谁知，此宅不吉，我在此进入了“背运”。

诗曰：

不知何义榜门楼，陋巷巢痕得小休。

谁料吉凶难定数，几多甘苦渐知愁。

北阙雄文

刚安住脚，还未上班，我的“顶头上司”聂绀弩带着他的好友与同人舒芜前来看望。聂绀老（当时并不老）见我三间屋当门墙上悬了一幅画，两旁对联是欧体正楷大字写得极好的，句云：

旧有雄文悬北阙；

近存老屋在南山。

便微笑说：“该改两个字——‘今有雄文悬北阙；旧无老屋在南山。’”

（记得舒芜只说：我若知道有这么一处房，我早来了。因此处乃出版社之公产宿舍。院内共住四家。）

聂老实在是我的知音——调我来，就是他一力主张、多次洽办，而川大不放，最后由中宣部多次特电调取，川大校长彭迪先先生无奈，方放我北旋，他改这两个字，意味深长：改后的上联，就成了他对拙著《红楼梦新证》的赞赏之辞，而下联似乎他深明我这个“封建家庭出身”的书生的“南山老屋”是不堪言问了。他为人真率，初会也无一句世俗味的周旋套语，只这么两句话。但我感受很深，觉得他有文化修养，也有知人识事的一份明鉴之心肠。

殊不知，我这小小书生之“成名”“发迹”是由于这部“雄文”，而以后之“倒霉”“背运”，也还是此一“雄文”的作怪。

诗曰：

成名人羡步青云，聂老相邀意气欣。

能改旧联真不俗，谓言北阙有雄文。

新证红楼

我之所以能得北还，卜居日下，全由一部《红楼梦》。以后的遭际遭遇，也还是离不开“红”字，而且我头上有了桂冠一顶：标签曰“红学家”。

所以有必要在此夹叙一段“前因”，不然者就会“后果”难明。引一段旧文，请君着眼——

一九八二年新本《红楼梦》的来由，《倡导校印新本〈红楼梦〉纪实》一文粗有叙记。那主要是想说明：从一九四七年起，与家兄祜昌立下誓愿，一为努力恢复雪芹真本，二为考清雪芹家世生平的真相，以破除坊间流行的伪本与学界不甚精确的考证结论。

上文只叙了一个问题，如今再追述在以前的经历——复杂，曲折，鲜为人知。

《红楼梦新证》主体完成于一九四八年。《燕京学报》第五十期登出拙文《石头记三真本之脂砚斋评》，文末提到撰作那部书稿的事——初名《证石头记》。

此文出后，引起不少人注意，包括朱南铣、文怀沙、张慧剑、黄裳……诸位（以下行文为避繁赘而省篇幅，俱不具称某某先生。但绝无失礼欠恭之意）。张氏在沪上《新民报》发文赞赏，朱氏洽借“甲戌（录副）本”，……而黄裳（南开中学同窗挚友）则主动写信，推荐此书稿交开明书店出版。黄裳信函是写给叶圣陶的，遂将此信并书稿寄与叶老。久之，原件退回（内中连一纸退稿便笺亦无）。而此际文氏亦已注意到《证石头记》，他拜访孙楷第教授（因拙文中提到他），询问我在何处，要谋一面。孙老设晚餐，派夫人来邀我去一会——但孙太太只言“文化部来人要见你，孙先生请吃晚饭……”，而那天恰值我在忙着收拾衣物，满室凌乱不堪，火车票都已订好，急于赶车回津（已放寒假），心绪如麻，实难应命赴宴款谈，只好恳辞。孙太太连来两次，终于无法解决。此事定会让孙老很不体谅。

及假满回校，清华大学友人周祖譔来晤时，忽谈及他与文怀沙因某场合见面，也提起我“拒不接见”的事，说我这个人如此“狂傲”，架子何其大也！周即答言，与我交久，深知其人最为儒雅谦和，断无此理——当时必有缘故……我到此方知文先生欲晤的本意在于为《证石头记》出版的要事——而孙太太恳邀时并无一言及此也。

话要简断：由此我这才与文怀沙取得联系，约好将书稿交他。家兄祜昌比我还重视，在极困难的条件下，将近四十万言的巨帙一手楷字清缮出来，交付完妥。

我一九五一年秋，受成都华西大学电聘，去做外文系讲师（因闻在宥教授于Studia Serica学报上见到我一篇研究陆机《文赋》的英文论文。其时我尚在燕京大学中文系研究院），于次年五月一日到达华大。当年秋高校大调整，我调入四川大学，冬季开始分批接到书稿的校样（沪排，寄北京文怀沙转我，我校毕寄还文处。如此往复多次方全部校完）。到一九五三年九月五日，我收到了样书。书是棠棣出版社所印，由长风书店发行。文怀沙不喜《证石头记》这个名字，建议改成了《红楼梦新证》——是针对胡适的《考证》而取义的。他还请沈尹默题了封签，蒋兆和夫人萧重华绘了清代旗装少女的图像。见者皆感到耳目一新。

此书问世后，其反响可谓名副其实地盛极一时——但也很快招来了莫大的“后果”。

“盛况”一言难尽。今只举几项罕逢的现象，或亦可为出版史、学术史上的一页轶闻掌故。

先说上海，长风书店门前排队了，书出脱销，三个月内接连赶出三版。大学者张元济（菊生）、顾廷龙等皆在阅读——此闻在宥到沪后特函相告。不久张菊老令儿媳代笔来函询问一二问题，随后又亲笔复我去函（他病瘫已久，原不能书写，因高兴破例亲书，然手颤，书字几不能辨识）。

在京、津，高校老同窗来信，说“文代会”上几乎“人手一编”，某单位已要调你……

在成都，川大图书馆馆长告诉我：“馆里一次买了十部！”（说时以手比画为十叉状，因蜀音“四”“十”难分。）校中师生多人在购读，一位不熟识的外文系教师忽打招呼：“老周，你害苦了我了！”闻之愕然，忙问何事相累。他说：“我日来患了重感冒，正在难挨，谁想你的大作忽然买来了，我这一开读不打紧，整整一夜放不下了——次日病重了一倍还多！这两日才刚好些……”诸如此等，佳话趣谈甚多。

在海外，很快盗版了。美国赵冈教授首次晤面即言：“您可知大著在美国卖多少美元？连看旧了的一部，也要惊人的高价呢！……”

在英国，有一部著作，引及《新证》多处（据云七十余处）并注云：篇幅如此“重”（heavy）的学术论著，三月连出三版，印数高达一万七千，实印刷史上罕见之例。

如此叙来，不必再举，已足证明我在彼时已成了“红人”——谁想，这部书也就招来了嫉嫌，以致把我卷入了一种“险境”之中——此险境真可谓多方受敌、四面楚歌，而当时我这三十三岁的“大孩子”尚在“春风得意”之中，一点儿也无法想象前景是一片风波之航与荆榛之旅——

先是友人传来“内讯”：社科院文研所已准备调我。其后受阻而告“内消”。再后则原燕京大学林庚老教授忽然惠函，具言人民文学出版社聂绀弩（古典部负责人）有意邀请，特烦函商。我虽也喜欢成都，到底更愿回京，于是答应了。该社总社长冯雪峰，副领导是巴人（王任叔），主管“古典”之事（另有楼适夷则主管鲁迅、翻译等编室）。故调我是由当时中宣部特电川大，而川大不放行，传出风声：“外文系即使不办了（当时学生不愿学英语了），中文系也请留。并且即可晋升副教授……”

后闻特调电已至再至三，川大校长彭迪先方说：“再不放他，就是不服从中央命令了！”并召见我，嘱我回京后仍然关心川大的事业。

我于一九五四年春末，穿三峡而北返，放弃了高校的副教授，当了一名可怜的编辑。

入社之后，聂绀老交付的第一件工作是“恢复”已出之《三国演义》中的题咏诗（聂云：毛主席见该社所校印的《三国》尽删其中“后人有诗叹曰”等大量诗句，说这不行，要恢复！对此我另有专文叙及了，今不重复）。此事完成，即命组成一个专组，专门整校一部新版佳本《红楼梦》。因这件工作甚合我的平生大愿，故很高兴，即订出计划，交上去了，聂老也点了头，立待执行。

当时我被安排在一楼，与舒芜同室办公。一日，舒芜忽从二楼聂处（聂独一屋，生活与办公皆在其间，不另坐班）回室，推门进来，向我传达指示：领导有话，新版《红楼梦》仍用“程乙本”，一字不许改——实在必须变动的（如显误、难通等原有的讹误字），也要有校勘记，交代清楚。

舒芜话很简洁，面无表情，此外无一闲言。我虽书生气十足，却也直观意识到事情大不简单；而且，聂公对此，从头到尾，绝无片言向我直接传示与解释。（这与他给我的任务恰恰相反！）我初到不久之人，一切不明真相实际，与聂老交又不深，故此总未敢向他请问一句——这都是怎么一回事？！

此事于我，至今还是一个大谜。我只好服从命令，做我最不愿做的“校程乙”工作。

很久以后，渐渐得闻，原来“人文社”调我也有原因：该社所出的头版《红楼梦》，是采了亚东图书馆的（胡适考证、陈独秀序）“程乙本”，本已是一个不甚好的“杂校本”，又经当时负责的编辑汪静之“整”了一番，不知怎么弄的，反正是问题不少；俞平伯看了，很有意见，就向胡乔木提出批评。胡据俞说，又批了“人文社”。这下子，社之有关领导、负责人等吃不住了，据云在内部和公开的会上，做了检讨。这样，当然心里窝着气，又无善策——才想要调我来“重整旗鼓”。未料此策失灵，也不知怎么反复决策：硬命令坚持那个“程乙本”。

再说说我这“红人”的事——

大约我刚返京华，《文学遗产》创刊版在报上问世了，其第一篇是俞平伯红学专家的大文，即对《新证》提出批评，记得其要点之一是说曹雪芹还是“汉军”，而拙考谓为“内务府包衣人”，皇家奴籍是“周君标新立异”，是“错”的，云云[1]。随后又有署名“粟丰”的批评文章，大意是说我的观点不正确，对“写实”的概念有不同见解（鲁迅早就提出的“正因写实，转成新鲜”一义，加上雪芹原文“实录其事”等，我很强调芹书与西方虚构小说不同，而这是它“自传性”的基本因素，似乎粟文意在必须“集中概括”“典型化”才对）。

以后，《文学遗产》及其《增刊》还有其他鸿文续予批贬。我这部“走红”为时甚暂的“大著”由此逐步褪色——走向了“灰黑”[②]。

我刚回京，首次见聂老，就对我说：《新证》出后，毛主席看了……此事我不敢深问，但相信这不会是讹传。如今证实，见徐中远著《毛泽东读评五部古典小说》（华文出版社，一九九七年一月）有两处提到《新证》。我之所知，限于此一句传闻，这对我此后的“命运”如何，也不深知，无从探究。但当年下半年，批俞批胡运动就逐步展开而升级了，我很快变成了“资产阶级胡适派唯心主义”的“繁琐考证”的典型代表，批判文章越来越凶，有一篇说我“比胡适还反动”！

我由“红”变“黑”了。尔时我方三十四岁，哪里经过（理解）这么复杂而严峻的“形势”，吓得惊魂不定，而另一方面，我怎么也想不通自己的纯学术著述到底是有何种大逆不道的“极端反动性”。

虽然我已被“批倒批臭”，可是后来方知：美国有一位“红学家”叫米乐山（Miller），在其专著中把我叫作“红色红学家”。这真有趣之至。

诗曰：

伐山创考仰胡公，来哲今贤恨未逢。

妄意为芹应浣玉，一编新证始研红。

［注］

① 约在一九四八年，俞平伯已为《图书》撰文发表，大意表示两点：一、自己无有新意；二、如照周文所考生平，则“自传说”即不复能成立了，云云。我也发了一文，指出胡氏反响虽只同意“一半”，但对此题之讨论表现了很大热情。

② 聂老函邀时，由该社重印《新证》（给高酬）是一个许诺条件。但事势发展后，再也不提这一协议了。

拔风尘

“风尘”何义？隋末有“风尘三侠”，是红拂、李靖、虬髯的传奇故事。红拂是贵官府中的一个侍婢，却是一位奇女子，身为奴籍，是以说她流落风尘。《红楼梦》写贾雨村，说他是“风尘怀闺秀”，喻其在贫困未“出头”时看上了娇杏。《儿女英雄传》则开卷即写安公子三千里“走风尘”，这是本义，风尘仆仆，是说远路行旅的艰辛劳苦。无论人之与物，陷于屈抑埋没的困境中，不得展其才发其光者，遂亦可以此喻论之。

我的一个怪脾气就是无论对人对物，见他（它）处于不得志的地步中，就想为之脱颖而出，心以为快。

有那么几位青年，职业是个小工技人员，每日做单调的体力活计，有文史之潜才而难以“跳”位，我都设法帮他们脱离了“风尘”，有的成了高校教师，有的成了博士，能写英文论著了。这可算是我喜“拔”风尘人才的例证。

至于物呢，说来更奇。我所“拔”的是古玉。

古玉至极珍贵，人岂不知，为何要待我这寒士来拔？这有缘故——

新中国成立之初，文物出境的规定极严，百余年以上的工艺物件即不准出口；而那时钱实物贱，“四旧”之类，处理之尚且不遑，谁还买入？于是这个近千年的古都城中的玉器，真是“山堆”一般，到处可见，无人顾盼理睬。

例如，东四北大街的尽北头之处，就有一位老头儿，在路旁摆个小摊，一色是羊脂白玉雕的童子、美人、仙女、吉祥物……，小些的索价一元，大的也只一元五角到二元钱，还附卖旧时上品的各色丝绦。但我总未见有过路人在那儿选挑购买。

我也未买——因为这是明清时的一般玉件，要收那实在买不胜买，不属“风尘”一类之中。真落风尘的大致有两类：一是古玉当新玉卖；二是真古玉当伪造物卖。我心疼的是这些真宝物！

如今且说古玩文物荟萃之地的宣外琉璃厂。那时已十分零落，像样子的只有两家，一店名曰雅韵斋，一店名曰振寰阁，相距甚近，前者似以瓷器为主，而后者则是古玉集中地。

振寰阁的店主黄先生是古玉专家黄濬川（著有大型古玉图录，极精）的令嗣，我所遇的店家真懂古玉的只他一人，实有家学渊源。其人很好，无市侩气，一见面即如熟识的朋友，无话不谈。还领入“内部”（后院正房）去看——那真是琳琅满目，大开眼界！我的识玉学问，大部分由此而得。

阁主有眼力学力，故极少赝品，看那每件上的标签、年代价格，大抵精确，很少错认。错认是常见的——一般人总以为（包括某些鉴定家也如此）辨伪是唯一任务，不要忘了还有一个识真更要紧。识真，即原被当假的看待，实为真宝。

举一小例，一次进入雅韵斋，迎门玻璃罩内摆一白玉刀饰，标为“清代”，价二元。我一看就知是真汉代好白玉精品，不费一言买下了。然后到对面一家小茶馆歇息，进来两位茶客，拿着布包袱——可识为古玩行中的走串人，我就将才买的那汉玉请他赏鉴，他只略一审看，冲口说出：“这是汉白玉！”我告诉他，刚从对过买的，他们当“清代”卖……，那位听了笑道：“雅韵斋，守着大道盖歪了房子——他们哪儿懂玉！”

其实，“鉴定”之学并无神秘奥妙，只不过是见得多了，那比较之下各种情况就十分显明：质地、工艺方法、尺寸规格、图案形态……无不具有很鲜明的时代特点，那是差不了的。

店里把真的当假的、古的当新的卖，例子多了，今不絮絮。只说我以最贱值所得的，如五角钱买一西周青玉鱼佩，极可爱，告诉谁也不信，以为我是编“神话”。友人以一元钱买一件青白玉玦，也是周代晚期的古物，送与我时，尚不敢实断真伪，因为在“风尘”中的古玉，有的已变得十分“难看”——谁知一入手，只两日抚摩，其内蕴精光之美便逐步透出。这时——只有这时，才能领受“拔风尘”的真乐与满足。

物之与人，其理一也。我拔风尘也并非只为“玩物丧志”，我的“志”只有一句话：爱才惜才。才之屈抑埋没，是古今最大的人类悲剧。

古玉是中华历史文化中的最重要的一项，向来重视不够，专家们总是“青铜器”……，言不及玉。精金（古人的金即指铜而言）美玉，物之精华，工之奇致，物华天宝，人杰地灵，岂不然哉。

诗曰：

惜宝怜才性最痴，阮囊惭愧富家儿。

夏周古玉风尘里，多少精光落土泥。

地震著书

唐山大地震那年，北京也不安稳。记得那还是热天，睡得正熟，迷迷糊糊，似觉木板床颠动，并不醒悟有什么大事，继而全院（单位宿舍大杂院）都被热心人叫起来，跑出屋外，大家在院中伫立“避难”。此时见大女儿月苓从内间屋（当时我一家只有两间屋，在此宿舍里还是“高级编辑”住的）慌忙出来，怀里抱着她的小女儿藻藻……

说来可真是一桩奇迹：月苓当时是唐山一个学院的英语教师，那时不知因有何事，在暑假将到之时提前来到北京，照例住在我这里。事后传来的消息说，那个学校正处于“震”点上，整个校舍建筑都成了一片“压扁”的“饼”，人呢，当然成了“饼馅”。这情景只听听也够惨然了，更何用去“看”！而她却独脱此难。人们说，“大难不死，必有后福”。但愿如此。

就由那夜为始，全北京，日夜不得安生了，不但一夕数惊而已。

例如，在白日间，不知由谁人由何处传来急讯：“快出来！要有大震！……”于是一院人都跑到胡同“中心地带”，坐在那儿，像一群傻瓜在静候“刑罚”一般。偏偏天公凑趣，下起淅淅沥沥的小雨来，人们甘心情愿地在那儿一动不动，像是承受着喜霖甘露，不以为苦。

在夜里，忽闻大喊：“快出来！……”又是纷纷仓皇奔出屋外，其时正是大雨如注，势不可当，有机伶的抢出一把伞顶在头上，大多数来不及，只挤在一起呆站着挨浇，真如落汤之鸡，难比淋浴之美。

稍后，人们明白，无论胡同当中还是院子“中心”，都太狭隘了，若真震了，一点儿用也不管，就不约而同地齐往大街宽处去搭帐篷（小的俗呼“窝铺”者是也）。我那“所在单位”占的“领域”是方巾巷（正对北京站，今已不存）以东的（拓展后的）长安街的北边道上一处地方，那极宽敞，旁边只有小矮房民居。帐篷很大，床位密集，男女混杂，又是热天，气味难受。有一夜邻床上的一个大臭脚直伸到我枕上鼻旁！我见此光景，夜不得安眠，遂另想主意，不来此处，而在宿舍屋里用木床等物搭起一个“龛”式的“避震穴”，有木柱支着，如屋顶震塌，也可支撑一二。况日子多了，天已渐凉，不再去受那风露之凄清了，在这自创的“穴”中倒很觉受用。

可是，平生没有享“清福”的命，闲了难受，得找事做。

这个龛穴是个单人木床之支架，可以倚坐于床上，垫一硬板于腿上写字，旁有一木凳，上有乱纸，纸背可以写稿。于是忽生一想，就将素日来访询问书法的问题以及多年来在“书学”（日本所设“书道”）上想讲的诸多体会粗为解答讲论一下。此念一生，手下很顺，每日或多或少，随行随止——不想竟积成一部小书稿，就是后来先后在港、京二处出版的《书法艺术答问》。

提起这部书，还有一段趣闻。

在此书成编之初时，上海的《书法》期刊的苏先生很愿连载，就交付于他。及至刊发了若干节（都不长）之后，内容到了“要害”处——是说篆书用笔是中锋圆笔之法，演变为八分隶楷之后，已是偏锋方笔的书法了，而传统的错觉与误认，还力主隶楷也必须中锋正锋，“笔尖永远在笔画的正中间运行”云云是错的理论与实践。此说一出，书界哗然！纷纷向《书法》提出“抗议”。这把苏先生吓坏了，立刻停止续载拙稿了，还寄来了反对拙论的文章。

但此书问世后，并不像开始那样碰了大钉子，反响还是颇有意味的。据我能够得知的，一位书家与我联系，他要办书展会，他的实践与体认是完全依循拙说而确言是不诬不误的。另一位成都的老学者，古稀早过，读了拙著，来信说，写了一辈子羊毫“中锋”的楷体字，今悟其非——根本不存在真正“中锋”的汉隶与南北朝以来的楷体真书，乃重新习练硬毫“偏锋”书，写出来的字果然与往常另有一种精神了。

我岂敢因此“扬扬得意”而自以为了不起，深知至今以至将来，总还会有坚持“正统”“正确”书法“中锋主义”的书学书法家。世上的学术、艺术，谁是谁非，永远不会是像有些人所说的那种“一致认为”的欺人之谈。

诗曰：

坤轴掀翻举世惊，女儿何幸死中生。

一龛自作无忧佛，伸纸来宣八法经。

聋与音乐

我耳目俱损，客气的友人或读者，口谈或信札文章，说我“视力不太好”，“听力欠佳”。眼是后来坏了的，今且不表，单说耳朵的事。

关在“牛棚”时，有幸与《李慧娘》作者孟超分住东西屋，后来他的老同事楼适夷在批他时（受“管制”的，都须彼此互“揭”互“批”），说他在谈话涉及我时总是“聋子长，聋子短”——意思是他从来对人不严肃，口角轻薄。这是人家“背后”对我的美称了，尽管美称不够委婉，却很“实事求是”。

另有一种例，就是名作家写我，如行公（张中行先生）有一文，就直言“打雷听不见”，略有夸张。到了他门人靳飞君，则写我是“耳边悄语，六楼也都可以听见”云。可证人家对我的印象，“重点”就在此一生理缺陷。

也难怪，与我谈话，必须会“喊话”，北京人叫作“嚷嚷”。

喊话，不会是很舒服的“社会活动方式”。

可说来又怪，还颇有人很愿意找到我，向我喊个不休。

你如对我“聋之原因”感兴趣，则我不吝为君一述来由。

敝聋症也非简单之事态，至少有那么四层主因：

其一，有遗传性。

寒门虽然草莽不文，却是个音乐世家，祖辈出人才，擅长吹拉弹唱。最奇的是一位“西院里”堂伯，人皆称之为“聋三爷”，聋得可以，却精于音乐，专能自制小型“文雅笙”，选佳竹良匏，制作精美，音韵悠长。他早不在了，我少时却访得他手制小竹笙两把，爱不释手——我会吹笙也即由此而引起兴致。而这两把笙（口语叫一“攒”笙，两“攒”笙）是父亲从地摊上偶然寻得的。

我爷爷也聋过，七十岁后，见了亲友女眷，心知彼时礼数定要先问好，本未听见，就先迎着说：“好！好！……”

其二，记不清是几岁时了，生了一场大病，幸未“天殇”，在炕上足躺二个半月，初次下地时脚都不会走了。高烧人事不知，记忆全失。耳朵受了高烧的害。

其三，中耳炎忽然来袭，流黄水，十分厉害。耳膜因而受伤。

其四，一九五四年奉调回京后，住东城北面门楼胡同。住正房，南面大窗，北墙却在上方开了一个小窗，空气流通。一日，忽然乌云骤涌，雷电大作。我立在西间屋正当中，看那窗外天上的空中变化——猛不防，一个重似千钧的巨大霹雳，从北墙小窗穿入，活似一条火龙，从南墙大窗穿出。而这条火雷活霆，是在我左耳边“走”过的，相距耳朵不过一寸！

那一巨震，我虽未昏倒，只觉脑袋像要裂，而“心”像是要“出窍”。浑身晃悠了一下，支持站住了。

我的成为“聋子”，大约就是这么来的。

聋了，又当奈何？助听器就买过好几个。

怕见生人，怕开会，怕听“课”。

据朋友们不止一次说：你耳朵不灵也有好处：听不见噪音——也听不见不必听的声音，倒是一种“幸福”。

是吗？真的，还是安慰我的“假话”？

也许不全错。

记得“牛棚”中，“后进”者是《静静的顿河》的译者金人。他和我每日对坐，面前一本“红宝书”，默默无休地“学习”与“改造”。一天，他写给我一个小纸条：“你听不见外边的话——太幸福了。”

他指的是外间屋“监守”我们的几员“女将”（造反派，“革命群众”）在畅谈她们的“革命活动”与“思想感情”。

大概我听不见，真的少受了些惊怕。

金人是个头号大近视，看字须把书报放在鼻子上。我和他不熟，他是楼适夷领导的“编译所”的人，因能译俄文，很吃香，稿酬“大大的有”。不料，也进“牛棚”来了。

一九七〇年我又蒙特调回京，总没再见他。后来听说，他死在湖北“干校”了。

能聋，不简单呢，因为民间古文字学家传说：为何“聋”字上边是个“龙”？就因为龙有耳而不能闻之故也。

聋了虽“幸福”，也有遗憾，把我的音乐“事业”完全剥夺了。我从少小时，一门兄弟、群从（zòng），个个能拿得起几件乐器，时常“家庭大合奏”，还学和尚的佛乐——笙管笛箫，也学“茶园”里大鼓书的三弦、四胡……至于京戏“文武场”，更不在话下，件件能行。我们最迷天津特有的“五音法鼓”，元宵节、四月庙“出会”时我们敲得很够味，常有一群父老乡亲围上来细听。这种唐宋古乐遗音，虽聋也能胜任，只可惜我无法回到天津去找老搭档，而北京绝无此种民乐。

老子说：五色令人盲，五音令人聋。看来不见不闻乃是抵御声色的要招。——怎奈耳目虽可掩住，还有一颗“心”在，它还在又听又看，不肯清闲罢休。以此之故，我心中常有几段妙曲，几幅佳画，几声入耳之言，几处动人之色。又何须外求乎？

诗曰：

坐雨空堂我不闻，雷霆近耳只毫分。

中年丝竹从消歇，顾曲家风笑此君。

学术的浪费

平生对一些历来聚讼的难题喜欢一究其真际，是一种“私下”下功夫的研究对象。另一种是读名家名著，见其所论，并不精当，颇有疑窦破绽，于是不自揣量，妄生与之“上下其议论”的痴心。回顾一下，这两方面所费的心血精力，不比已经成书问世的质量少，但因机缘条件之故，大抵已化云烟。这不能不说是损失——也成了浪费（因为没存下成效）。

这种浪费，大致可以分为四类：一是当编辑所做的审稿工作，其间提意见、贴签子、写工作报告等等大量学术考订内容，当时批判“知识私有”，一概算公家的“财产”，既不能发表，也难得永远存档。二是给读者、相识、友朋等的通信中的问题解答与讨论，其数量之大，十分可惊。三是读书的眉批札记。四是因故无法完成的残稿。

第一类是“大宗”，如今只能举一二为例，因为实难尽忆。如一次给我的任务是审理《花草粹编》。此书是一部大型词选，书稿一大摞，高达一二尺，整理者是林大楼。林氏是曾在商务印书馆出过书的，非无名之辈，其时已作古，代理助者是黄君坦。黄先生是词人，名人黄公渚的令弟，我们也属忘年交。可是我一看稿，一核证，其校勘整理却是一团错乱，一塌糊涂，谁也对不上谁（版本异同），抉择定文也莫知其取舍之义。最头疼的是他所作的校记交待之文字，多数与实际不符，莫可究诘，真是驴唇马嘴，不知是怎么作成那样子的。我只好贴“意见签子”，贴得纷如牛毛。作完了，呈与“古典部”的领导某公，他不太懂学问，只会“使唤”人苦作，也不问其甘苦困难。他让我和黄先生去打交道。几经往返，黄又“作”完了之后，不但问题并未解决，又添了新麻烦！最后一次黄的话是：“我一见它已经头疼了！……我已经再弄不了了！”

就这样，折腾了期年累月，稿无法用，打退——而我的光阴心力，就等于和那书稿一齐“报废”了。

如此之类，不知凡几。

又如一次，楼适夷，他原是“鲁迅编译室”的主管人，忽来暂管“古典部”，要我作一部“批点本”《红楼梦》。我遵命，先作一回作为“试验田”，选的鸳鸯抗婚。这事本很难为——彼时的“红学理论”，还都是教条的那一套认识与标准，况且批点特色主要是提引、启示、点染、感发、通前贯后（指结构章法）、伏线呼应（笔法艺术）……，这不能写成一篇篇的“小论文”，即正面的“讲解”“灌输”。文各有体，中华最重者在此。但楼公对此似乎一概不明，看了我的试稿摇头否定。开会时我问他：“是否认为一无可取？”他说“是”。我不免有气，与他争辩。

大约因为我当时面色与辞气都显得不太委婉，一旁的舒芜君替我担心，用“书面”劝我，警戒云：“绝不可以拿自己的意见与领导争……”因为那“危险”。

他是好意，并举自己的经历为戒示。而我那时想不通，又与他争（写信）！我的“意气”是：此系学术之事，与政治无关，楼的“红学”难道比别人高深正确？与之争就会犯“政治错误”？想不通。

最后为此还找社长许觉民诉说。

又如一次孟庆锡（从中华书局调来）令我作《水浒》新注本。我作起来，一些注颇有创获。交上去之后，再无下文。后来方知这个计划不再入列了。于是这些研究（一条注都是一项研考的“论文”“浓缩”本）就不发光热地充公消灭了。

有一回，章士钊的《柳文指要》出版了，那是毛主席特命中华印制的大字繁体竖排本，轰动一时。章氏与张伯驹先生故交，送他一部，我得借阅。方知这位大名家有学问，也不少欠精欠当之处。我说给张先生，他说你可以写给章氏秘书王益如先生转交。我就写了很多条（记得的有论《兰亭序》、书法、古音乐等诸多文学艺术的大课题）。有些条下功夫很大，写得也详细。

交张先生转去后，王先生先已同意，此时却说章已九旬，提出这么多问题，对老人有所顾虑……，压下了。

我得知后，托张先生索回自存。张先生不是学者，不理解此中甘苦意义，以为索回是对他们不礼貌，不大高兴了。因我与他至交，不愿因此发生龃龉，只好不了了之。

至于论学信札，更难追记。我目未坏时，专以小字写很长的信札，秉性是对疑难问题定要讨个水落石出。那才叫认真而不惜一点儿精神力气。

“文革”之后，偶然向学友问问：旧札还有存者吗？答复是：片纸皆无了。

已记的，心中夙存的，想写出的，日久、年衰、记弱，遂难收拾。

无形态的损失，无“记录”的浪费，言之何益乎？

但这毕竟是我居京五十年“生活”中的一项重要部分，若一字不提，也像是“豁达”，其实心里又怎能“坦荡”呢？

环境、条件、因缘、人事（关系）……这些因素，比天赋智慧与力学功夫，同样或者更为重要吧？一个人的学术成就，从哪儿去做“全面衡量”？高明论之。

诗曰：

辨讹纠误义难辞，不惜精神苦费词。

可叹几多心血迹，浪抛空付阿谁知。

回归献颂

能亲见香港重回祖国怀抱，人生一大幸运，一大喜庆，是非常不寻常的，很难用一般语言文词表达，再加上这幸庆的内涵又是极为复杂深刻的，就更觉得胸臆之间话语万千，而又不知如何方能尽抒所感。正在提笔难下之际，忽然想起这一特幸庆，应该首先向林则徐的英灵告祭，以慰以奠——然后才操办我们的盛典，才缔造一个举国腾欢的庆喜之丽景与美境。

我这一代人，自幼所受的爱国教育之深刻痛切，那也许是今日年轻人所难以想象的了——因为我那时候身受帝国主义侵略者的欺辱，孩童之心也是不平与不安的，因此对于林则徐这样的民族英雄，由衷崇敬。“鸦片战争”，青年人看来是个“历史名词”，怎能想象：鸦片是什么？为何要为它而战争？鸦片把中国人毒害到什么地步？林则徐的时代背景、生平经历、战斗精神，又都是什么样的？……我们因欣逢香港回归而腾欢幸庆。如果只是一个表面性的“盛况”“大典”，而不知其中的巨大深切的意义，那就错误了。

鸦片战争，列强的炮舰“胜利”了，以林则徐为代表的中国抗争力量失败了——而这种失败，也激励此后的仁人志士彼仆此起，百年磨淬，终于今日得到香港的回归，标志了最后的胜利者不是别人而是中国人民。

我们双手迎接这一回归，也迎接以此回归为时代标志的更远大更美好的历史前景。

回归是一个象征，它所象征的不仅仅是个别的孤立的表面的形式的事情。所以不应把幸庆大典简单肤浅化。

献颂是每一个中国人的心情愿望，而其献颂的形式必然千姿百态，各尽其美。比如能写的能演的能唱的能奏的……都把自己最擅长最精彩的表述形态献出来以为之庆，以为之颂，这将汇为一种从古未有的丽景奇观。

但是，我自己拿出什么来作为献颂呢？这可真正是惭愧之至了！

我忽然想起，我有一件宝藏，却可“借花献佛”——

寒斋之内，身外之“长物”甚罕，万幸之中却保住了一副林则徐的对联手迹。

对联是五尺八言联，朱红片金笺，行书大字。其文云：

庆云扶质，清风承景；
鸣凤朝阳，翔龙仰霄。

落款姓名三字，下面图章二方：“林则徐字少穆号竣邨”（白文），“××太保之章”（朱文）（所缺前二字是因为朱红笺上钤印，例为白宣纸钤就，然后剪贴。年久前二字浆糊失效而损脱）。

这副联文，可真好极了！

我想，这不是林公照抄现成的“套话”，而是他自己的杰构。“庆云”即卿云，老年人该还能背诵“卿云烂兮，纠缦缦兮。日月光华，旦复旦兮”。一个“扶质”，一个“承景”，铸词高绝。

庆云而扶质，清风以承景，这是何等美好的境界！在此境界中，又能闻得朝阳的威凤之鸣音，又能看到仰霄之神龙的翔势——这一切，是说什么？是颂谁？

依我看来，这正是与今日我们中国人民幸庆香港回归情怀意气合符而对景的！

因此我在惭愧拿不出满意的颂词的窘态下，就借来了林公的这副奇丽超妙的联文，以为我们共同的献词，大约还是可以博得大家赞同的吧。

诗曰：

百年风雨洗神州，万里烟霞一望收。
南海明珠怀潋滟，中原紫气抱沉浮。
庆云承景归佳谶，丽序移春人爽秋。
且喜书生尚能赋，含毫独上最高楼。

雪芹瓷字

己卯年腊月的中下旬，忽传来一件发现曹雪芹书迹文物的消息，随即有文章见于《北京晚报》了。我也被约写了一篇小文，适在除夕刊出。这个消息并未引起什么“轰动”，却也有学友、读者已在议论。

腊中，忽蒙李强先生（原在西郊曹雪芹纪念馆工作，早就认识）来访，同至者有一凌先生。他们向我介绍发现了一项雪芹文物，现来相示，并听我意见。

我是个“芹迷”，当然十分愿闻详细。面谈得知的情况梗概，是如下几点——

凌先生山东烟台人，年近四十岁，体育专科院校出身，任过武警方面的教练工作，今在广州，级别是中校。一九九六年十二月，他游历黄山，然后随友南至休宁某乡镇，与一瓷工艺收藏者相识，其人是个医务药房工作者，出示了藏品。后来又拿出一包瓷片，看时是十八个字的零片，组联起来成文，是“三十功名尘与土，八千里路云和月——曹雪芹书”十八字。凌君亦知此联出岳飞名作，书者又是《红楼梦》著者大文学家，就洽购而得之。

问其来历，称是购自一农家，本不允出售；后因水灾修房用钱，方卖与医务某君。又称，原是整体联屏，可悬于壁上，“文革”时怕当“四旧”被毁，就将字割成零片，得以保存下来。

我看了原物，见十八个字个个完整，不伤笔画，而所割边缘毫无余地，处处切近字口——这不知是何高超技术乃能割得如此工致完善？心有所疑。验审背面及割断面，皆有积垢，时呈黑色，因思“文革”距今只不过廿年之久，瓷片又非手中玩物，何以能有如此多的污垢？是否有意后涂的？

心存此疑，但自知不是什么文物鉴定家，对瓷艺尤其一窍不通，不敢妄发议论。再加上无庸讳言的心理：一个“芹迷”，数十年中总渴望能见到雪芹的哪怕点滴痕迹，我只能“希望”此物是真，而绝不敢轻易“说三道四”，贻笑大方。

以是我即向二位建议：去请鉴定专业专家，出具正式证书——但不可出示全貌，尤其不可显露“下款”，以免影响鉴定（因为一涉曹公子，纷争就七嘴八舌，永无休止了）。

结果正式鉴定书于一周后取得了，确认是“清代中期景德镇窑产品”。

既然鉴定有了明文，我当然要尊重专家的学识与人格，清中期岂不正合雪芹之时，我又怎能多疑多口？

于是我应约写了那小文，原题是《纪芹除夕话新题》，刊出时被改为“除夕再忆曹雪芹”，平仄不调，“新题”失迹。文字也有多处删节。“翛然”改成了“倏然”。

我的拙文并未真的“表态”，只是说“倘若是真”，则如何如何，至于真伪，须待方家审鉴。

然而读者似乎有“感觉”，以为我是信以为真的了。

拙见则是：无论说真论假，均须拿出具体论据论证，不是空口的事，也不是“感情用事”的对象。大家研究研究。

文章出后，接到的第一封信就是“红友”的信函，第一句话就是“先泼一点冷水……”，他列出了许多条可疑之点。我详答一札。

瓷字高出瓷底面（市尺）一二分，且非圆凸，而是九十度“直上直下”，字画上另挂蓝釉。他说这是先刻的（如刻朱文印章那样），然后烧成的。

但他未言，何以证明清中期就一定无此做法？何以如此工艺即定系伪物？又何以敢说他一人未见之工艺即能保证瓷史上绝无此艺之可能？

我企待他有文章能够论定是非。因为过去伪物太多了。最近见曼谷张硕人先生一文《造假古玩者贱莫甚》，专斥已有的以《红》、芹为名目的骗局，言词甚不客气。前车可鉴。

当然我希望后来者勿蹈覆辙，更希望真品出现，以资与伪者比较而益使真相伪迹之差异大显于天下。岂不快哉！

“假作真时真亦假”，诚然诚然。

诗曰：

腊尾忽传有异珍，几人疑假几疑真。

八千云月凭谁解，碎锦零琼也动人。

［注］

报载李强先生以为瓷片书法与“书箱”上的字“如出一辙”，此互证。友人质问我，我答：未闻李先生向我提及此点，我也从未承认过“书箱”之事（见也未见过），这与我毫无干涉。特在此郑重声明一下。

庚辰新正下旬记

问心无愧有知音

我的知音遍天下，这儿指的是工作单位上的知音。这种知音只有两位：一是聂绀弩，二是王士菁。

按“理”说，聂老精研《水浒》，后改治《红楼》，又是花大力气向四川大学调我返京的人，他的知赏似应比别人的作用大，但事未尽然。这可能因他很早遭了事，离了北京，与我无法再有任何上司与学友的关系了，所以并非其知赏不足或后来改变的缘故。出我意外，与小说研究无关的专治唐诗与鲁迅传的王士菁先生，却成了我的起大作用的知音者。

稍稍回顾生平遭遇，调入人民文学社（声明：这指老一代的旧社，与现时该社诸位无关）整整二十年，也就是我倒霉走“背运”的二十年——我最好的年龄与精力的时期，完全断送在那个社。

简明而叙，自一九五四年奉调入社后，当年“批胡运动”开始，我很快成了“胡适唯心主义考证派”，以后贫病交加，抑郁、气恼（家庭琐故）、住院手术大出血……健康迅速恶化。那个社迁入了一所灰楼，办公室是阴面，终年不见太阳的面貌，坐在里面如冰窖。“办公”条件是四个人在一处，两面分坐，臂肘碰撞，每日连头带尾，不下十来个钟头。新来的顶头上司倒是个忠于职守的好干部，可惜他只当过教员，不懂编辑工作的特点，更不懂学术研究（古典部工作的基本要求）；他也不知道手下的这些员工的甘苦，从未问过有何困难，只一味盯着要卖力气不偷懒，叫人们对一部书稿负全责，“一竿子插到底”（他最省事省心）。因此办公室气氛死沉沉，不言不笑，手不停挥，紧张二字是唯一的。

这样，很快支持不住了，败退下来，挂病号，上不了班——在家做活……他很看不上我，又爱听会唱高调者（有人最不做真活，书桌用书围起来，摆一打稿纸，上写几个大墨字……过了一个星期，我眼见还是那几个字——再过些时，连几个字也进了字纸篓。这种“工作”却受赏识）。

中经许多麻烦，后来管人事的徐某扣我工资每月三十元（低工资下，员工费用彼时三十元养活三口之家）。

最后一段时期，王士菁同志来主管古典部了。他不逼我上班，让我在家看稿。第一件任务是与顾学颉合注白居易诗，并由我全部定稿。

我借了一间只容膝的小窄屋力作——因为有阳光可照，我之病躯舒服一些。只用不到两月的时光，缴了卷。士菁同志十分惊喜，对人说：原来周汝昌这么带疾工作，还如此又快又高质量！——他大约以为我要至少半年的工夫才行。

从此，我的“形象”在领导心目中稍稍“直立”了一些。

这并不重要，因为我并不喜欢白居易的诗格。但由此受到重视了，不久他就提出：试试创撰从未有过的曹雪芹传。我对此深为感动。

因为我知他是非常谨慎的人，政治上业务上绝不敢妄行一步，竟能萌此念，实在非同小可。我深知他不知几经推敲斟酌的，最后斗胆下了这个决心。这是对我最大的信任！

我很快写出了《曹雪芹》（《小传》的前身），以“作家出版社”的名义印行了。当时这是破天荒的异事新闻。

问世以后，意外地在海内外得到了好评，包括原先“批”我的，也承认是不错的书。

吴恩裕兄最初对我有误会（我丝毫不明其故，因从未干犯过他），后来成了好朋友（在“红界”我与他最好，他关怀我，替我找眼医……他不幸去世，我作七首诗痛悼之），后来他告诉我下放劳动时，什么也不带，只带你写的《曹雪芹》，每日不离……

再一例就是文艺界名人冯牧先生，初会时第一句话就说：“你的《曹雪芹》可以整理一下重新出版才是……”

说实在的，士菁先生的这一特别鼓励与安排，在我中年学术事业上起了不可估量的作用。

他是我的真知音，永远铭篆于心。

至于对那个社，虽不受欢迎，种种歧视，但我也对得住它。二十年中，我未曾浪费它的一张稿纸和工作用品，连个牛皮纸袋也不去领。每月扣三十元后为中央某领导所闻，要社里还我，我谢而未领——那时积至扣薪一千几百元，是一笔可观的款项！记得社长许觉民也说：“一千多呀！……”

更应一提的是，那时社里到处约稿先支付一笔酬金（我由运动中贴的大字报揭露，方才知晓）。一次由舒芜通知我作一部“节本”《三国演义》，将出版，先付二百元。我买了书、参考资料，作好了该删省的、该重注的……，交了卷。后来计划改变，不出这套节本了。规定是，人家做了工作，完成了，社方接受了，不出是社方的事，照规定付工作全酬。我也不知去讨。这也罢了，后来某运动结束时向我算账，说我欠社二百元要扣薪。我向财务科的一位老女士解说原委不该算我欠账，舒芜经手此事可证。

哪知，舒芜老兄竟说他不知此事。

于是我被扣二百元（至少是目下的几千元）。

平生到处受这类窝囊气，也无处去诉。

但一想士菁的知音，我就乐而忘忧，喜而断恼。何必计较几个钱，有甚意味乎。

据悉，现在的编辑（新名目叫编审），每周只到班一次看看，都在家工作，待遇很高，年终还有一笔奖金，数额可观……

我闻之，不禁“垂涎若干厘米”，唯自叹早先和现在都无此福而已。

诗曰：

廿年峻坂负盐车，世有钟期始有俞。

谁为雪芹刊一传，如君斗胆一长吁。

［注］

旧人民文学出版社待人之凉薄，某些人的劣品恶态，令人想起来就感到心灰意冷，唯独士菁与众有异，他还主动介绍我参加了作家协会。可是“文革”起后，风气是要以“大字报”互相攻击“揭罪”（叫作“放火烧他”）；于是有人“点拨”我，说王士菁介绍你入作协，那是纠合“黑帮”，你还不揭他！我听了信以为真，就贴出了一张“革命的作品”（大字报）。这纯属忘恩负义。今日向他告罪！

让我作《三国演义》“节本”，是舒芜亲笔写信给我的（当时还在门楼胡同六号住），所谓问他此事时他答不知，是财务科的声言，我未与舒公联系。在此注明为妥。

藏书

提起“藏书”二字，我自己就不相信我自己的“实况”是如此寒俭之极。

这个实况是我几乎什么书也没有，经史子集，基本必备之书也无。看见人家书房里《四部丛刊》《四部备要》的大木箱，艳羡之至，然而始终买不起，大部头成套的都没有。“文革”前北京旧书店到处有，而价也不贵，但是工资只够养活七口之家，无力收书。比如到了东安市场，隆福寺……，甚至国子监的旧书处，都是如入宝山，需要用的、想读的、值得收藏的……太多了，不知所措；时常是拣一二本零册回来，既无“系统”，也不成“局面”。——就是这样，自己还要充一个文化人、治学的著述者。想来可笑，说时难信。

我买书有无目的或范围？也有也无。说有，大都寻找可以与“红学”多少有点关系的，野史杂记等，留意较多。说无，就是不拘一格，不分种类，什么都有兴趣。其间有一怪脾气：越是无人晓无人理睬的，我正可以捡一点便宜的小零品。

这就是杂乱无章，破烂一大堆，让藏书家听起来，可以大牙笑掉。

然而，我的做点学问，确确实实就是在此条件下面“进行”的，有点儿像魔术师一样，从“妙手空空”中变出“东西”来。

我的相识、朋友、同事，大抵存书很富，而我又有一个毛病：不愿向人家借书。借书的难处也很多，不是简单的事情。

我住无量大人胡同时，离老东安市场不远，穿过金鱼胡同（今已不存）便是。夏日晚饭后逛旧书店是一件书生仅有的乐事。那儿各式各年代各版本的旧书、旧帖都有，顾客并不是很多，并无“竞争性”，所以得书不难——难的仍然只有一点：袋里闲钱太少。

一次遇上一部鲁迅先生的不朽名著《中国小说史略》的初版本，分为上、下两册装的款式。此书极难得，当时钱不够，失之交臂。

线装书也多，原刻、影印、排印都有。我积年偶然遇到而能买的不过三四部，也并非什么珍秘。有两部是范石湖诗集，巧的是皆系康熙精刻本。一部白居易诗集，有清代名家王文治（梦楼）的印记，但书不佳，纸墨粗劣，不让人赏心悦目。除此而外，就没有什么值得一提的了。

藏有曹雪芹之大表兄平郡王福彭手书的册页一本，价仅一元，还是友人买了送我的。这十分难得，可惜写的是《心经》，没有史料价值——纪年倒是乾隆改元，从印章知他号为“葵心主人”。

顺便可以一记的，如在隆福寺修绠堂“内部”，所见无人一睬的“奇物”也不少。一次在桌子底下乱纸堆中看见几份手抄的八角鼓曲词，皆不经见，其中尤为特别的是有汉满两语文交互组成的俗曲，也押韵合“辙”，其巧思妙趣真是一绝！但已视为烂纸，亦无标价。又一次在书册中间翻出数帧老照片，看时，却是袁世凯“洪宪”年“登极”时群“臣”在天坛行祭祀典礼，最有趣的是那服装：明代交襟式大袍，有带束腰，脚下是薄底长靴（如京戏中所穿），头上则是“平天冠”——即冠上有一块长方板状的顶部，前后可垂冕旒者是也。我不知是否有史家、掌故家曾有载记或描绘？如无，即也属“秘闻”了。可惜那时候我无心无力旁收乱取——也因可收之物（明知日后皆有历史价值）太多，我怎么能都“顾”得上——假使收了，恐怕也只成“破烂儿”，或随“文”劫而化为烟埃，焉能保存不失。物之存亡，“亦有数在焉”，只好引昔人的陈言聊以自解吧。

诗曰：

小斋长物费搜寻，碎玉零铜共几金。

别有嫏嬛无限事，人间天上一沉吟。

李杜公案与《碎叶考》

一九九九年三月三十日《中华文化报》头版文章《考古研究确认碎叶城位置》，考得其遗址在吉尔吉斯斯坦境内的阿克别希姆。这一则报道，使我欣喜，也引起我一段回忆——此一回忆之内容，是世人鲜得而闻的，我偶于谈话中提到了一点端倪，聆者甚感兴趣，说应该写出来，让人了解，也是有益于文化学术的事。因而乘兴走笔，粗记梗概如下。

一九七〇年八月，我在湖北咸宁干校劳动，分配任务是夜里到“湖田”里去看守菜园子。一日清晨，领导忽召我训话，说调我回北京工作。临行时，办理公函手续，方知是周总理特电湖北军区司令，指名调我回京。此事当时轰动了干校。我于九月五日抵京，到文化部“留守处”报到，该处不知如何安插我，暂在人民文学出版社栖身。社长王致远让我看看郭小川的诗集等等“闲务”，也无工作目标。

我现已老迈，记忆时有颠倒，似乎后来周总理、李先念都指示过要出版四大古典小说名著（《三国》《水浒》《西游》《红楼》）之事。在此以前，某日，王致远忽召集三四人开“小会”——那时又由干校调回戴鸿森，加上留社（未赴湖北，办出版样板戏）的二位。王发布一事：

郭沫若夫人交他一稿《李白与杜甫》，看看如何出书……

当时组成四人小组，实际主要是我与戴二人看稿，二人对此稿意见极大，贴出的意见签，大小长短，纷如牛毛一般。

但到“定规”时，某晚（彼时“革命办公”，不讲时间，有时整日整夜）召集多人开会研究。王致远社长逐一听取那么多的审稿意见，从整部观点到个别学术、文字问题，但他十二分谨慎，结果是“不提了吧”，“省掉这条吧”，一条又一条的意见签往下撕，只剩了极少数“无关大局”“无甚痛痒”的几条——他才敢去交给郭老。

书出来了，文学界很多人目瞪口呆，——“敢疑而不敢言”，却把我当成“箭靶”，好像这是由我“编辑”的。有一位姓王的专家还写信给周总理，告我们的“错误”状！当夜的会开到后半宵，我的老伴有些不放心，跑到社里去接我。此情此景，如在目前。

附带追记一段经过：

当时王致远对此书稿特别重视，抓得很紧。戴君也是个工作认真而主动之人，十分用心对待，我们两个有点儿“对了把子”。不想我忽患高烧，几乎接近四十度，经治疗幸告平复，但只给一周病假的证明。我却说，不要了，因为有重要的工作不能久待。我回班上，可真感到力尽神危了，而戴君还希望我晚上再去工作二小时。这种情形，并无第三人知之。

郭著除了扬李抑杜，还有李白的诞生地碎叶城的考证这一主题，是著者得意之作，学术性较强的部分。

但我看那考证结论是不对的。于是我对此书论点的不服气就集中在碎叶遗址上，因为这不涉“政治”，可以从学术上各抒所见。

为此，我费去了一年的功夫，包括细阅史籍和唐代诗文写及碎叶（属安西都护府）的资料、中外地图等等研索，我终于得出了一个与郭说不同的结论。

此文不但花费工力多，而且三易其稿，在我平生亦为罕例。清抄后欲留副本，无此精力（当时尚未流行复印机），乃烦天津文友涂君设法打印（他是文化局领导），未料他对此文考证内涵及意义估量不足，不曾如我所愿。失望之下，托了人民美术出版社司机庞君，他说知道毛主席的收件处地址，可以代为投递，我遂恳托了他。当时想法是此外没有发表与郭说相反的园地可寻，只能往别处求得是非的评判，不要让学术的是非正误陷于错乱。

也许那个想法太不切实际了，书生之妄计也。此文投后，不曾得到任何反响。我也无从想象这种投文还有无下落可寻，找谁去问问？此事是我平生治学上的一段心事，总无人知。

今见报载，考得碎叶城的确址，却是出于日本学者的贡献，而国内自郭说出后似无任何新的学术研究成果，不禁感慨于怀，想起我费三年余精力的《碎叶考》，不但是

“孤本”，而且无可寻回，怅然而嗟叹久之。今将仅存留下的《内容简介》附录于文后，以供读者了解原委。

诗曰：

深夜研谍戒妄行，百条疵误且休呈。

妻疑事异知何故，寻问来迎虑祸生。

［附录］

《李白诞生地——碎叶考略》内容简介

本稿为配合反修斗争。一九六九年十月我国政府发表的重要声明，曾指出八世纪初中国大诗人李白即诞生于中亚巴尔喀什湖以南、伊赛克湖以西的碎叶，严正驳斥了苏修统治集团的狂妄荒谬的胡言乱语。过去国内外涉及这个主题的文章，也有一些，但极为凌杂散碎，不成系统，参考检阅，异常困难。本稿试图就此主题做一较为全面的考察与介绍。

全文共分十四节，另有“附说”一类的分节（即为注文难以容纳，势须专节申论的各要点）共七节。合计为二十一节。其用意，正文各节力求简明通俗，从正面介绍讲解主题的各个方面。每节正文所附注文及“附说”类，则专门论证考订，为正文所叙列者作根据，或解决疑难之点。二者互为表里。但如一般读者感到有些十分复杂的古史地问题的考辨过于专门性，阅读未便，即可略过后者，只看正文；而研究者合看各文，亦不致感到过于简略。前八节系统地考论碎叶，后六节则兼论李白的诞生。

过去有关文章的问题，不止于凌杂散碎，而且其中误说极夥。这些误说，如不加以澄清，则十分不利于这一主题的论定，而极易为敌人所利用。以故本稿的任务也在于纠驳这些误说。

误说中举其关系重要、影响普遍者：如谓碎叶之属唐、之列于“安西四镇”系迟至六七九年之事（实则早在六四九年）；如谓唐“弃”碎叶于七一九年（实则并无此事）；如谓唐于六四四年已于新疆焉耆另置一“新碎叶城”（实则完全出于误解史料）；如谓李白一家系先归中土、后生李白（实则妄解史料以成其谬说）；如谓李白家世史料多出“依托”“诡称”（实则一一确凿可信）……如此之类，不一而足。其中任何一点若能“成立”，皆将甚不利于我们的论点与立场，而极易为敌人所乘，资其伎俩。然而此等误说却遍存于各有关文章中。稿中对此，一一加以辨析，庶使史实真相得以彰明。

考论碎叶，必须涉及“安西四镇”之建置与我国唐代与西突厥族官民的关系等问题，也牵连到我国唐代与西域诸国的友好关系的问题。国内学者往往为一种错觉所误，每以对待“匈奴”“女真”一类的敌对立场观点而论碎叶之事，动言“西突厥”如何如何，动言“与西突厥战争”如何如何，俨以“敌国”视之，此为十分错误之表现。盖碎叶为我国当时领土，西突厥族为我国多民族国民中之一族，原为一体，除中间有个别叛者出现、旋即平复外，始终关系极为和洽，岂容与汉匈奴、宋女真并论等观？本稿于此类问题，尤三致意焉，亦所以纠正一般错误观点，而贯彻毛主席“古为今用”的伟大政策。

对于当时中西文化交流之点，凡不轶出主题大域而可以附及者，亦酌量予以阐明。

本稿并力求打破“学术论著”的传统的积习与面貌，务使文字稍有意趣可言，如常常以唐人诗句辅助考论，似亦得为一小小特点。

盲之边缘

二十世纪七十年代上半期，一九五三年版的拙著《红楼梦新证》忽受某家的垂青，要重印。我不想照样复版，因为多年以后应当作些修订补充，不然有些应加的内容将再难获得机缘，再说此书已遭批判，从那时风气而言，如果一字不动，公然复现，人家会很生气，以为我顽固不化，坚持“错误”——那后果也会“够呛”。因余悸尚存，故欲略加“收拾”，为“应世”计。

开始修补工作不太久，即一九七四年，忽觉眼之视物十分模糊，而且看窗棂时，直的变成弯的，还觉得好像目内浮着一层流动性的水似的，物象在晃动不定。

起初还不当回事——此我平生老毛病，什么病也不重视，也不去检查问诊，想“拖”而幸免，于是问题变大了。“拖”计不行了，无奈何进了医院。此病求医并非易为之事，幸蒙周总理知而关注，所在单位方予重视，安排的是协和医院的眼科病房，在北京也应数一数二的良医上院了。承治者是位王姓女士，我对她印象甚好。住院以后，时值冬天，四人一屋，我的床位紧挨窗口暖气，医院的暖气管之热，可怕之极，我脱得只剩单衣，还是直冒汗津。这也罢了，西医的制度是种种检查、抽血、注射……一日之间不知把你要几次从“热炉”里提搂到冷风朔气中去，去做那些手续。我实在受不了了。

还有就是修订的进程已到功亏一篑的地步，遗而未完的许多重要地方尚在“敞着口儿”，是“不了”之局。这使我夜不安枕，热更难挨！

实在是再也忍耐不住了，下了决心，鼓起勇气，找那女士王大夫去求诉，详说委曲困难，望她同意我先出院，等工作尾声完成，再回院手术。

大约她见我情况特别，处境堪怜，言词恳悃，受了感动吧？竟获同意——我高兴地离开了那难受的病房的“热折磨”和“心焦虑”。

回家之后，目已不能视物，医嘱勿做大活动，只以平卧为宜。我就仰卧于木板床上。

为了工作，从天津借调来了在工厂工作的女儿，我让她将书稿的某些部分念给我听，我听到问题的所在点，就口述如何增删修改，让她以笔照记于修改那个地方。

以此艰困的方式，坚持到将各种复杂问题逐一解决，心里这才觉得有点踏实。

女儿事后说：“我从来不知什么叫头疼，这回可真明白头疼的滋味了！”她是慨叹这样的工作的复杂困难程度使头脑承受不住了。

我那拙著的增订版，就是如此产生的。世人未必能知——因错排失校一二个字，还有专家撰出专文指教呢！

闲话休提。如约回到医院了，天幸此时暖气已停，我心中称庆不已。

谁知，回院之后前来照顾（主治）的大夫不再是王女士，而是眼科首席名医专家张承芬女士（当然也是过后方知的）。我很幸运。

但这并非由我可以挑选的事情，原由不明。可是王女士也许起了疑心，以为我“看不起”她，换了别人来治。何以信（言？）此？因为有一次我到锅炉房去取开水时，她也正在那儿，不知见我开关水龙头有何“不妥”（因看不清），她大声向我狂吼，加以申斥，吓得我心惊胆战。我方相信苏东坡说女士能作“狮子吼”并非戏言。倘无此一吼，我会始终认为王女士是十分温和文雅的医师。

治一次眼，可真够受。由停暖气时直困卧到暑热蒸腾之季了。

诊断结果是视网膜脱落，这是最难治的病患了。张大夫给我做手术，有两名留学医生向她学艺，她要示范，每一步让两人细看——这不好受，时间特长，加眼剃光睫毛，撑大了，不能眨眼，强光电灯相对，仅仅这，就受不了，何况还要动刀剪。记得同屋后来一农民式病友，他向我说："太可怕了！我的手术台旁那位，忽然嗷的一声大叫，我当是把他给宰了！"各笑一回。

此外还要有坚卧的功夫，即仰卧不许动。如此日日夜夜须个把月有余才行。一位外地病友孤身在此，心情不佳，不能做到躺得合法，出院后刚走到大街上，那眼就又坏了，又回院重做，那麻烦与痛苦可就大了！我回院复查时见他如此，心中替他十分难过。

张大夫医术高明，我右眼复原，而且视力之佳超过未病前，全眼科传开了，都深为赞羡——要知道，别人无此幸运，一位老太太已躺了几个月，出院吧则未治好，住着吧又治不见效，不知何日方是了期……真是愁煞人的事。

我左眼没什么大问题。谁知出院后每周一复查时，院里新装备了一架激光机器，一老一少二男士（张大夫忙着给外宾治病，无法再来管我复查的事），拿我试验。那回，开了机器，对我左眼施行治疗，耳闻那小伙子说："开大点儿，他这眼厉害（意谓症状重）。"

回家后，左眼一片黑，很快看不见了。

从此我成了“独眼龙”，喜而变忧。

后找张大夫“诉苦”，她说：“我再给你做吧。”但我已怕了，不愿再受二番罪了。左眼的事故，当时也无“索赔”制度，认倒霉而已。

我靠这右目（中有大穿孔，并非全佳），又工作至今，又写了几百万字的撰著。我仍十分感念张承芬大夫，没有她，我大约是早成废人了，现只算个残疾者，何其幸也。

诗曰：

盲左群云古史真，却怜同代众尊陈（寅恪先生）。

书生惜目诚何益，老怕看（kān）花雾里人。

小摊

老北京的，外籍而久寓京华的文人词者，宿学名贤，多有逛小摊的癖好，独得其乐。例如邓文如（之诚）先生的《骨董琐记》，所叙诸品，大抵是他多年巡礼小摊的收获。就连鲁迅先生，案头也不乏文玩——所以悦心目，助灵思，作用甚大而不易为常人理解觉察——那文玩，就不是从商店买来的新产品，总是旧物居先，因为它身上带有历史文化的内美和外仪，真如《文赋》所说，那是“石韫玉而山辉，水怀珠而川媚”。

北京的小摊，种类不一，有集市，有零设，有晓市（俗称“鬼市”），有庙会……，风格多姿，所售之物亦大有区界。我没有福气赶上邓先生那样的老小市，也无时间财力而专寻此一乐趣，经验极有限，可还想记一下回忆中的鳞爪云烟。

五十年代，新中国成立初期，京中的“老旧家”处境不佳，仅存的“箱子底儿”，无用的“破烂儿”，都拿出来换点儿钱用。于是有些小摊聚在一处，或路旁一块小小空地上摆几件旧东西，蹲在那儿等候顾客买主。

这完全是一种带有极大偶然性的“缘分”的事情。其偶然性不但极大，而且是多层次的，卖的碰上一位买主，买的看上一件别人不睬的破旧东西——只能说是“缘分”。某君这天“出摊”，带上几件物事，某君忽然由此路过，“狭路相逢”“冤家路窄”，这才构成一次小小的微不足道的而又十分有趣的“交易”。逛小摊的乐趣端在于此。

五十年代因居近北城，我有空儿就到雍和宫以至北城墙根的一处摊市去开眼界，觅心赏。那儿有常摊，还有随时流动无常的坐家户儿的售卖零物者，似乎也有“贩子”在此物色奇遇机缘。

我之所遇而值得一提的实在不多，原因是“闲钱”太少，那时物价低、工资少，谁有余力来买这些“无用”之物。一次收得一件“诰命”，是乾隆年诰封富察奎林的文物，奎林是个名人，封诰原件也可以代表彼时江南织造工艺的高质量。诰命皆纯丝织，成为卷轴，全卷质地五色丝织成，极为工致厚重（比起康熙时的，略显粗了些许）。诰词是满汉文分写，满文左起右行，汉文右起左行，书写工整，钤有大朱印。外面是黄缎式封皮。

提起这，有两点可记：

一是“文革”时，我是“隔离审查”，批斗时，屡被诘问：“你家里怎么有圣旨？！”那位“革命派”指的就是这件“抄去”的旧物了。

二是后来我在琉璃厂看见某店里一大堆同治年间的诰命——其质地的“织品”之稀薄，已不如夏天的“冷布”，糊上一层似布似纸的东西，色泽是一片灰，奇劣无比！因叹清廷的事情至此已不可救药，就由此他人不暇一睬的东西也可以悟晓憬然了。这真无法形容，一个国家朝代的“运数”，就是如此地令人惊讶感慨。若不目击，怎么也难“想象”或“相信”。

另一件是一幅由京至杭的水道全图。

这是一个不太大的白纸折子（古之蝴蝶装），没有考究的装潢，而画笔十分工细，水道表现也非常详细。京城有门楼为标示，军事驻守点的墩台有台形和小旗帜。水道之详细可以济南的七十二泉为例，一个不缺，且皆注有名称——这一条以大运河为主干的包罗水路万象的地图，予人以很不寻常的惊喜之感，可谓眼界与“胸界”一齐开拓起来。

此图何用？我估计是乾隆时南巡之前准备进呈的稿本——审定后还要放大，装潢，方为正本。

这是乾隆年代的文物，我有详考，写成专文，但经“文”劫，已不可觅。最奇者，天津与大沽口之间的海河之畔，只画有一个地点，注为“西咸水沽”四字，我一见即知是我的出生之地七十二沽之一的“咸水沽”了——今之“咸”是简化字，原作“鹹”，异体又作“醎”，绘图注字时误将一字写成“西咸”二字了。这儿就绘有墩台，上插小旗，非常有趣（但故乡人绝无能知此地曾为戍守点的古迹了）。

古玉时时可遇，我只收过两块系璧，一为商时物，通体变黑黄，而只一小块显露本质原为青玉；一为汉白玉，由铜沁生绿，又有水银沁（久玩可变生红色），价皆奇贱。可惜汉璧赠四兄祜昌，他却弄丢了，至今念之。

还曾以一毛钱的微值从一老太太手中买得一方小端砚，雕有云纹，上方有一小鸲鹆眼，堪称奇遇。

见过而买不起的东西很不少，如一人售一小木箱，中贮“红楼梦升官图”（今曰“走棋”之类也），数幅，各不相同，且是墨书而非版刻。问之每张索五元，只得望望而舍之——那时的五元钱，比此刻花上五百元还要“沉重”得多呢。

也就是在此处，见过四大名旦之一的尚小云的彩色花卉一幅，镶在镜框里，钤一白文印，审视四字印文是“平南后裔”，盖言是清初平南王尚可喜之后代也。这在别处尚未见过，故应记之以备梨园掌故。

诗曰：

旧邸雍和北阙阴，老妪端坐整衣襟。

谁识富察当日贵，零钱数角售奎林①。

［注］

①奎林，皇亲大学士傅恒的一家人，战役殉国，谥壮烈，在紫光阁功臣之列。傅家满门贵盛，乾隆时第一旺族。他家与曹雪芹家有多层关系。

物劫

一说有“劫数”，就有“迷信”之嫌，但“迷”可以警戒勿犯，而“信”则不能全废，否则即无真理可言了。

今只举一二饶有奇趣的事例——

我在成都教书时，于玉龙街的一家古物店买得一方大砚，端石的品质甚高，有“冰裂纹”，隐隐泛细“青花”和红霞，似色泽，若一沾湿润，尤美。砚面雕为一大凤头，两翼围抱砚池，而凤身直连砚背，气象宏伟不凡。砚背有汉隶书铭文，又词刻工皆佳，中言此乃顾二娘之所制，落款为“真意道人”，印章则曰“月溪”——谁也不知此为何人旧藏珍品。

凤的大眼睛，绿中一点瞳人，奕奕有神。

我记起早先在《艺林旬刊》上见过两三个顾二娘制凤砚，规制大同而小异，俱不逮此。然专家指出，那石眼是后嵌，非石所原有，意思是不值钱了。唯老同人周绍良见了说这是真的，砚面虽为店贾磨新了（不见宿墨），砚包则“包浆”（古玩年久所生一层“手泽”积光，刷洗不掉）很厚，是明证，起码够清初年份（顾二娘是康熙时苏州名匠，伪品多，十分珍贵）。

果然，无意中发现了实证：查得康熙时福建世家许遇的别号正是月溪与真意道人。许遇字不弃，诗文书画名家，诗人如王渔洋等多有题赠他的篇什。我这一发现意外兴奋，因为造伪的必取显赫的名人铭款，不会如此“隐姓埋名”。于是遍考诸书竟录成三个小折子，资料甚富，家兄祜昌读了，十分得味，说这种“小考证”比大论文难得。

事有凑巧：我从成都奉特调回京，家兄等来探看，皆见此砚此事。忽一日三家兄（泽昌，字雨仁）从故乡专程送来两个很长大的卷轴，打开看时，其一是巨幅墨松，笔致高绝，正是许不弃的真迹！另一轴是明相李东阳的大松鹤立幅。

我惊喜叫绝，称奇不已！

原来，此乃寒家旧物，祖父辈是船户，船是“跑关东”粮木贸易，有了钱喜爱书画工艺，在乡间偶尔收得了一些不太值钱的文物。新中国成立时，这些东西因地主家庭被抄，但当地当时并未由正式手续造册归公，只由极少数几个“街道革命分子”（有的是假充的）一哄而乱抢而去。事后，隔了几年，东西渐渐“露面”——拿出来零卖。三家兄忽然见了那个许遇的名款，遂花几个钱买了送来。原委是如此。

谁想，此物不该由我再有，“劫数”到了。

这得从那当年的“吉寓”说起。在成都走了一年的“红运”，调到出版社，给的是东四牌楼十二条胡同以北的门楼胡同六号小院正房三间。记得舒芜随同聂绀弩二位来见第一面时，舒君大赞此居，表示羡慕，说若知社里有此佳居，早就来占了。哪知，此寓不但不“吉”，实是一处小小的“凶宅”，自入居之后，事事不顺：挨批判，生病，两次住院手术，身体大坏，家里因带孩子琐事天天吵架失和，社里不谅逼着上班工作……，可谓贫病交加。原先“垂青”的领导呢，因为运动接连，自顾不暇，都由大名人变“黑”了，谁来体贴关怀于我？新来的“革命”主管人不了解下情，只一味要求和“使用”，看不上病号，以为只耗费医疗公费而不肯卖力……我乃陷于困境。

正房住不起了，只好拟搬入南屋（原住的同事陈家被监管劳动改造去了），省点房钱。

正值此时，“古典部”主任某君要“考验”我，命我随他出差，赴西安、兰州一路去“组稿”。离京之前，我不放心搬屋的事，叮嘱该管人，我不在家不许动，一定等我回来。

谁知，那人可谓“混账”无比，我前脚走了，他后脚就逼我妻、孩立即迁屋（把正房让给顾学颉住）。家人无奈，被迫搬迁——南屋窄小，物件书册等难容，几个破木箱只好放在正房西端通往小夹道的一个“过道”里，偏赶下大雨了，“过道”的房顶是漏的，木箱湿透。雨过之后，方想起内有仅存的数轴书画，许遇的大松障，当然也在其间——等到发现事故时，书画轴已成“烂泥”式的“纸棒”，连揭裱也无可想象了！

这已够奇了，还有更奇的——

一次老友文物专家史兄树青来访，看见许遇大砚，颇能见赏（装嵌凤眼其实都是如此，不是贬价），过几日给我送来一个旧扇面，却正是许遇的小楷书佳品。我很感谢，志此雅缘不忘。不料，一次检点所存“破烂儿”的残余，竟发现扇面已遭鼠噬，而“吃掉”的正是许遇的姓名落款与小红印章！

于是不禁长叹：非我福薄，许遇之命苦也——“遇”而不遇，“不弃”而必“弃”之命运如此之酷烈，尚何言哉。

许遇与“文字狱”的主犯戴名世有交，见于《南山集》，知者亦寥寥……

就举此劫吧。别的说来也伤心后悔，不会愉快，难成佳“文”，就不要罗唣的为妙了。

诗曰：

乘时雨渍也欺人，不许寒斋剩尺珍。

多感顾娘安凤眼，月溪真字笔犹神。

全国政协二十年

对参加全国政协的来由，已有另文粗叙。那段文字在于记一记同会的会友，而没有自己的事。今则略作补充于兹篇。

每个小组讨论时都有组长，但不那么叫，只称“召集人”，由他主持小会。召集人的任务是听取大家意见，掌握讨论重点，反映委员建议等等，似乎只是个中介传达人，实则会议的质量与他本人的水平大有关系。

我在全国政协共历五、六、七、八四届，计首尾二十年之久，所经历的组长人数是不少的。印象最深的有宋振庭、王光美，气度好，会场气氛好，使人愉快，乐于抒发己见，畅所欲言——他（她）本人也必然有“谈言微中”的意味或直言真见的内容，以及对委员发言的反应与评量领会，包括异同或补充。

这样大家气氛热烈，真做到了民主与“双百”的精神与实际。

当然，个别的也遇上过不太一样的，那可能是他曾当过“官”，在如此小会上也像个“主”，语言气味不同，对人家的发言喜欢“立断”，不懂尊重群众，善于挫折发言的热情。

记录人的水平，关系也极大。有些发言很是重要，内容也相当充实，可一看印出来的《简报》，却只寥寥数语，而且意味全无。

这是一种浪费——更是一种损失。云浪费者：开一次大会人力、物力、财力、时力，花费巨大，而收不到应有的效果，岂不是一种重大的浪费，又是什么？

我自己在会上的贡献实在微薄，对此是深自抱愧的。从记忆中来回顾，有几份提案还能记得起来，而且也在别文中提到过，因为似乎不无历史意义，不妨在此总叙一番，也算稍稍自检，还是可以吧。

自己是书生，故此从一开始所关切的都不会离开这个大主题。不过书生毕竟难脱书生气，提案用意未尝全无合理可采之成分，但其提法与措词则有时是让人粲齿的，因为老练的人士看了就会说：真荒唐，太幼稚了！

比如，开国立国之本，是一切为了人民，为了工农兵。但“文革”中坏人利用了这个根本政策和口号的巨大影响而加以歪曲，把“知识”和工农兵对立起来，竭力贬抑和咒骂知识分子在革命建设中的地位与作用，说“越有知识越反动”，有些知识的都是“臭老九”（典出“九儒十丐”，据云在元代为各行各界的众民“排座次”是如此

“规定”的）。拨乱反正之后，老标语、老标记不变，仍然略无知识分子的地位，大家轻视知识、唾弃知识的社会心理是个巨大的问题——此问题一般人又只当是个文化问题罢了，认识不到这更是一个强国富民的重大政治课题。

因此，我就此提过一些提案。

但这不同于一件具体的、可以很快“办理”的事情，提案组把这种提案分给哪个具体“该管”单位，就无法处置。因而我得到的回复，也只能不了了之。多少年后，串胡同售货小车的玻璃罩上还是早先所写的朱红大字：“为工农兵服务。”

于是我这书呆就心里自忖：旧社会生活了数十年，从小听熟了的“民序”就有“士、农、工、商”一种和后来“更新”了的“工农商学兵”。“士”居首，太陈腐的观念了，降到“学”居商后兵前，是否“偏低”，我无资格代答——但总还有它一席之地，未被“消灭”呀！

与此相关联的，我的小组发言与大会提案，就总是对文化、教育、人才这“三位一体”的主题的愚见了。

回想有一位委员也是初入政协，曾在会上说：“知识分子好翘尾巴，可不要又犯老毛病。”他是自警兼以警人的善意。但我因他之言就时常“反思”：我那种意见是不是也还属于“翘尾巴”之列？

我的迂腐之态甚至达到了更可笑的地步——有时学习讨论政府工作报告时，特别注意文化教育那一部分，因见这一节篇幅最少，在全文数十页中只占了很小的百分比，而且内容也较泛泛，缺少具体实际的论证与规划，就硬用“百分比”的方式表示了意见，认为这应当大力加强。

对教育事业的拨款数字，也是十分关心的项目。当然教育问题不单单是个经费问题，师资与教学的死办法更是关键问题。

然而，对此做一次发言，表示这是国家民族的百年大计，听起来只成“老生之常谈”，提出来也不过讲讲而已。

然而，面对昔时的那种认识与形势，说也无多用处，真是忧心忡忡。

还有，对报刊上的“文化”版面时兴的内容与风气，民族语文的一些亟待澄清、解决的问题，也是我提案的主题。

无庸讳言，这种性质的问题，并非一件个人提案与一处单位答复所能为力的大事。我也知道，不过尽我的当了委员的责任之心，促使我应该尽心尽力，不计功过。这样，似乎也就“无大过”吧？

至于人家笑话我，不足计也。至于具体些的事，难忘者有二：一是首都的亿万墙壁空间，再加上新筑的高大矗峙于街侧的标语砖墙，布满了“文革”的口号，无孔不入，大的字有笆斗那么大，小字是在商店窗玻户木上，密密麻麻，号称“红海洋”。这些数不清的“伤痕”，长期任其存在，绝无人理会它，也不当作一个问题来处置。我的第一份提案对此做了警醒与建议。结果很快得到了全部的消除消灭，市容焕然一新，气氛也随之大变。此为我在提案中最为生效的一份，自谓关系未必轻微，应当有所记录。

第二例可以举一个相反的——即丝毫无效的例子。老北京汽车甚稀，而随着国家市政的发展，自然车辆日增，此在形势情理中，无可非议；但问题是盲目对待这个巨大交通问题：一不严计合控一个合理的数量限度，二不知悉车多了之后的停车规定在国际上是个非常重要而严格的法制课题，结果北京的街道迅速变成了“车流”，而尾废气的污染与乱停无规的车占居民、路口、绿地……一切“空间”的现象已成为世界各国市容上十分落后的景象。

我对此相当及时地提出了预见性的建议。可是得到的答复是一纸空文，既无理解重视的认识，也无考虑措施的任何意向与词语。

在此以后，不但情况未有改善，正是相反地变本加厉。

委员只有建言之权，我虽人微言轻，毕竟没有完全“素餐”“滥竽”。聊且以此自解，不知可乎？

诗曰：

议政书生迂腐词，惹人腹笑获人知。

漫云廿载空居位，也有愚诚慕拾遗。

政协的盛况

（上）

“四人帮”倒台，十一届三中全会大典之后，政治局势拨乱反正，正是《诗经》说的：“周虽旧邦，其命维新。”民心士气，新、新、新。一切皆新。恰在此际，我荣膺全国人民政协委员之职任。

那时我还未离人民文学出版社，但自一九七四年目坏，仅免于失明，主治大夫协和医院眼科首席专家张承芬女士亲施手术，主动三次开具证明，不能再做编辑工作，是以我方上“半休”状态中。一日，社中人事科的与同人小陶忽然临舍，说是有重要通知。打开看时，方知是全国政协委员的任命书。

正值爽秋佳日，与社长严文井同到郊西的友谊宾馆去出席第五届大会。

最初参加，身份还是“特邀人士”组（以后历经文艺组、社科组，再归文艺组、无党派人士组，凡经五变）。“特邀”组包括的大致文艺、社科、出版、图博等方面的人士为多；另有文艺组的大批人，如赵丹、白杨等等住南楼，我们住“工字楼”。

这种大会名流汇集，无法全记，也记之不清。单与我个人同会或同组的名家，书画戏曲界，那也多得不可备述。那确实是一种“盛”况，别的大会未尝不盛，但文化文艺气氛，只怕总难与此比肩望项。

我那时目坏后仅保右眼，亦不全佳，行动十分不便，从一开始，便有两位女士极为热情地主动为助：一位是舞蹈专家资华筠，一位是芭蕾名角白淑湘。她们从开幕到散会，处处扶持、引路、升阶、移室、找座……，凡我困难的场合，无不助我解决。这使我永远感念不忘。

特别令我感动的是首次会后，到再开会时，她们老远就高声打招呼，“小白”寻到我的寓室，兴奋地叙“旧”（其实上年才相识）。

这儿艺术家“成堆”，各门各类齐备。

其时巧值戴敦邦住于此馆另院中，为英译《红楼》画插图，热情介绍，定要我与画家张乐平先生见面。记得到散会那天，张先生外出赶回宾馆时，我已推迟离馆专为等他，这才相会。张先生身材魁梧，为人和蔼，我们谈得来。等到次年再开会相聚时，他在我的小册页上画了一个三毛，双手持红领巾，题曰“献周老永春”。那时他患高血压，精神不适，犹且不辞辛苦，勉为命笔，令人感念不已。

早年唱《渔光曲》驰名天下的王人美，真实不虚的明星人物，已年老足跛，持一手杖，剪着短发，家常衣服——谁也不会认得她是名人。我们也熟识了，有一张照片，就是张先生、王女士与我的合影——这已是在香山饭店了，此影很有纪念价值。

诸如此类往事前尘，一时实难于尽忆了。

在文艺名流之外，相识而相忆之人则有张学铭先生——今称少帅学良之弟也。他貌不惊人，穿一身旧制服，无任何“习气”，所以相会之下，来往亲切。他患腹水，较为严重，自言此乃不治之症，坦然处之，毫无忧戚之状。政协方面介绍名医专家为之诊视。一位儿媳随侍照料他，其子在美，媳即将出国探亲，曾向我询问事情。以后，就见不到张先生了，大约病情已不容他开会操劳了。

另一类型的老会友是罗章龙先生，他大约是全体委员中年龄最高的人瑞了——我和他最后一次合影时他已九十九岁。我们到大会堂常常同车（此指行动不便者特为安排一小轿车），互赠过著作。罗老在会上从不发言，为人温和稳重，与我的孩子伦玲相触颇佳。

首次开会住邻室的有故宫博物院单士元、商务印书馆名编辑吴泽炎两先生。我与单先生同小组，到大楼去开讨论会总是他帮我引路认地方；会下他来谈论恭王府与大观园的话题。

吴先生人极好，不弃而下交，他辛勤编出的新版《辞源》四大册，每出一册即蒙寄赠。我真是感愧交加，因自己一无贡献，他老却以学者视我，以为可与论学，何其幸也。有一点最有趣：他听我在会上的发言，大约暗自忍俊不禁——有一回会下他对我说了一句话：“你对事太认真。”

这话使我不断咀嚼，回味深长，真是一针见血！因我所见所言，皆书呆之论，放入实际，不但毫无用处，而且有的还成为“格格不入”。吴老早看得透，知道白费言辞，还招人腹笑。“书呆子气太重”，这话也听人评我说过，可谓或婉或直，其致一也。

在“社科组”时，宋振庭先生为组长，赏其人之豪爽，讲真话，毫无官气。但在组里讨论的都非文化问题，我无“共语”者。而只有唐弢先生是“大同行”，颇谈得来。记得他还让我为他的友人题“红学”的书物或笺纸之类。但他本人对此有无兴趣，则未尝话及。他致力于为鲁迅先生写大传，我将拙著《红楼梦与中华文化》新书托人送给他，因为书之前幅有重点论述鲁迅对《红楼梦》的卓识真知，以为或可供他参与指正，可惜未获回音。我与他“文革”前是同巷近邻——无量大人胡同东偏，他住社科院宿舍，门前四株大槐树，与敝居斜对过。当时不相识，相识之后他已移寓。我们的缘分近在咫尺而又远若天涯。

此外“一面之缘”“一席之谈”的同会人太多了，实难悉记，如常书鸿、六龄童、胡芝风、邹德华、李和曾、新凤霞……，可谓举之不尽。六龄童人极温雅，在香山宾馆大厅座中，他每一人独坐，似乎不喜交游，见了我，要拍合影，并言：“我一向敬重您……”这实在令我感愧无端——因为我们从来不曾有过任何相逢倾盖的机会。

同小组的，要算与黄苗子为最熟不过了。另文已讲过，自六十年代之初纪念雪芹逝世二百周年就认识了，以后多所过往，还一同“下乡”到安阳胡官屯……，又在香港同住数日……在小组中，我们即席赋诗“代谈”，他的诗才也很快捷（我还罕逢对手如他者）。我问他当年亲见河南商丘所出雪芹小像原装册页未经拆散时的真相以及相关记忆，他也以笔墨代答，成为珍贵的“曹学文献”了。

（下）

全国政协的会友，女士人数不少。我想记记陈慧、胡絜青、潘素等几位大姐，当然所记者都是鳞爪“谈片”，善读会心之人自能窥彩豹之斑斓、领全龙之隐现。

陈慧大姐是陈叔通先生的令爱，洁身自爱，终生处于闺房，也不喜交游名士，因我未见她曾与会中诸多艺家墨客在一处谈论。

也许只因知我是一个研《红》之人，故此颇蒙不弃，时常找到我，清谈抒臆。她说：“我最愿意听你讲《红楼梦》！”

我的“红学观点”中大遭反对讥嘲的不少，其一是反高崇曹，深恶后四十回伪续；二是“探佚学”之说，推考雪芹原书八十回后的大致内涵概况何似。她极感兴趣，也十分赞成。

所以我感念她，是我的知音。

有一回，话及伪续的“掉包计”的庸俗与廉价，并且大写黛玉恨恨而死，临咽气还直着嗓子喊骂：“宝玉你好——！”陈大姐感叹之至，说了一句：“这多丑啊！”

因为倘若如此，林黛玉的人品心胸、精神世界就太低下了——也就不值得令宝玉性命投契、心灵通洽了。

我想，这就是大家闺秀读《红》与书中大家闺秀相知相赏的佳例。这句话，后来说与家兄祜昌，他也极致击赏，十分折服。

一九八六年开会时，她知我将有赴美旅居之行，临散会时特来对我诉说：你有远行，且非暂住，等你回来，恐怕我未必能再见你了……

说时，其声呜咽，闻之令人感动不已。

这话真挚感人，似为永诀的不祥之音。但次年之秋我回国来，未忘其言，立即邀她来舍便餐（包饺子）一叙。她高兴地惠临了，还买来一盒文房四宝相赠。

我们开会时也曾多次同车而行。但后来好像她已不任委员了，从此再无相逢之机会。女儿去访问送物，她只将房门打开二三寸交谈数语。方知她从来不让一人入门做客。有人评她性情很怪。

大约就是一九八六年临散会分别的那次，她还在一个纸条上写了七个字：“相逢何必曾相识。”

大姐已作古人，小文略为传述。

老舍先生之夫人胡絜青老大姐，今年九十五岁高龄了，我们同会时也在八十多岁，而步履稳健，言谈清雅，不像那么大年纪的人。她该是我的老前辈，但为人十分谦切，知我眼不好，每次必然是走近前来，主动向我打招呼。

我们虽不在同一个小分组，却能每日两次相见——因为餐厅内都有“软餐席”位，专为年老者而设，肴馔皆做得较为松软易嚼易化，于是总在同桌而食。她先由小女儿陪侍，后因这位排行居末的令爱患了病，故后来改由大女儿舒济随伴。

我们谈得最久的一次，还是她惠临我的寓室而得以展开话题——这回她忽然讲起了老舍先生的事，尤其是他们伉俪如何结褵的情景。这一席难得亲聆的清谈，既详细，又生动，若干细节，更是珍贵而动人。只可惜我此刻记忆已不如昔，而当时又不及作一些记录，以致泰半忘却了，念之则觉遗憾。

絜青老人心中的老舍是别有风趣，与众不同。说起他并不喜欢彼世时髦人物的浪漫作风，为人拘谨而认真，一步不乱。夫妻二人同行时，绝不学那并肩携手的亲密样式，而总是一人在前，一人在后。他在这些事情上，似乎倒有些守旧。

她也提到老舍讲课时极受欢迎的情景。

有一次话题偶然转到了《红楼梦》。她对彼时的“红楼”戏中的许多编排表演，表示了一些不然之意，话不多，也很委婉。例如讲到贾母时，就说过：“当初大家的老太太那真可爱可敬，怎么会弄成了这个样子！”记得她为此感叹而引了溥杰先生的话：“我们（满洲人）家里，何尝有这些事？因为是演戏嘛！——为了‘戏’，就什么都上来了……”

溥先生指的是“清宫秘史”一类玩艺儿，加上“戏说”，拿历史开玩笑的“片子”。至于戏（影视）里的贾母，丑化、歪曲、糟蹋她的是以高鹗为首（“掉包计”与对黛玉亲外孙女的“变心”“变脸”……），加上某些画家的大笔——把她“塑造”得是“一堆懒泥胎”，脸上满是庸俗的“富贵气”和“酒肉气”，可谓见之令人作三日呕矣。

如此，又何怪乎絜青老之兴叹乎。

老人工楷书，颇见功力，气度不与寻常闺阁同。

潘素女史是张伯驹先生的第二位夫人，杰出山水画家。因我与张先生交深，故与潘夫人也十分熟悉。

潘夫人之出任全国政协委员，已是张先生辞世之后了。我记得最清楚的是第七届第一次大会，我一到宾馆，首先对面相逢的便是她。彼时，她依然风度不减昔年，见我步入，满面春风地欣然相迎，其流露的喜悦饱含着对已故张先生的告慰之情与荣任之感。

我们那时已很久未见了。后知她回室立即电话嘱女儿（名传彩）将她的大画集送来为赠（那画册精印本，价四十元，在彼时是很昂贵的册物）。她的大幅山水，专学宋人笔法，造诣非凡，罕见俦匹；听说在国宾赠礼中，送与欧洲国家元首的重品中就有她的名作。

她也善于音乐，琵琶、筝瑟，在张先生处常见，我只偶值她正在调弄古筝十三弦，虽只率尔寥寥，几指拨动，便真有诗词所咏的“雁声”之韵趣。

又闻人称她是潘祖荫的后代人。

潘夫人随张先生半生享尽了诗酒书画之雅福，或百人盛会，或千里壮游，其见闻之广可知，只惜她不能笔墨载记，俱化云烟。

她是理家的贤内助——张先生到老也还不改贵公子风流气度，行事也迥异俗流。晚境坎坷，阮囊屡空，但仍不知稼穑艰难；一次大年除夕那天，他跑到一处花店去，见有多种名葩嘉卉，包括寒梅绽香，水仙伫素……他喜甚，摸摸袋里，正有新收入的三十元钱，于是倾囊而将这些盆花“买断”，嘱店家用车赶送到家（什刹后海南沿二十六号）。

张先生是坐对佳花而“守岁”，潘夫人则啼笑皆非——再无一钱去置办“年菜”和过年之物了！

潘夫人在京郊就对我诉过张先生这种公子诗人的脾性，让她一人在理家不时陷入困境。

张、潘伉俪一生清福超迈常人，而晚境皆不甚佳。潘夫人对我所诉的家事，她的烦难气恼，我不能笔之于书，只说张先生八十以后身无大病，不过感冒稍重了，在家无有危险，而误送医院，住于一间八个病号的屋内，西医对老人寒热虚实一概不问，照例死规矩“折腾”一气，遂转肺炎而不活。潘夫人十分悲痛，见了老友就泣诉此情：老人死得冤枉（类似情况轻病转重，入了院就再出不来，我所知者即有多例）。

至于她自己，最后记忆减失，似近于老年痴呆，人也改变了形容；不幸又摔伤了腿……想来辞世之前也受苦不小。如有只见过她们晚境的人来听我讲说昔年风韵犹存的旧事前情，那是怎么也无法揣想得出——哪怕是千百分之一的实际的。推此同理，我之所见，又只是一点滴最末的风光境界，其全盛时的年华胜境，我也绝无能知能想之力。感慨系之矣。

诗曰：

冠盖如云大会隆，车如流水马如龙。

长街十里皆停足，也见泱泱大国风。

给外国使节讲《红楼》

八届全国政协开大会时，我住的是亚运村的五洲大酒店。我这乡下人闹不清“酒店”的“实质”，总觉得它大约不过像天津的登瀛楼“饭庄”差不多，当然大大弄错了。且说这处新酒店，很是高级——如今的高级酒店，似乎都很洋气，不然怎么算高级呢？那年“五洲”那儿果然就是接待世妇会第一批来宾的宾馆。那地方四面高楼围住，当中是个洋式花圃，圆圆的，设着洋式的牌子，令人恍如置身域外。幸而开会的会场就是右邻的国际会议中心，从“酒店”内就可以“曲径通幽”地到达。这“中心”门外，却有一对巨大的铜麟，铸造工艺十分精美——其式样很像燕京大学正门内的那对巨石麒麟（圆明园遗物）。我用手抚摸了这对仿古的文物，这才恍然“醒”觉，原来我所置身的还是古都北京。

住进这地方，心想：开会期间，可以与“红学”暂告“免战”了，所思所议，都该是别的了。谁知不然。我“命中注定”了，“红学”是我的“对头”——即在任何一条路径上都会迎头对面相逢的。这回，“红学”找上来，而且还与往常不同。

来的客人是罗马尼亚驻华大使夫人。她自有名字，但我只称她为罗明夫人。她辗转托人，邀我去为在京使馆界人士们讲讲《红楼梦》。

我在这五洲大酒店里接待了罗明夫人。

我平生会过两位罗马尼亚女士：第一位是普林斯顿大学比较文学系的小说叙事美学专家浦安迪教授的夫人，在访美时浦教授邀我去讲红学，特意引我到他夫人的“单位”去见了她，后来夫妇二人又来京到我家做客。罗明夫人是第二位了。她们都不是细高型身材，人很和气，亲切健谈，给人以愉快的印象。

我们约好了时间地点：时间是我们开大会的闭幕日，因为要使尽可能多的使馆人士能去听讲，所以时日的安排并不能有太大的挑选余地，只有那天上午是最合宜于双方了。地点呢，定的是北京大观园相邻的“大观园酒店”——又是一个酒店。

大观园的主管人员热情同意招待，借给会场，会后还可以游园。

那天确实称得上是别有一番盛况和情趣。

我没有统计才能，据热心的介绍人告知我说，到会场的总共是二十多个国家的四十多位听众。我目中所见，则男士只有几位，占绝对“优势”的是女士。从神情看，她们非常严肃，聚精会神地听讲，没有一个吸烟的、交头接耳的、随随便便“满不在乎”的动作出现过。

我是用英语讲。大约正因此故，他们似乎很感惊奇——在这地方居然能出来一个满头白发的老者敢用英语讲学问。这一点从一开始，贯穿全场，直到结束，听众的表现是鲜明的。

我首先表示，英语并非我的“母语”，一个老人，如果五十年不讲母语，也会“说不上来了”，何况我五十年不说英语，舌头都发硬了，不听使唤了，再何况讲的不是普通日常的闲文琐务，而是一种十分独特的内容。我用外语来表达的能力也感到不足，请了一位社科院的年轻同志做“备用翻译”，因为我声明为了尽量节省时间，除非个别地方遇到困难请他协助，一般是不劳动他的。这样，也得到了各方面的赞成与谅解。

但是，真正的困难并不在语言交流，而在于我须估量准确：这样一群特殊听众为对象的红学讲座，我该以何方式，用何“手法”来引导她们的兴趣并真能理解体会这个主题的意义。这确实是个很不易讨好、很容易失败的任务。

我决定的“策略”是从“文化基础”开始，而归结到这部小说的意义——为什么说它是中国的最伟大的一部小说著作。否则，空谈理论是难以收到预期的交流效果的，因为双方的文化底基和历史背景等等都太不相同了，讲起来处处都成为理解上的问题。

例如，我就从这书的题名为“红楼梦”三字到底表示什么含义，引起何等美学联想讲起。我得先讲什么是“红楼”，红色在中国文化上所代表的情怀意趣，中国的“楼”与西方现代的“楼”有什么不同，红和楼组成一个词语表达的是什么地方和情况。这些，单单是这么一个“启蒙”的开头，就抓住了听众，因为她们正是需要从这根本汉语字义上（其实也是文化上）理解起，所以听的人兴致高涨了，讲的人也就得以顺水行舟，往下一层一层地讲解引导了。

我告诉她们，“红楼”在唐诗里时常出现，它特指中国古代富贵人家（即物质生活与文化教养都很高级的家庭）的妇女之所居的精美雅秀的木结构两层式的“妆楼”，雕楼绣户，女主人（往往是女诗人、音乐家、艺术家）可以向外倚栏凭眺，而不是“火柴盒式的洋楼”（她们笑了）。

我还得讲解“十二钗”是怎么回事——中国的钗，不是现代“发卡”。比如凤头钗，什么样，多么美。又要讲为什么“钗”会用来代表“女性人物”……

然后，我得层层递进地讲，《西厢记》的“花落水流红”的代表性和象征性，中国诗人为什么对红花的凋零飘逝给以那么深切的悲痛——那隐喻着旧时广大妇女的不幸处境与命运，所以曹雪芹特别重视这句话，把它变为“千红一哭”，变为“万艳同悲”，变为“群芳碎”，变为“沁芳溪”——即“花落水流红”的那条溪水。

由这儿，将外国听众引导到了《红楼梦》的主题，亦即作者的独特的妇女观，在中国文化上无有先例的。

这时，听众们已然明白：说《红楼梦》是伟大的小说，并非夸张附会之词。

我还引及了早年欧洲读者对这部奇书的评价与观感，引了俄国、德国人的话，用以说明并非我这中国人自己夸耀吹嘘，欧洲人的评价早已十分崇高，说《红楼梦》是中国文化的奇迹，是欧洲文化从未达到的高度写照。

我也说明了此书现行本是个假全本，原书八十回后情节与此大大不同。这引起了反响，她们提问，要我介绍梗概——但时间已不允许了。

我讲完了，听众报以热烈的、长时间的掌声。几位领头的有地位的夫人到前面来向我致谢。还有一位女士代表向我赠送纪念谢品，一个预先烧制好的带有题字和画竹的瓷盘。

这次演讲十分成功，因而又引出了另两场。一次在英国使节夫人的寓中，一次是联合国所属驻京文教机构。

我想，为了宣传发扬我们的优秀文化，我以“红学”为例，还是收到了很好的效果的。

诗曰：

使节雍容聚异芬，凝听一席话初闻。

西邦东国同神往，喜悟红楼是圣文。

燕京杂感

日昨，阅外地报纸，见有一文，题曰《首都古貌破坏严重》！是吗？我不禁大吃一惊。

这个标题，让我“如梦方醒”：啊！原来是这么回事了呀！

于是我就思索了：此乃新闻乎？还是“旧闻”呢？

若说是“旧闻”，何以到今天才这么标题示众，像是个新发现一般？

若说是新闻，那么这种“破坏严重”毕竟又是从哪一个“前不久”开始的呢？

我印象的判断，似乎不像“旧闻”，因为我从报章上的一贯宣传所获喜讯，总是这儿改建，那儿拆迁，总是一片新面貌，新气象，新都市现代的“换新颜”，从来没听说过一句“破坏”——更何况“严重”乎?

我在北京是个外乡人，第一次进京也不过是一九三九年（考大学）的事，让“老北京”听了，岂不粲齿?但我这么个“资格”的人，也在北京经历了五十五年，新语式叫作“超过半个世纪”了吧。而现时一出家门到外边（城里城外）办事开会……，我简直哪儿也不认得了，有时问自己：“这是北京吗?”

今日忽睹“古貌破坏严重”一语，还觉得措词太“严重”了。早就没有“古貌”了，还谈什么破坏严重不严重，真是让人弄不清这种“逻辑性”到底该如何推论才合乎科学。

有那么一个时期，我这个特别想在北京寻求一点“古貌”残余的人，隔些天到某地方走走，眼见那仅存的、十分可怜也倍觉宝贵的“古貌”残痕的点点滴滴，还多少可以看到感到一丝历史文化遗蕴和气味的物事——上次还幸存在彼处，这回再看，却已“整顿”“清理”了，那一点点儿令人欣赏的意味便荡然廓然了。剩下来的是什么呢?我说不清，我只感到一种莫名的惆怅和迷惘，不知这个古都将奔向一个什么境界，何种理解?

那个时期，我甚至怕到各处去转转，遛遛弯儿，心里很难过——难过中还夹杂着一种自疑和不安：“我这会不会是‘思古之幽情’？怕不大对头，应该受‘批判’吧？”

俗话有一句：“拿着金碗讨饭吃。”北京是中华大国数千年来几处古都城的唯一仅存而相当完好者，是全世界全人类的唯一无二、难与伦比的最巨大的金碗，连秦皇兵马俑这个“金碗”也没法比肩——兵马俑再伟观也是些死物，而北京是个“活”金碗。她有最优美灿烂的生命灵魂，并没有“入土”“出土”的那种程序。

这个大金碗，也是个硕大的聚宝盆——世界旅游宾客不远万里到北京的目的，绝对不会是来看火柴盒式的“现代洋楼”和模仿别人的那些建筑和设置，他们要看的正是已遭“破坏严重”的“古貌”。

大金碗，大聚宝盆，可以招来惊人财富的这个最有魅力神力的宝物，焉能由我们自己亲手“破坏严重”？！

我们呼吁过，也写过提案。一面答复得满令我高兴——可一面照样“破坏严重”，而且变本加厉！

我们还有别的办法（除了在郊县又新修一座“老北京”之外）来挽救她吗？

宋朝的汴梁城，如今只剩下《东京梦华录》等文字“书面”了。咱们不要再让子孙后代只能读一部《北京梦华录》吧！

有一位外地人来访，闲谈之际，不知不觉地触及了他对北京的一些观感。他说了一句：“北京过年过节，好没意思！”

我问："这是怎么说？不是挺热闹吗？"

"热闹个啥？跟平常日子一样，一点儿年节味也没有！北京人这么麻木，没有情趣，让我吃惊！"

"外地不也差不多吗？"我问。

"别处不知，俺们那地方可还像个过年过节的。民风土俗嘛，人人在乎，家家讲究，那叫蔚然成风呀。天天喊弘扬民族文化，民族文化在哪里？什么样儿？年节的民风土俗不是民族文化，那啥玩艺儿才是民族文化呀？这个都没了，还是民族之风吗？北京过年节，可真凄清——还不如平常日子，倒不那么显得特别地不是味儿！"

他语调强烈，我让他说得一言莫对。

他的一席话，引起我心里也直咂滋味儿。

确实，拿过"春节"说吧，北京对这个最重大节日的"表现"，几乎是什么也没有——跟仅仅二百多里外的天津来比，简直是太冷落乏味了。天津民俗，应有尽有，红红火火，"年味儿"十足饱满，令人兴高采烈地过个热闹快乐的年。在北京，街头巷尾，好不冷清！红颜色是难得看到的，买根守岁的蜡烛，是白色的！——这在过去是有丧事的人家才点的，上年纪的一辈人对"点白蜡过新年"，认为是个天大的荒诞事件，真会吓人一大跳！

儿童呢，想寻购些过年的玩艺儿，只有稀疏的几个简易瘦小的纸灯在北风中抖动。不是有"庙会"宣传得一片繁华吗？实际上，也没"庙"，设在很远很远的一个地方，去了看的，还不过是平常就有的那点吃的东西，可买的年货极罕遇。

到了大年夜，一家人各个眼瞪着那个“洋匣子”——电视，看着新式的“晚会”，这团圆的一家人，谁也不理谁，看累了，各自上床睡觉——这就叫民族最重大的年节“传统”风俗情景吗？

每想到此，心里总觉好不是滋味。中华民族到底保存着多少自己的文化呢？

买个日历、挂历什么的，上面不缺外国人的纪念日，唯独要寻觅“元宵”“端午”“中秋”“重阳”……这些节日的标记，那你休想找见一个字。报纸也是如此，仿佛公元、公历、公斤、公里等等之外，几千年的华夏文明体制，是“一无所有”的一般。岂不可异？

我执笔时，正值中秋佳节，月色大好，皎洁得令我想起曹雪芹写中秋联句的“晴光摇院宇，素彩接乾坤”的名句来。因而又想到他开卷就写当时中秋节是“家家弦管，户户笙歌”，而那联句诗里，也又出现“匝地管弦繁”和“几处狂飞盏，谁家不启轩”一联，恰与开卷遥遥对映，表明那原是京师旧来民风的实况。可现在的北京，出户看看月亮的人也没有几个，又往哪儿去听管弦之音、笙歌之韵呢？

佳节弃如粪土，大家了无意趣——这是个什么问题？我盼望各界专家研究解答一下，以释愚惑。

中秋算是度过了，下一大节又该是年节了，报纸所宣传“准备”的盛况，照例还是那个“除夕晚会”吧！除了这一招儿，还有什么民风土俗，讲讲华夏炎黄老百姓真正喜闻乐见的年节文化呢？——那本来不是最为“绚丽多姿”的吗？

我盼望趁着中秋刚过，时日尚宽，北京市有关部门早些计划、倡导，多生产些让百姓过民族年节日的可喜可爱的民间工艺，装点京城大年之夜，让后代子孙也熟悉一下什么叫“年味”。这绝不是“闲事”，因为现时注重的爱国主义教育，其中主要一条就是要教中华苗裔热爱自己的民族文化，这宝贵的文化是不容被异文化侵蚀得逐渐消亡的。只有热爱自己的文化的国民，才会真正懂得为什么自己的国家是可爱的，而这种文化应当活在日常生活中，而不是只在戏台上和博物馆里。

诗曰：

京洛神奇八百年，经营难拟大师艰。

尺砖寸石皆为宝，禹甸神州赖后贤。

救救胡同

住在北京的人，也许想不到，外地竟有专门为了胡同的“境界”而进京的“旅游者”。天津的一位老人，就是如此。他说：“大公园当然别有洞天，理当一游；但我最爱的还是北京的胡同。我若住在北京，每日早晚就穿街过巷，满是一种享受，哪里也不必去奔波跋涉，因为，这种境界是别处绝对不可得有的。”

我听了，真是“深受启发”。原来胡同还有“境界”，还有“享受”！住北京住了几十年了，怎么就没“体会”到呢！

自然，话得说清楚，目前的胡同“们”，并非是都有令人感到“享受”的境界的。那最好的，保存着成行的古槐，最“挂味儿”——北京味儿的。住在这样的地方，岂止有“境界”，简直太有福气了。我想这恐怕“其来尚矣”，因为记得曹雪芹的令祖，就有诗句，说是：“老槐门巷今犹昔，来捉蒲葵（指在门前摇着蒲扇乘凉）得几人？”可见这情景有“很大的代表性”呢。另一种是古槐虽尽，而新植的两行绿树却蔽日参天，垂檐覆地，一片浓绿，清凉沁人。北京的胡同又长，真有“夹路桑麻行不尽，始知身是太平人”之感受。早晨，是“初日照高林”；傍晚，是“绿树村边合”，全是诗境。我到此境界，才明白那天津老人的话，是什么意思了。

还有一种胡同，情景不与上述者一样。这里的“特色”是有那么一两家什么“厂”“企业”，或者不挂牌子的“单位”，它们的“门景”很特别：树是砍光了，换上的景致是一堆堆“器材”、黑煤、砖瓦沙土，无以名之的“设备”。门口上是来不完、走不尽的破汽车，院子里是修不完、盖不尽的“新工程”。终年一片乌烟瘴气，还不能不带上呛人的黑烟、轰隆噪音和难闻的气味。我对这种风貌的“对策”是如避水火，疾走而过。只要有这么一家，半条胡同就全变了。心想：这对本来是同样好境界里的居民群众来说，真是一种难言的灾难！

我还想过：早先准许把这种东西弄到安静美好的居民区胡同里来“办”，无论怎么说，也不能算是一种德政。

我这谬论有时向朋友们发一发，他们大都笑笑说：“你总是对事太认真。莫认真，难保‘大民族主义’什么的，不飞到头上来呢！”

认真的问题大概很奥妙吧，一时还“研究”不清，此刻只好一面研究它，一面呼吁：救救胡同。

诗曰：

胡同本是古衖通，万户千门一望中。

百姓民居真福地，谁将工厂设西东。

建雪芹旧居纪念馆

北京崇文区[①]政协和有关部门联合召开关于曹雪芹旧居遗址研讨会，我非常高兴。高兴的是，曹雪芹去世这么多

① 编者按：现已并入东城区。

年，区里有关方面以及社会上还有这么多热心人在记着他。

作家刘心武先生曾经对我说，中国的大学生提起莎士比亚，没有不知道的；但对外国的大学生提起曹雪芹，几乎没有知道的。说到此，令人心酸落泪。

近日，我国文化界开会隆重纪念普希金诞辰二百年。中国人是多么慷慨！但有谁来纪念曹雪芹？这说明我们对自己的文化宣传不够。我们伟大的中华民族有世界一流的文豪曹雪芹。毛泽东生前说过，中国历史上，在文学方面除了一部《红楼梦》，没有什么可骄傲的，此话令人深思。

对曹雪芹旧居的考证，是有史可鉴的。清雍正朝时抄了曹家的财产赏了隋赫德，隋赫德又送给曹家崇文门外蒜市口十七间半房。这是有文字可考的，是历史。

曹雪芹旧居遗址不保留难以向人民交待，对不起子孙，也对不起曹雪芹。应很好地利用这一宝贵文化遗产。宣武区[①]造了个大观园，造得很好，但那是假古董，崇文区有这么宝贵的文化文物遗产，应尽快地保护、开发和利用起来。

蒜市口地区有曹家的十七间半房，但到底是哪一座院子，会有种种说法，尚难以定论。我建议找些专家，以《乾隆京城全图》为依据，好好找一找，哪个院子更接近曹家的十七间半房，不要拘于一家之说，我绝对不主张就定死在一点上。现在地面建筑已不会是二百年前原貌了。

---

① 编者按：现已并入西城区。

据说道路要扩建，这个地方要拆，这样就比较好办了，在拆的时候可以请考古专家勘察考证，有无原十七间半的房基。复建旧居一定要慎重。

要建纪念馆，应建成康雍年间城南老房子的式样。我去崇外考察过，到现在也还有些没拆改过的老房子，那种式样可以参照。当时曹家获罪抄家，老少二代，孀妇两位，在京城没有立锥之地，太可怜了，赏给他们的绝不会是什么特别好的房子。盖纪念馆，要形象地反映出当时曹氏一家回北京时的境遇，恢复当时的房屋式样就可以了，不要建造得金碧辉煌。不要浪费了财力，还贻笑世人。当然，也不能只建成一个孤零零的小院儿，要考虑周围的环境。周围都是高大的商店楼房，要有个过渡区，从闹市中逐渐步入一个迥然不同的古老民居。也就是在纪念馆周围营造一个历史文化氛围，而不单单是建一座房子。

建造曹雪芹旧居纪念馆，我们要拓宽思路，要发扬民主，多听各方面，尤其是古建专家的意见，集思广益，制订出一个最好的方案。我们要对历史负责，对曹雪芹负责，对炎黄子孙负责，对首都北京负责。总之，要慎之又慎。

诗曰：

蒜市曾闻有故居，纪芹有地更非虚。

十七间半今何在，慎考讹言似鲁鱼。

《楝亭集》的故事

《今晚报》曾刊出过一篇文章，记叙八十年前胡适因研究《红楼梦》，要看曹寅的《楝亭集》，专程来到天津，因那时北京都寻不见这部难得的诗文集。

一九八九年的九月五日，我在北京灯市口的书店买得一部影印的《楝亭集》，毛编纸，线装四册，花了八元钱。携之而归，重加展阅，不禁想起很多的前尘往事。

我正式研《红》，是抗战胜利后回到燕京大学的时候。燕大图书馆，藏书极富，查卡片，果有《楝亭集》，大喜。借得看时，却是只有一册初刊本，这种版本极罕见了，本身自有其价值，但是从研究需要上说，太不全了，只好另想办法。于是我想起，在津门寇梦碧兄主办的词社集会上，认识天津图书馆的黄洁尘先生，我就写信，意欲请他设法求借一观。黄老复信说：此书即将移交北京图书馆，现已装箱，难以为力。

那时在京郊读书的外地学生，城中倘无亲友，进城一次不很容易。为了《楝亭集》，只好竭一日奔波之力，跑到北京图书馆。这回，总算看到了此书的全貌，心中的欣幸，匪易宣喻。凭那时的好精力与记忆力，在如彼其有限的一点时间内，尽量（尽可能）地摘录了若干“资料”——《红楼梦新证》创稿时，这一部分凭的就是这么

“多”的“本钱”。

一九五三年《新证》出版，时在成都。一九五四年回到北京。这时，我实在太想仔细地研读曹寅的所有著作。可是这要我天天跑图书馆，是绝对办不到的，怎么办？幸亏南开中学的老同窗黄裳，已成藏书家，富有明清时代的罕见难得的集子，慨允借阅。一包书寄到了，那真是喜从天降！

黄裳兄的这部全集，版本上又有特点：是正集别集先后刊本配齐的，本头的用纸大小，都不尽同。于此，我便体会到这部集子的名贵难得的程度。书太珍贵了，用起来总有担心之感，而且也不宜久借不归。怎么办？那是五十年代，还没有复印机——有也印不起。我忽然异想天开，就让三个孩子动手分抄起来。年龄都极小，写的都是十足孩子气的字迹，那么多繁体字，居然坚持全部完工！我亲手装订成一部天下独一无二的奇特《楝亭集》。后来一直靠它做研究。每一展卷，那满纸初小学生的孩子字，总使我又欣悦，又叹慨。

小孩子用钢笔抄，不慎在一页的上边误沾了一点墨水。我心至为不安，将书寄还黄裳兄，赧颜致歉！他很大度，没说什么。

有一年，夏承焘先生忽然来借书，他因为编清人词选，想收曹家的一首，可是《楝亭集》难觅，向我求“援”。我于是就将“小孩抄本”借给了这位一代词宗。我这个“珍本”书居然还发挥了“非红学”的额外作用。

一九七八年，上海影印了《楝亭集》。我得到的是平装报纸本，上、下二册，才一元二角之价。我不禁深深地叹了一口气，心想：现时不论谁，只掏一块多钱，便拿到一部《楝亭集》，他怎么能想象早年我们为看这部书所费的那种心血气力呢！

然而，人心不足，那时眼望着书店玻璃柜内摆着的线装四册本，问价十一元有余，那真有点儿望柜兴叹。一九七八年的十一二元哪！靠工资的寒士，要想乎它，就白摸摸口袋，过屠门而大嚼了。

一九八六年，接受美国一个大学的邀请，到了那里，给的钱中有一部分是供买书用，但只能开单子由校方去办，不能支出这项钱来自己回国买。我见图书馆里台湾影印的《楝亭集》，佳纸，大册，蓝布大函，很“过瘾”，开书单子当然列上了它。后来这批书须经香港，烦中文大学的郑教授转寄北京。可是一看《楝亭集》，却是个“二刊”——非全本。

一九八九年夏，家兄祜昌来京，合作《石头记会真》大工程，因同游书店，他眼比我好不知多少倍，望见书架上方，有此书线装本，价才八元。心里信不及，问时，果然减价而售。

九月五日，足疾初愈，又到灯市口，遂掏八元，买得一部而归。回头一算，四十几年，才得如愿。

曹寅的诗，真令我爱不释手，这绝不是由于我崇拜曹雪芹，“爱屋及乌”之故。清初大家也跟不上他这种才情风调。可是至今也未见有人研究（不是从红学、曹学的角度）。他的诗实在好，人是罕见的高人，才是头流的天才，学也是五车之富，令人惊叹。

可是，原价十一元有余的书，现在的物价要照样印，须标价数倍，这样的书，却减价八元了。“便宜买主”，我自然私幸拣了一份便宜。但同时也暗忖：这样好书，为何减价而售？不用问，是没人看，卖不动。

可能八块钱也没人肯光顾这号“货色”了。我们中华大国的文化状况，“文化市场”的情景，应当比这好一些才是。

《楝亭集》的故事，你听了不知以为有趣否？

诗曰：

我引楝诗居最先，我买楝书翻最后。

故人惠借纸如绵，小女分抄笔似绣。

荣与愧

——获《北京大学学报》奖之感言

一九九七年上半年，忽接《北京大学学报》主编龙协涛先生通知，拙文获奖。我当时抱恙，难以亲赴，就写了书面发言，让家人代我去领奖状奖品。

这一年我正好“研红”五十周年（一九四七——一九九七），天缘凑巧，这个奖励不啻专为我这五十年而颁发的光荣纪念了。深感荣幸，值得铭记。

得奖，总是光荣的喜事，尤其得的是我国最高学府、享誉瀛寰的北京大学的评奖，这光荣就非同一般了。北大的评奖，不总是某些机构单位那样以官济私的。这是学术的评比与鼓舞，而与名场利所迥然畛别。

感到光荣的同一时刻，愧心亦随之而生。

获奖论文的题目是《还“红学”以学》，内容是从学报特辟的中国百年学术回顾这一专栏的角度，论析“红学”的“去、来、今”三个层次的龙脉与要害，质素与现象，得失与利病，评议与展望。

此文发表在《北京大学学报》一九九六年第四期，随后《新华文摘》摘载了主要部分。

此文很快在港台等地出现了反响，评为“暮鼓晨钟，发人深省”。美洲加拿大不识面读者因读港台评文而觅读原文，却不可得，几次来信索求复印本……

那一期学报的卷头致词中，特别点出了此文必将发生深远影响。

以上是“正面反响”——万事皆有正反阴阳两两相伴的，所以也有“反面反响”。

这“反面反响”自然也是一种关切，应当同样感谢，同有光荣之感。所异者，正如贵州省《红楼》期刊本年第一期内有史直生先生撰文所指出的：因我此文，已对我加以人身攻击——说我是“野狐”“邪说”，“抓辫子、戴帽子、打棍子”，“这一套又来了”。

也就是说，我所得的“报应”，是分两种，截然不同，天壤悬隔。

于是，我对这种“收缘结果”自己“进行反思”，心里琢磨“何以如此”，岂不有趣（意味）可寻？

反思，加上史直生先生的揭示，方才晓悟：是拙文“不客气地揭了某些‘学者’的帽子”，所以有人接连发文来大批判了。

据云，拙文的罪状是“贬人扬己”。

这倒是一个历来不少人运用的“立身扬名”的妙法秘诀。不禁联想起，最近沪上出版的拙作随笔文集《岁华晴影》中有一篇《挤与捧》，大可相互“参证”而观之，也许可达“相得益彰”之妙用，良不虚也。

我在获奖论文中表明：红学是一门悲剧性学术，第一流大学者不屑为之，屑为的大多不够资格，于是落到了我辈之手，此为一大悲剧，例如我自己，如能冒称一个“学者”，不过属于第三流罢了，有的人还不如我。这些大概就是我“贬人扬己”的证据了。

五十年了，只为研究此一主题，明枪暗箭，遍体鳞伤——我贬的什么“人”？我扬的哪个“己”？悲夫。

我的“旧学”根底极薄（我是燕大西语系出身的），在某版拙著《新证》中也曾自我批判，举例中有一条：考李煦时，将史料中“……再下诏狱，辞连总督赫寿……”

竟断句为“再下诏，狱辞连……”，不懂“诏狱”是个成语古话。我“扬己”扬得成吗？

在围攻热闹声中，《北京大学学报》也许由于“不明形势”之故，却颁奖与我。我之荣与愧，难道能说是无缘无故的“胡思乱想”乎？世上没有这个情理。

奖状且不多表，只说这奖品，是一个十分精美可喜的景泰蓝花瓶台灯——该说“景泰红”，大红地子，黄菊花，口和底的图案花纹，美得很，不用开关，手指一触就亮了。我面对着她，荣与愧，喜与悲，感与思，时时交织。

诗曰：

上庠学术斗枢崇，学报评量见至公。
一盏明灯相照耀，读书灯下颊犹红。

瀛寰舞苑艺双新

寒塘鹤影葬花魂，翠羽明珰赋洛滨。
邺下才人情一脉，瀛寰舞苑艺双新。
凌波罗袜中原步，揽月绡裳海域身。
交会华加文物美，朱楼碧水净流尘。

加拿大吴诸捷芭蕾学院舞团，于一九八五年新秋纳爽之时，来华与我国中央芭蕾舞团联合演出，剧目有《林黛玉》与《洛神》。一九八五年岁初，中、加艺人曾于彼邦演出二剧，轰动温哥华文艺各界。这次在北京天桥剧场献艺，余得往观，重有所感。又与吴诸捷先生及加拿大青年舞家谈会，心情不胜欣忭。因念一般文化交流中，剧舞不过各赴友邦演出本国节目，若此次加拿大舞团演出中国古典名著新编剧目，实为创举，意义至为重大深远。此不仅为华夏才情注入于西方艺种，而且随此才情内涵之注入，其形式技巧、丰神意度，亦必将引起相应之微妙变化。瞻望将来，岂为细故。盖必若此，方能真正符合文化交流之名与实也。

更有一义，附说于此：汉赋以铺叙景色实物为能事，与诗道分途扬镳；至魏代兴，曹氏父子，风流特异；子建撰《洛神赋》，赋之为体，始一变而为抒情诗篇。此吾国文学史上一大关目，其影响难以文字估量。而雪芹曹氏，实魏武之子孙，与子建祖孙继美，遥相辉映，真中华民族之文苑奇葩、艺坛巨匠。加拿大舞团所演，适将子建、雪芹会于一堂，信非巧合。拙句“邺下才人”云云，其意在斯。雪芹亡后，其好友挽诗称之为“邺下才人”，正以子建比雪芹，故亦用之。

诗曰：

西方美女舞翩翩，黛玉难言趾矗天。

我是随缘赞红意，欲将东化改欧篇。

［注］

我不反对芭蕾试验红楼舞剧，非助红楼西化。相反，意中实望将欧式芭舞逐渐输入东方气味而改变其女腿直指天空之不合中华礼仪之形式也。人不解鄙怀，遂生疑而致讽耳。

“三气周瑜”

佛家语有所谓“众生相”，我看文家语也该有所谓“众诗相”。拿近事实情来作例吧：立秋节这日接到诗书画等诸件中，有一首赠我的七言律，就引起我作了两种诗，一首是生气的诗，另一首是高兴而又感叹的诗。这话就有点儿难懂了——怎么得了赠诗倒有了气生？确实是不好理解。待在下文交代明白，方使阅者了然不惑。

先录下那首“生气诗”。诗云：

怪事都归我历经，《诗词》《新证》气填膺。
而今更有《恭王府》，三度津门吃大惊！

这诗可不怎么高明，不过你听了缘故也许会同情而宽容它的“水平不高”。

原来，拙著《新证》增订本于一九七六年出版后，再无重印消息，来信求购者多，俱答以早无存书了。忽于一九八六年春，得津门青年学友陈鸣同志见告，他在书店中见到了重印本。我得知后，去问出版社，方答云此书重印已一年多了，“忘了”通知著者！把我气得肚里骂街，心中愤愤。

一九八七年秋，从海外归来，沧州邀去讲《红》。讲后，回到了故乡津沽。次年，因“宫南别苑”之事再游故里，多蒙南开区政协领导陪我参观古文化街，进了一家书店，刚走进书架，我的老伴惊讶地发现了久无音讯的（出国前撰著交印的）《诗词赏会》“公然地”立在书架上！一看日期，也是出售了大半年而出版社“装傻”，一字不写与我知道。气得我在天津的报上撰文数落数落，出出气。

一九九〇年五月，我将一部《恭王府与红楼梦》交与出版社（约好了，专为它写的）。说是“当年就出”。等到年底，无音了。到次年七月，三校已毕，说九月出书没问题。等到年底，说不行了，须等明年上半年了。又等到今年七月去问，无人答复。

立秋节，忽接津市所属某县韩同志一封来信，打开看时，是一首诗，其标题云：

壬申七月购《恭王府与红楼梦》于津门，一夜读竟，喜极而赋，奉寄周老雅正。

我一看，才知道又一次被出版社给戏弄了。你说可气不可气？骂街似乎不太文明，怎么办？想起还是求借报纸的篇幅，数落数落。我们书呆子有什么咒念？若说上几句难听的话，又怕伤了众，难哪。

以上就是我那四句生气诗的“典故”。

韩同志的诗可就真好了，除了对我太溢美，以文词论，不逊于名家——可他是位农民！我真感叹：咱天津藏龙卧虎，有真才，不求世知，默默地学文学诗。其句云：

又拜涵芳绝妙辞，大观谁道总堪疑？
一支绣虎凌云笔，十载条风解冻澌。
暴处芸馨传蔡女，献来芹意证刘诗。
听莺滴翠何由见？捧读如聆谈笑时。

这首七律题目不好作，而他却作得很好。“蔡女”句，喻指此次撰著时得有小女月苓的助写；“刘诗”句，是说小说家刘鹗的四公子留下了宝贵的诗句史料。听莺坪，滴翠岩，都是府园中的景色题名。

我因感谢他，遂亦步韵和作一首：

曾荷前番琼玉辞，重夸拙著不迟疑。
故王宫府生新翠，近代街衢掩旧澌。
谢氏堂空归燕咏，石家楼碎坠珠诗。
听莺坪上多芳草，会有联茵共赏时。

这诗不佳，勉强凑韵而已。第四句是指恭王府原先地势是溪流环抱，现今那溪已填平，名为“柳荫街”了！其余各句都无待注解。

一部书，一件事，引出了生气的诗，也引起了高兴的诗：这不就是“众诗相”之一斑吗？

诗曰：

当初公瑾唯三气，此日周郎恼几番。

更有欠通劣编辑，胡云乱改滥行权。

［注］

多年来文字生涯，所遇好编辑甚多，令我佩服；但也有不少是不通之辈，此种人越不通越爱改人的文句，有时弄得我那拙文驴唇马嘴，啼笑皆非。而目坏以后，又难以尽为校正匡救。还有一本杨万里诗注，凡格律所关异读特注之变音，他都不懂，而且悍然坚持不听解释而照普通字典“改正”，以为我错了！此等气恼，一言难尽也，可叹。

夏衍旧居

夏衍旧居，在东城朝阳门内南小街北端“八大人胡同”——明代的“把台（把总）大人胡同”，今改“南竹竿巷”[1]，门牌113号。这儿是我居京的第三处“巢痕”。

① 编者按：1965年改称“南竹竿胡同”。

从一九五四年到一九五九年春，住东四以北的门楼胡同，倒了整整五年的霉。一九五九年春得以迁居无量大人胡同——明代的吴良（功臣）大人胡同，“文革”时改名“瑞金路十四条”，后又曰“红星胡同”，门牌14号。此地原先大红大门，对门巨大椿、槐各一株，门内也一巨槐（后皆伐去），十分可观。但院内则很是简陋，中间砖楼二层，像个小教堂，隔为东、西两院。东院三排房，不像住宅，不知原为何种处所。我“升”入此院，住最南排最西端，后窗外一道大黑墙（后知是外交部门名人丁西林等的住处的后墙），终日不见阳光。过了几年，俄文翻译家陆风调往西安，他的居室空出来，我费了“九牛二虎”之力，方得“总务科”恩准，移住陆室二间——中间向阳，后窗见了大片蓝天，当时的感觉真是到了福境！

两间屋，一为内室，内人孩子等挤住；外间用书架隔开：内之木床为我安歇“卧室”，外为“书斋兼客厅”。心里很欢喜。

一次，《人民日报》的姜德明同志因送《战地》创刊号（有我文稿或诗句）莅临此舍，惊讶说：您怎么住的这个样子！我们想不到，您写个报告，我立刻想法儿代为上报……我至今感念他的热诚与关切，因他之助，国家有关部门派了梁光弟同志来目验实况，这才得以寻找较为适于工作的住所。

经过曲折，最后定在上述的八大人113号院。

这儿是夏衍先生的旧居（不是“故居”，他后迁了），是个四合院。在北京来说，算是中下级的单院规格，然而正房大红抱柱，前廊后厦，厢房也带走廊，有二门，有门房，就不算寒碜了。

给了我正房五间，有厕所、厨房、自来水设备，其余同院只一个水管龙头，我一下子升了“天堂”。

初搬入时，就见二门花墙上一行大字，写道是：“文艺为无产阶级服务！”这当然是写给夏先生看的，在墙内面，对着正房。一般坐家户不会在院里写这个标语口号，此系“文化大革命”之遗痕也。

我与夏衍有一面之缘，那是“文化大革命”之后，香港《文汇报》的吴羊璧先生来京邀请几位文学名家聚会，记得清楚的座次，从右向左，坐着的有夏衍、钱锺书、冰心、曹禺、戈宝权、夏承焘、吴闻（女）诸位，我这后学，叨居末座。今日想来，此会亦非等闲可比，人间不可重见全座了。

院子本来很好，靠二门还有一株杏花，近正房偏东也有竹树；只偏西一家盖了一间很小的“厨房”。正房廊台下左右有花池。

可是不太久，东厢某家带头盖起了红砖房，占了半个院子。西邻当然效法……，于是院不成院，中间仅留一条小走道，闷得“喘气”也不舒服。

但我在天时佳时，坐于廊下瓷桌旁工作，还能自得其乐，别无干扰。过年时我写了大春联贴于廊柱上，见者无不称赞。

一次，日本红学家还到此院来过，大门前留影，当作中国京华住宅的“标本”。

胡同被一家“金笔厂”给毁了，机器响，塑料臭味“散馥飘香”，厂外黑煤堆满了通路……

北京的四合院是中华文化的、人民生活中所创造的一宝，有单院，有复院（二进、三进，旁院、跨院、各式组合院），小门小户，内藏锦绣，往往有亭台、假山、小园……美不可言！所惜人口多了争住处，老房佳院，皆被乱拆乱盖乱挤得不像样子，亭台毁掉取材，假山石头卡车运走丢在不知何处……痴情人路过坊巷时，见此种景象，心疼不已，但谁也没有办法挽或“抢救”。这就叫作时代变了，西方文化生活方式占据替代了我们祖辈的传统，“大势所趋”，如是如是。

诗曰：

东城谁记旧巢痕，也有三迁似孟门。

廊柱阶栏俱有意，桃符红满院乾坤。

狮子的际遇

咱们中华民族的历史上有一段时期很不振作，曾被人唤作“睡狮”。有人说睡狮到底比醒着的耗子要好。这种权衡之道，暂不拟议论。我只是想，把咱们比作狮子，颇觉威风凛凛，气宇非凡，有点儿“自得”之意了——虽然我也并不打算建议把狮子定为“国兽”。

我对狮子确实具有好感。但是当我在动物园或电视荧屏上看它的时候，觉得这大王或“大帝”并不十分惹人喜欢，我看它很“钝”，并无多少神采让我可以望而起一种敬慕之心。难道是久仰山斗，见面不如闻名吗？我究竟因何而对它有“好感”的呢？

想了一阵子，后来忽然悟到：原来我心目中的狮子，是咱们这个伟大的民族把它艺术化了的“形象”——那早已不是一种面目呆钝、性情冷酷的野兽了。于是我一罗列：桥栏柱头，府第门外，印章的座纽，杂技团员两人合扮的舞狮，年画如神纸马上的镇宅狮子……不觉已是一大串琳琅满目、十分可喜可爱的狮子形象。它们虽然或威严，或雄壮，或憨嬉顽皮，或机灵巧智，但总是让人生无限美感的。原来，我喜欢的狮子是这些，这些艺术的创造，而且是中华民族所独有的这种艺术表现！

后来，不知怎的，狮子也不交好运了。拿北京来说吧，整个北京城，大街小巷，几乎家家住宅的门前都有一对“门蹲儿”的石雕，最上端总是蹲着一对可爱的小狮子，石质照例是很好，用手一摸，触感也是美好的。事出奇怪，“文化大革命”之伊始，红卫兵“上街”的头一天，其“革命的对象”却是石狮子，挨门比户，抡锤子将那一双石狮子砸个稀烂。直到如今，我在条条胡同里散步时，还可以看见逐处残痕，无一幸免。这些残石有的甚至已从它的地基下掘出来，横三竖四地躺卧在门旁，丢弃在墙下，触目所及，油然生感，心头有说不出的滋味：狮子也有劫数。

现在好了，狮子也从劫数走到好时光处来了，幸存的（一般都是十分高大而小锤子砸不了的）石狮已经成了宝贵的文物，听说还有“出口任务”呢，未详确否。

出口任务且不多谈，狮子新近确实又接受了一项新任务：它被烧成美丽的三彩瓷座像，张着大嘴，在街头等待过路人往它嘴里丢各式各样的垃圾。有的鼻涕粘痰，也是往那大嘴里光顾的。好不有趣得紧哩！

我于是又想，咱们中华民族的艺术创造能力是无与伦比的，而且连垃圾箱也举世无双呢！你瞧，唐三彩，“国兽”雄狮，矗立街头，美化环境——兼能纳垢藏污。心思之巧，至矣尽矣，无以复加矣！

不过，狮子站在街头张着嘴“接受”垃圾和鼻涕粘痰，能引起人们的何等的“美学享受”？这自然是有待专家们研究的事情，我们是发言权不大的。我想说的只是：狮子这回确实“醒”来了，它应有一番新作为——也应有一番新气象，但这作为气象，不一定先和垃圾粘痰连在一起吧。

诗曰：

严狮化美手常扪，燕玉雕成对守门。

谁料万家齐破户，红兵不许兽称尊。

“小区”感受录

楼下林木花草，渐渐丰茂；由于行人双足的厉害，住户集资围起了铁栅栏，果然安静也安全多了。本以为可以小小享受一下，于是下楼在“小区”转悠。可是却见草树萧条，步履之下，皆是人手摘下丢弃的干枝碎茎，长长短短，散在诸方。

花草确实无力抵抗人类，它们生长了好长时间的枝条茎干，好不容易，长出了几寸或盈尺之间。一不碍路，二不碍玩，游人到此只因“技痒”，就若无其事地摘它几下子，然后丢在地上。不知这丢弃的正是来日满载花叶、无限风光的宝物。即使不摘吧，那边一片很好的草坪，去年新栽的，稻秧一般横竖成行，实在好看。但不知从什么时候起，草坪变成了“足球场”。你瞧，这会儿，一群不大不小的男童正踢得兴高采烈。

这儿我站不住，干脆我到那边走走吧。

那边小区确实小，仅有一小块四方空地，可供踱方步。走去一看，却是小汽车占满了，汽油臭气熏人，只得退避“三舍”，另找“桃源”。万幸，往东还有一片小园。还好，汽车不多，只有一二辆，在楼前“当道”，小园入口太窄，所以未被司机同志选为驻地。这也难怪，现在车是越来越多，停车场越来越难找，只好向小区进逼。加上司机喜占“风水宝地”，因此车“灾”逼人，行人几乎无通行之地。

我走进了小区中的一个小园，一群可爱的小宝宝、母亲、小保姆正散步逍遥于此。宝宝们不过刚刚会跑，小手儿却巧得很。母亲、小保姆教小宝宝如何掐花、怎样折叶后，宝宝们一学就会。工夫不大，即见四处满地都是残红碎绿，好不热闹，好不繁华。母亲见孩子手巧，一个个眉开眼笑。

我心里不由得一阵阵发紧，还是往后山去吧，那儿也许人少些。

那儿，护园专人正在辛苦劳动。稍一观察，其工约为三项：一是给小丛木的矮篱“剪平头”，给一种绿灌木剪“圆球”，也是枝叶满地。二是除草，我这外行看着极美的小绿草，不费人力“绿化”，也不伤害“田禾”“农产”，却一律被拔掉，让地皮裸露。三是无情砍斩一种民间叫“大麦熟”的野花，它开成白、黄、粉红等色的大朵鲜花，妩媚异常，是十足的孟夏风光、村庄野趣。我每年到处寻她，巴不得多见一些俏影佳姿。可这儿不行，不容她驻足容身，斩得满地新骸。我看到园工吃力地蹬着车，把这些正要盛开的娇花，一齐运入垃圾里。他们很劳累，他们劳动的目的是“整洁”。这种整洁完全破坏了中国园林里一种很重要的意境——生趣和野趣。

园工们大约受的“园林美学”教育就是洋式“街道公园”模式。他们不懂中国的事，而且心胸不广，灵窍不多，比如空地缺树，没栽活，却自然生长了小树苗，渐渐成株了——他们毫不容情，一力斩尽，因为这不是他们的“成绩”。

天下事，大小不拘，论起来可是大有麻烦费话之处呢。

——写到此处，本来可以“打住”了，但忍不住还要“画蛇”而“添足”：我见那已长成了小丛林的一片“自然生命”小树群，已然成荫成“势”，树下穿行，颇有“山林”之感觉，羽状长叶，秋深变红，还有静坐其下凝神读书者……总之，已成为一个小小的“境界”，就是人为缔造此境，也要费力费时，非一日之功可得，多么可喜！谁知，一次忽见全部砍净，那块可怜的“白茫茫大地”只剩得空空荡荡，使我心头的空虚与地的“空白”同样地难过！

这是园丁们个人的“审美观念”吗？抑或是“园林部门”的成文法规？不得而知。但我从这种“小事一段”中，却深深感到：细究其根源，还是一个“洋式园子”的模式在作怪——它“单摆浮搁”，不懂得什么叫“穿插掩映”。不是别的，还是中西两种不同“园艺文化”的“冲突”，园丁们辛辛苦苦，只执行洋教条，不问其他。如此而已——而已。

诗曰：

也有微园饰小区，暇来芳径略堪娱。

只怜头脑追洋式，它与中华本异驱。

关于“北京钟楼的钟声”

“无巧不成书”。我这还是第一次坐在钟楼前面歇腿喝茶，顺手从茶座上拿起当天（八月二十五日）的《北京日报》来，就看见第三版上一行题目：北京钟楼的钟声。

坐在这里读这篇短文，真是大有意趣。“鲁记茶社”的两架碧绿的葡萄结得累累垂垂；架的一角，小枣树做了天然的支柱。绿荫中几张朴素古旧的小木桌旁，坐着赤膊的茶客们。这是劳动人民的一种休息和享受：他们款谈慢饮，气度那么舒徐、大方——说实在的，北京的人民总是显得格外“文雅”。我立刻爱上了这个地方。

四周各种各样的菜摊、小吃摊上，发出引人的香味。相离不远，就有鼓书艺人的弦索鼓板声韵传来，中间小路上不时穿过满身新装的姑娘和“红领巾”。转身一看架外，啊，这里不是还有一块小小文化园地——故书摊吗？

在这区区几十步之间，却是一个小市场、娱乐场、文化馆、楼台殿阁的古迹和豆棚瓜架的野趣的一种奇妙的结合。我满意地享受着这个古老而又崭新的北京城的新秋风物人情之美。一时，又仰起头来瞻望高耸在我身边的钟楼，想着鼓楼里的鼓和精美的铜漏已然无存，钟楼的铜钟尚在，想起有关的传说和掌故的片段。就是在此情此景之间，“北京钟楼的钟声”那一行大字映入眼底。

是的，一行字真像“钟声”一样，惊醒了我的悠闲和满足。

哦，原来“钟楼”是有“钟声”的！

这实在说不上是什么新发现的大道理，自己不免好笑。但旋即又想：且慢笑，我早就知道“钟楼”，为什么从来没听见过“钟声”呢？世界上不是很有些古老的钟楼，至今仍然每日发出动人的钟声吗？

那篇短文写得很有风趣：“金炉娘娘”舍身铸钟救父的传说，“紧十八、慢十八、不紧不慢又十八”的击钟法，钟楼何朝始建、何时遭火、何时重建，大钟的声响夜静更深时可以远扬四十里……有意思，很自然地要再读一遍。

“在今天看起来，钟鼓楼已经成为纯装饰性的建筑物了，其实它们当初原是起过很大作用的。古代没有钟表，老百姓就全靠钟鼓楼报时。”

我这时如梦方醒，恍然大悟。怪不得，我从来就是把它当作“纯装饰性”的东西看待的，我还以为钟楼“天生”就是哑巴呢。它高耸在城北一隅，虽然没有用处，但是轮奂嵯峨，很有“气象”啊！这可不是“纯装饰性”是什么？

我想起刚才走进钟楼院落里：空落落一片，四面四个斜坡小广场，有人坐在地上读书，却是一片荒芜，无寸花尺木可以遮凉娱目。门上挂着“北京市电影技术训练班”的木牌子，门窗敝旧，铁锁锁着，不禁令人有“零落”之感。从玻璃门往里望，满地是七横八竖的长凳子，迎脸陈列着的是几只鞋子，高高摆在桌子上，尘土未扫……

我不禁暗自发问：除了“电影技术训练班”这样方式的利用之外，是否还可想起更好些的利用办法来呢？门前的古碑，看来石质很名贵，雕琢十分精美，一群孩子爬上爬下。我虽然一向反对把古物拦得过于禁备森严，令人如对海上神山，可望而不可即，但觉得这样爬来爬去恐怕也不是最好的办法，难道不可以加一层按时开关的小栅栏吗？往前看，露天里矗立着明朝永乐年代铸造的丈把高的大铁钟，几百年的风剥雨蚀，阴面上已然到处剥落着一分来厚的铁皮；使人想到再过些年，不免成为一堆废铁。难道不可以搭一个简单的棚子、亭子之类，起码使它可以避免雨水淋浸生锈吗？多少宝贵的古代文物，不是当时当地日日看到的人不以为奇，把肉眼不易觉察的岁月磨损视为等闲，以致后代不能不空对一摊“遗迹”而徒兴慨叹？

在北京，像这路货色的文物古迹真是多得保不胜保、护不胜护。一时不能全面照顾也是有的，暂且不表。却说“钟楼的钟声”。

是的，古时老百姓没有钟表，全靠它报时。今天呢？难道老百姓家家有钟、人人有表了吗？“不是有标准钟和广播台吗？”那么，都一天到晚跑到十字街头看钟吗？不可能；收音机吗？也不是家家有的。

是的，这座“纯装饰性”的建筑曾经起过很大的作用——那是在封建时代。难道它在我们的伟大时代反而不可以起“很大”的作用、甚至发挥“更大”的作用吗？

我忽然眼中似乎看到整齐一新的钟楼，重阳佳节，居民游客，在上面凭栏远眺，按照人民喜爱的传统民族风俗来欢度节序（这也是人民幸福生活中不可少的一部分），耳中似乎听到一种响亮、沉雄、醇厚的钟声从钟楼传出，悠扬地播散开去。我仿佛看到全城无数劳动人民、家庭妇女、儿童学生……都在倾听着这声响，生气勃勃地上班下班、安排工作、调度家务。又忽然似乎看见“五一”、国庆等大节日的天安门前的壮丽场面，这种钟楼上发出比平日格外响亮优美的声音，和不同的节奏，忽紧忽慢，连续撞击，为祖国敬礼、祝福；不在天安门前的人们，也都耳听着这钟声，心中激动，沸腾……

一位隔座的茶客来到我面前，“请问您一下，现在几点钟了？”他有礼貌地对着我说。我从幻想中醒来，重新拾起报纸来，一行题目，几个大字，分明是：“北京钟楼的钟声”。

诗曰：

永乐洪钟风日侵，楼前小市惬幽寻。

可怜不解为时用，轻古如何反废今？

［附记］

这是我五十年代应《人民日报》副刊编辑女士索稿而写，也就成了我写随笔的开端。当时署名“茶馆”。此文出后，颇曾引起一些关心者到钟鼓楼间之小市来游赏。原稿称老北京的车夫在棚下饮茶歇脚，也显得那么“温文尔雅”。大约编者嫌那四个字太“书生味”，给删去了。

此文发表后，很快就听说那个在露天暴晒雨淋的明代大钟就设法遮盖保护起来了。可惜的是，又听说那处“小市”却命运不佳——终于被消灭了，盖满了新红墙房。我再也不愿去看它。

胜迹寻痕

圆明园

我本应一九三七年南开高中毕业升大学，但遭逢多故，至一九三九年方得考取燕京大学，一九四〇年秋始能入学。在校将一年半，又被日军封校，经历的时代，万言难述。且说一九四一年以前在校，那地方是个“园子群”：燕大本身即由勺园、和珅赐园、镜春园、朗润园等遗址遗迹组成，东北邻接清华园，西面正门对过是蔚秀园与畅春苑（也称园）故址，稍西是承泽园，遥接颐和园。校北则又是圆明园。

燕大那时有一位德国籍史地教授，是个“圆明迷”，他带我们大一新生（freshmen）去游圆明园遗址。据他讲，他在此二十多年，几乎天天来此吊古，所见变化之巨大不可殚述，其大意是：八国联军焚毁此园，是个一时的事变，放火一烧，毁物，劫掠哄抢可携之珍宝异物……，虽然很可谴责，但那么大的“园子王”四十处大景，建筑无数，焉能烧得尽，地上所遗还是极富的，他初来时遗迹就还不少。而民国之初，军阀当权，有势者拆卖大的木料，而当地无人管它，远近农人住户，来此运搬小的砖瓦木石可用之资，无人过问，十分随便。于是地面上的残余日少一日，至彼时几乎就是荒地一片（成耕田的尚不多见）。

我亲眼目睹的，有一处相当大片的地上有曲曲折折的砖基痕迹，已剩数寸高，但很显明，有人说这叫“迷宫”，未知信否。记得过了若干时日我再得机会去看时，此种砖基便已踪影皆无，如不目击，是无从想象的了。

至于颐和园之类，下午无课，举足便到，彼时无人来此游赏，也无车马，清幽异常，我们几乎探遍了全园的每个僻隅荒角，根本不在话下。

近年来兴起一种说法，谓圆明园即《红楼》之大观园是也。开过研讨会，专著也不止出了一种，很有影响。

我素来是不大赞同此说的，但绝不以己见为是而批人家为非，绝不学“学阀”行径，主张民主讨论，相互尊重，最后应以学术论据服众而决定是非。

已有的论点，有一特点，即其方法是“比附”式，即拿圆明园之某一景与红书之某一景寻出相似之点，如此寻得若干点后，即认为两者是一，云云。这种方法往往失之于零碎、孤立，不注重全面整体综合多层关系。其实若比附个别景事，很易找到近似相“像”的，因为园林本即有其模式性传统基本做法，比如有一条水，即可比为“沁芳溪”，有一丛竹，即可指“潇湘馆”……，如此等等，则到处都可“找见”大观园的“影子”了。

那么，把圆明巨园说成是荣府后园之说由何而生的呢？

最近读到张一民先生一文，颇有所悟——

原来，当年和珅将《红楼梦》呈与乾隆，乾隆看了说，此书写的是康熙年间大学士（宰相级）明珠家的事，而明珠次子即纳兰成德，因此“索隐派”从此认为宝玉即成德……张先生考明：明珠曾大兴土木，于海淀修一郊园，名曰自怡园。明珠势败后，家产籍没，此园遂成为圆明园中的长春园了。

而且，自怡园与畅春苑，都是由一位设计师（山水画家，内廷供奉）叫叶洮的艺术创作，当时有盛名。巧的是，曹寅与李煦，以及曹家亲戚金依仁，都与修筑、管理畅春苑的职任关系密切。因此，张先生认为曹寅家与明珠家交密，叶洮的主持修园设计，当即曹寅向明珠推荐（或者相反，由明珠而介绍给曹寅）。

如此，则自怡即长春，归为皇家园子之一部之后，遂辗转流传说成是《红楼梦》“原型”与“素材”了。

我以为张说有理，抉示了世传的来由根源，比一般空论有说服力。

既如此，可知“圆明”即“大观”之说只是一种多层次（拐了几个弯）的推测，曹雪芹笔下的园子，当然不排除艺术运用（拆借穿插点缀），可以移借自怡园内某些景象（设计构思），但这不可以引申扩充——即谓大观园“就是”圆明园（全景）。这是很不等同的两个考辨推理思想方法，须要审辨而不应混为一谈。

张先生说：叶洮，字金城，号秦川，上海青浦人也。他还揣度曹家有“芷园”（在东城泡子河边），有可能也出于叶的设计，如芹书中的“山子野”那样。北音“叶”“野”确很相近。

人们通称的圆明园，实包三园组合之体而言，三园排成倒“品”字形，即西万春园、东长春园、南圆明园，而畅春苑最初只是圆明园的一处“前园”。

据专家说，长春园建于乾隆十四至十六年，即闻名的“中西合璧”的那个新园子，估量彼时自怡园的本来面目所余已然无几了。如照今日所能见的园图而观察，其景实亦与“大观园”并无多大关系可言。今日人们前往凭吊古迹的那一点大理石雕“西洋”风格的残石，就是长春园了。

据北京文物工作队编印的《北京名胜古迹》一书云：咸丰时英法联军与光绪时八国联军两次焚毁，同治时曾拆改若干楼阁以修复尚存的建筑，已是“剜肉补疮”——自己拆过；“以后太监、流氓、军阀、恶吏”等人便来拆毁取材以建私人住宅、别墅。这与我所闻于那位德国籍教授的话，尽管角度、措词不同，基本反映的是同一史实——我早先疑心德国人有为外国入侵军破坏文物的罪行作辩解之嫌，看来不尽子虚。

诗曰：

自怡园即是长春，碎瓦残基吊夕曛。

漫把红楼比皇苑，明珠宝玉也须分。

蟠桃宫

我一九五三至一九五四年间，奉中央特调由四川大学回京工作，一九五四年春末抵京，住东城北边的门楼胡同。一九五九年的春天，迁居东城无量大人胡同。刚搬家安顿了住处，一切粗毕，就到了上巳良辰。三月三，是我最喜欢的日子，从小就乐闻王母娘娘、瑶池和仙女沐浴的故事，当然也知道蟠桃会。这回听说北京三月三的蟠桃宫最是热闹了，那天正休息，就拉了妻子去逛庙。

我们对车路一点儿不熟悉，仗着年轻，天气宜人，就信步去“闯”，由长安街上了一路公共汽车，糊里糊涂地由车往东开。一问同车者，遇着热心人（北京人大抵如此），听说要到蟠桃宫，就指点：这不对了！到朝阳门快下车，一直往南，到东便门外，过了河，就是了。

这时已到朝阳门站，我们赶紧下了车。问路时，方知没有车路可达，只能步行。

为了一会儿难，可又不想折回，决意鼓勇而行。

北京城可真叫大！朝阳门到东便门（内城东南角）本不过是东面城墙的一小半路，可是越走越不到头，俩人都真觉累了。

累是累，可每次回想起来，都十分珍惜这次再未重游的经历。

我们走的是紧墙根儿——不是护城河外沿。这儿一条小径，右首是举手可扪的明永乐年间的奇伟古物——北京大城墙；左首是无边的茂密而野趣十足的绿树、丛草、豆棚、瓜架、怪藤、奇蔓……不时一座小茅屋，在阳光明媚下静“坐”，却是一片生机，简陋而映射出自然的大美。这真是平生难得的享受。

我们“走不到头”，可是“漫漫长途”中连一个人也没遇上（比如迎面来的，后边赶上的……）。这表明，这条小径是俗人不肯降临的圣境。

——忽然，眼前出现了一座大石桥！

到了！到了东南城角。这已是东便门外了。

眼前的大城墙拐了个硬弯儿。一道河横亘西东。

此桥就是大通桥，老北京叫它“头闸”（因为往东还有二闸以至很多桥闸）。

我们此时向东看，紧步过桥，已然能看见有人向西走，问问，正是“上蟠桃宫”的。满心高兴，随了众人而行，并无什么疲劳之意。

不远，就来至宫门口外。那人可就多起来了。

这恐怕是北京名庙中最小的一个吧？似乎只“方丈”地的院子，只一座高碑和一个巨炉，已占满了大半。这就显得院里人很是拥挤热闹。

古碑巍然矗立，只是无法细看文词——因它距焚香巨炉甚近，那炉中香火极旺，火苗直蹿上数尺之高，其热逼人，不容近前。于是向殿中走去。

一进殿，惊喜交加！

原来这小庙小殿，一切皆小。正当中供的王母娘娘，只尺把高，塑像清丽，端庄，身上披着黄缎做的仙袍，风格殊为新颖，不落俗套。再看四壁，更为叫绝！

这殿壁也与他处不同。这是分格（栏）的彩塑景子和神仙人物。我记得最清楚的是两栏：一栏是绿竹林中坐白衣观世音；一栏是蟠桃会偷桃孙悟空！所塑背景，玲珑剔透，精致小巧，人物神态鲜活，意趣盎然！

我像小孩童看木偶傀儡戏一样，完全迷住了！

这两幅之外，想来都该是会上的群仙众圣了，可惜不但当时人山人海，无法久立尽观，而且隔时太久，追忆不起来了——当时也没有个相机，至今遗憾。

回程找到了车路，是经过“铁辘轳坝”（地名）直通崇文门内。坐在车上，眼看的是现代（还与今大不同的“当时”）市容，心里想的是这庙是老北京的盛地，三月三这个好日子，人人都要到东皋踏青，庙前空场，百货百戏咸聚骈陈，万人如海。

过了不太久，友人来串门儿，谈话中间，告知我说：他路过蟠桃宫，那儿正在拆庙。

一闻此言，心如石头一沉，口不敢言，暗自伤情：完了！那美好别致的一处民间艺术杰作奇观，又从此自人间地上消失了，永无复现之日。

庙会，节令，民众百姓自创自演的歌舞乐事，也随之而成为历史，讲给后来人，茫然莫解了。

后来听说，那古碑却幸存未毁，孤零零立在柏油马路上，铁栏围起来保护着——保护的什么呢？

自己想解答这种问题，惭愧怎么也想不出一个自觉“满意”的答案。

一位熟友，壮年人也，偶谈此庙，他说，我骑车天天路过，碑在那儿，没错。

我烦他给拍了一张照片——倒不是为“提防”不知哪天碑也存不下去，而是奢望从那碑影中寻觅我那回的经历与享受的——渐渐变得朦胧的残痕。

诗曰：

最好芳春三月三，太平宫外柳毵毵。

古城墙下曾寻路，遥指河桥步向南。

海上仙山·嫏嬛福地

（上）

从一九五四年十月起，先是“批俞”，渐次发展为“批胡”，运动轰轰烈烈，“考证派”的“红学”是批判的焦点，故尔销声匿迹，息鼓偃旗。不想一入六十年代，此派的残兵弱卒们，忽然又有了用“武”之地。

那是因为要举办国际性的世界名人大纪念会，初定规格是很高的，目标选中了伟大的曹雪芹。这下子不打紧，首先须确定雪芹的卒年到底是哪年（一七六三？一七六四？），才好决定于一九六三年还是一九六四年举办这次逝世二百周年的隆重大会。这没话可讲了，只好又让“考证派”沉渣泛起。事情一点一点儿地热闹起来。

这时，北京的《光明日报》，上海的《文汇报》，对这方面的动态信息最感兴趣，记者同志们先后叩门下问了。如今只先说《文汇报》，他们在京设有办事处，男士女士俱有。

男士笔名吴柳，女士真名吴闻。这二吴与我过从甚多。吴柳撰发了一篇《京华何处大观园》，引起了“轰动效应”，出了名——后来也吃了苦头，挨了狠批。这且按下不表。

单说吴闻女士。

她原是夏承焘先生的学生，喜欢唐宋诗词，也嗜读《红楼梦》。我在《文汇报》发的多篇拙文如《旁听诗词》《诗律细》……以及国庆十周年庆典的套曲《新水令——雁儿落带得胜令……》等等，皆是由她组约的稿件。她评那套曲说是“爱不释手”（国内已无人能作南北曲）。有一日，她又来见访——这时我已由门楼胡同移居到禄米仓以南的无量大人胡同了。这次她携来一本书惠赠，看时，却是吴恩裕的《有关曹雪芹八种》，上海新出的。书是提供八种资料并加初步研究介绍。我当时孤陋寡闻，很感谢她带来这方面的新消息。

还不止此。

她说：北京图书馆新藏入了一部《石头记》抄本，你见到了吗？

我十分惊喜，即答何曾知晓，一定去看看！

她这一句话可不等闲，由此又引发了一大段的红学新史。

（中）

你知道从敝寓赴北京图书馆走的是一条什么路、什么境界吗？

毫不夸张地说：那是身入蓬莱，人间仙境。敢说地球上此乃唯一的一条路，我永远迷恋神往、再不可见的艺术绝构。

我完全相信，能够想象设计、施工实现此路此境的那个大师和协作者，其本身便是神圣，断乎不是凡人所能梦见与想见，凡人没有那样的精神境界与智慧才能。

我说的是，从东四牌楼往西行，经紫禁城神武门，门与景山之间，大高玄殿奇丽绝人，再往西，金门朱户，一步一境，曲折通到北海的前门，一过团城，眼前现出金鳌玉蛛一座虹梁玉架，过桥之后，叫作文津街的北侧，便是巍峨金碧的文津阁——北京图书馆了。

这不是人间，也不是“桃源”野域农乡、荒山僻水。这是真正的“海上三神山”移迁到此。

只不过我见过的那种境界已不复存在了，找老照片，很失望，它完全不中用。甚至有反效果。

（下）

到嫏嬛仙境去寻看新出现的《石头记》珍贵抄本，这福缘太大了！幸而旧年我有一篇文，专记此事，如今移录在此，可存其实——因为年迈的记忆确实减退得厉害，重写是会大大逊色的：

……记得那是一九六一年的早春，《文汇报》的吴闻女士见访于无量大人胡同中窄陋的寓斋，她之来，总是忘不了谈些和《红楼梦》有关的事情，而这一次，又告诉我说：“闻悉北京图书馆新近又藏入了一部抄本《石头记》，你看过了吗？”对此消息，我是最乐闻的，于是就乘兴命驾，专程奔向文津街而去。不想我计划不周，到门一看，却正值闭馆休息之日，被拒于金钉朱户的槛外，怅然久之。无奈步入其东邻北海，登上白塔，坐塔后揽翠轩（轩为北长街旗籍曹君开设）小憩。其时，正下如酥的细雨，满园阒静少有游人，小桃含丹欲放，又不禁怅然久之。乃在轩中对茗吟成七律一篇，其句云：

几春琼岛见春阴，飞雨纤纤更著林。
数武嫏嬛芸绿静，一襟风月砚红深。
小桃立久无人语，清茗烟微要我吟。
身在蓬山山绝顶，海门应念此幽寻。

这首诗，记载了我初访此本的情景，至今俨若昨日，然而已是二十年逝水年华了。其韵脚，特用雪芹游西郊废寺诗的原韵；风月，当然特指红楼文物，而砚红则指脂砚斋所作朱批。末句海门，则谓家兄祜昌，身在津沽，若闻此讯，当来京同访新获之古抄本也。

果然，不久他就为此而晋京了！我们两个到馆初步翻阅，大为兴奋，归来我就写了一篇文字，介绍这部宝贵的《石头记》。当时为了给《文汇报》，要求通俗，就拈取了一个《简介一部〈红楼梦〉新钞本》的题目——乍看难解，但开头就曾说明："说是新钞本，实在是一部旧钞本：非钞之新，发现之新也。"从此，举世得知，我们新中国所庋藏的雪芹真书古抄本的行列中，又喜增一目。其意义之重要，具见拙文粗粗论列。

其后，祜昌又写了一篇较为详细的，从多方面、具体举例说明的介绍文章，曾投于当时的某古典文学专刊，不予登载，一直闭置于敝箧之中，为蠹鱼游宴之地。后来增订《红楼梦新证》，方得收入，属《附录编》之一目。

……北京图书馆能注意搜求、庋藏《石头记》旧抄本，表明他们有很高的识力，并且做出了巨大的贡献。目前，己卯本、蒙府本、梦觉本（或称甲辰［序］本）、舒序本（或称己酉本）、郑藏本（西谛藏书）都聚于馆内。试想：甲戌本现在台湾，庚辰本即在郊甸之今北大（原燕大图书馆），戚序本（半部）现在上海，杨藏本（或称梦稿本）现在城内文学研究所。除此四者，最重要的古抄名本，都集中在首都西城文津街上的一处嫏嬛宝库之中，这是何等的盛事！每一念此，辄为欣幸无量。

不过，说到这里，我不禁又要小缀枝言，旁明一义：这些年来，我常向朋侪道及一层拙意，我说胡适之先生，对红学是有贡献的，不应以人废言。但是，我对他有一点意见，即埋怨他不曾尽到一层历史责任：大力搜访《石头记》古写旧抄之本。因为，那时候他们的活动时代是具有有利条件的，他们的社会地位、个人财力，也不是不比常人优越，如果他们肯锐意网求，或者登高号召，那么定会群珍辐辏，众秘骈罗，蔚为大观，是无庸置疑的——那时候未遭后来诸劫，古书尚多，旧家青毡，齐民素几，处处有之。惜乎他们智不及此。胡氏得到了一部甲戌本（十六回不全本），写了篇把考证，便踌躇满志，以为天下之美尽在于斯矣！而不知这实在是一个巨大的错误。寻其根本原因，并非有它，还就是对于古抄本的真正价值并未深刻认识、充分估量。其最显著的证明，就是经他一人之“推毂”，遂使程乙本（最坏的窜改本）得以风行天下长达五六十年之久，垄断了新式标点小说的市场，流毒之酷，无以为喻！（这就越能看出鲁迅先生作《中国小说史略》时，引录《红楼梦》，独取戚本——当时先生所能见到的唯一一部八十回雪芹真书系统的抄本，是何等异乎常流的识力了。）

胡氏等人当时不知致力搜罗的结果，是一任诸多宝册散在四方，日遭毁弃，比如我一个人所能听到的种种事例和线索，就很是可观了，这里也无法备举。为我诊过脉的一位老中医专家，退休后返回山东故乡，就听到“文革”期间当地某氏家藏抄本《红楼梦》，上有很多朱批，亟往求借，乃知此书虽未被“破四旧”的“革命者”搜出，却也自己畏祸而付诸一炬了！似此者已记不清听人向我说过的共有几起，闻之只有痛惜难言，更无文词可拟。最近则又获悉一件意想之外的消息：某处一位青年技术人员，偶与一位曾入狱获释的老年人闲谈，提起《红楼梦》，老人说，我家藏有一部抄本，与通行本甚不相同，卷首贴一签条，是四个字的书名，只是记不清何字了，幼年数曾偷看……青年随后偶及“风月宝鉴”一名，老人骇然曰：正是这四个字！青年遂拜托寻检——可是已不知去向了。更有“图博”方面的同志告诉我说：某地某馆，藏有两部内容极不相同的《红楼梦》版本，寻之亦已不可再得。我还想起，杭州大学姜亮夫教授说：他在清华大学读书时，常进城向育英、孔德等学校借书看，见到一部《红楼梦》，其后半部与现行“程本”截然有异（却与研红者所考雪芹佚稿情节大相近似），今亦不知在否？……因念神州寥廓，似上举而未及达于我们闻听的，知尚有几何！

以此我说，胡适一辈，当时不知致力搜求藏庋，是应该受到埋怨的。而北京图书馆的功绩，必当大书特书，给以表彰。难道我说的不对吗？

我从胡先生处借阅过甲戌本——他将此书慷慨地付与一个陌生的青年学生，任其携走，这是值得提起的，我至今还是感念他的这种信任人的度量。我从一见甲戌本，就被它惊住了：这与流行的俗本程甲、程乙，是太不一样了！从此我和家兄祜昌以两个村童子，妄意致力于旧抄本的整理汇校。其所以如此，有一个中心思想：愤愤于妄人程、高之流窜乱雪芹真书、蒙世惑人以至如斯之久，如斯之酷，我们立志要力发其覆，务使雪芹真笔洗净污秽、重现光辉！因此以不惜一切的执着之情，经营一部剖析真伪得失的大汇校本，思复雪芹文字之旧观，也就是鲁迅先生所说的“扫荡烟埃”“斥伪返本”。但是，一当我们开始这项“扛鼎”的艰巨事业时，立即感觉到，不但是小说的正文，就连所有尚存的脂批，也一定得汇抄汇校才行，它们是雪芹同意安排的一种“组成部分”，绝不能与后世的与作者并不相干的人所作的批语一律看待。这样，我们从很早就致力于脂批的收集、整订、研究，脂批全貌实为我们大汇校本的一个特色。

上述之情既明，就不难想象：当我们一见蒙府本上的很多独有的墨笔侧批时，其心情是何等的兴奋。当时就全部移录了。

我们都是业余，祜昌的条件尤为艰苦不利，但为了立下的志愿，百折不回地苦干下去。可是，到了“文革”，多年苦功积累的大汇校成果，全部被抄而去。“四人帮”粉碎之后，我们多次设法请求查找，至今全无成效，也无人负责。幸而，分置在我这里的极小的一部分，得免于难，祜昌在这种可怜的残基上，重新起步，以图补救。此一事业直到今日，亦未放弃继续奋斗。

诗曰：

玉蛛金鳌丹碧高，三山楼阁望非遥。

人生几过蓬莱路，铁柱纵横改旧桥。

花·木·城池

记不清是哪年的事了，绀弩同志写出七律一首，题目是《春日撰红文未竟，偶携〈新证〉登香山，置酒，对榆叶梅读之，用雪芹郊行韵，寄汝昌诗兄》，其句云：

客不催租亦败吟，出门始解早春深。
兼旬走笔足红意，半晌坐花心绿阴。
山鸟可呼杯底语，我书恨待卷中寻。
不知榆叶梅谁似，漫拟迎探薛史林。

这首题、韵都很新颖的七律，笔致极不俗。他说的“足红意”，是指正在写研讨《红楼梦》八十回后雪芹原书情节的论文。结句“探”字，在诗中例读平声，无须赘说；“足”与“心”，巧对活用，则不妨一提。他的字法句法，都是有取于宋贤的风格，饶有别趣。

我引了这首诗，并不是为了“评介”它。我想的是，“客不催租亦败吟”这七个字。为什么呢？潘老的那首“满城风雨近重阳”之所以“只得一句”，是因为“催租”的来了而败了诗兴。败兴之事多有，何必定是催租，所以绀弩同志说得对。他在“败”了之后仍然写出这首诗来，也觉比潘老更显得有其雅度。

败了他的吟兴的那段“本事”是什么，我没问起过；据我自己的经验，催租“俗事”也，败吟不足为奇，奇的倒是“雅谈”也能败人吟兴。有一次，友人问我：龚定庵的诗，你最容易记起的是哪一首？我说：《西郊落花歌》。原因何在？请你看看下面这段情景：

“出丰宜门一里，海棠大十围者八九十本”，因为“花时车马太盛”，他不想去看。丁亥年三月二十六日，大风，明日，风少定，他才偕同朋辈出城，饮酒赏花；他写道：“西郊落花天下奇”，“出城失色神皆痴”！何以至此呢？——

“如钱塘潮夜澎湃，如昆阳战晨披靡！如八万四千天女洗脸罢，齐向此地倾胭脂！”谁不因见海棠花而留连不去？贾宝玉院里不栽别的，就是海棠花。陆放翁说：“绿章欲奏通明殿，乞取春阴护海棠。”李易安的名句：“试问卷帘人，——却道‘海棠依旧’。‘知否，知否？应是绿肥红瘦！’”爱花之心，细入毫芒。东坡在黄州定慧东院见海棠为作长歌，而写出“花落纷纷那忍触”的句子！又于《寒食诗》中说：“卧闻海棠花，泥污胭脂雪！”痛惜连宵大雨，葬尽名花。至于“东风袅袅泛崇光”那首绝句，更见爱赏不足的高致。若到中山公园去看海棠，见那循墙一排十多株，也算“可观”了，要说“大十围”，而且“八九十本”！那是什么境界？我简直无法想象。每一读定庵此诗，真是神观飞越，惊心动魄！——这就近在丰宜门外一里地（丰宜门是金代燕京城南面三门的西门，清人借以称“相当”的右安门，实指门外西南，今丰台一带）。

中山公园的那海棠，大不过拱把，高出坛墙而已；“大十围”，而“八九十本”，花落时致使龚定庵叹为天下之奇，惊得神痴失色，那么花开时又当是怎样一番光景？我想，这得哪位大诗人才能传写其万一呢？

这些海棠，还在吗？再未听人说起过。多半早已“薪矣”。

范石湖曾出使赴金之“中都”燕京，由杭州“行都”北上，一过安肃军（约当今河北徐水一带），出北门大道，宽可容几辆车方轨并行，两旁高柳插天。这种风物景色，大约一直到燕京城外，都不甚差别，所以他写道：

当年玉帛聘辽阳，出塞曾歌此路长；
汉节重寻旧车辙，插天犹有万垂杨！

后来他到桂林做镇帅，临入界时，犹念及“夹道高枫古柳，道涂大逵，如安肃故疆及燕山外城都会所有，自不凡也”。

这种风物，真当得起“不凡”二字，在我看来，实在比那些只可偶往一游的名山大川更觉亲切有味，因为它更切近我国老百姓的民生日用，生活气息更浓。

千万株插天老柳，夹道而立，可慰征途，足系观瞻——京师近畿的一种伟大气象。还在吗？至少我在北京“城”外已经看不到。

十围的海棠，插天的杨柳，要培护长养多少岁月，才成了那般令人惊叹难忘的风物呢？说声毁，日夕间事耳。斧锯是锋利的。

还记得坐在北京古城西门外的护城河边，古柳浓阴，长河茂草，循河一望，身后城堞巍峨；极目河水抱城折流处，遥见角楼，那结构姿态，真是美极了！近处则父老妇幼，藉坐水边，波明鸭洁，一片雄深、朴厚、博大而高爽的气势气象，实在不愧是中华古国至少七八百年的最后一个完整的“神京”之地，那种感受是很难宣之于纸笔间的。

全世界的旅游宾客，向往北京，我们自己也要绿化环境，“古都新貌”，都何以令人识其古？貌何以令人悦其新？这问题不小，非此小文题内之话。在过去，一个人家，有了一点历史（比如说，传了几代了吧），还要讲究一下“故家乔木”，七千年文明古国（唐兰先生力主七千年之说，实有见地），这个巨大的“故家”，也该留下点“乔木”，不然，何以为其标志，即何以一见便有感性认识、深刻印象？世界各国正在千方百计地保护古迹，似未闻有多少人批评他们专门爱“发思古之幽情”。项羽破秦，焚咸阳宫殿，大火三月不灭，这种蠢例，早已有之了。金之燕都，宋朝使臣们无不叹其精美壮丽，试看《北行日录》中的一小段：

左掖门后为敷德门，其东廊之外，楼观翚飞，……又城壕外土岸高厚，夹道植柳甚整。……次入丰宜门，门楼九间，尤伟丽！分三门，由东门以入。又过龙津桥，……龙津雄壮特甚，中道及扶栏四行华表柱皆以燕石（汉白玉）为之，其色正白，而镌镂精巧，如图画然，桥下一水清深东流……

元灭金，于“中都”稍东北另筑“大都”，金之旧迹遂“不可问”。至元年间，诗人迺贤，特意走访“南城”遗迹，虽然还能看到一块虞世南学士亲题匾额，而寿安殿的旧址已经成了“寿安酒肆”。明灭之，遣工部郎中萧洵到北平“毁元旧都”。这种命令，想来名堂一定正大，必然是“惩奢侈，惜民力”之类了。萧郎中只留下了一部《故宫遗录》，观者惊叹其规模壮丽：“虽天上之清都，海上之蓬瀛，尤（犹）不足以喻其境也！”

元代大都的弘伟奇丽，单是一座“周桥”（实当作“州桥”，此制自宋汴京传来）即可想见，那是“白石桥三座，……皆琢龙凤祥云，明莹如玉，桥下有四白石龙，擎戴水中，甚壮。绕桥，尽高柳，郁郁万株，远与内城西宫海子相望……”

这郁郁万株高柳，又不知萧郎中属下人等可曾手下留情否？

其实，这些都还是局部罢了，这里是看不到整个城池的器局的。早先进京，远远望见的是永定、左安、右安三座嵯峨的丽谯城楼，那气象真是“自不凡也”，心情总是不平常的。试想一列火车，风驰电掣在四望无际的大原野中，而其远景竟能使人耸动心神，这是何等的局势气象才能致此？今日，车进“内城”，只有一处东南城角的古角楼，如鲁殿灵光（西南角楼尤美，挨近太平湖，为雪芹常到之处，早已拆为一片荒土了）。此角楼，稍加修整，还总算可以给远来的旅客的眼帘中映入一幅“第一个印象”——“到底是北京啊！”和别处不完全一样。似乎可以不必再“铲平”为快……

几乎可以肯定地说：远来游客，万里梯航，来我国中华古都观光，大约不会是兴趣只集中在观赏我们的“摩天大厦”和“积木式”的洋房。这个，他们尽可以在别处看，而且那可能更“先进”。

这么一来，我们的“雅谈”，就未免败了吟兴，因为想到我们自己消灭了的那些极为宝贵的“旅游项目”。

诗曰：

古城千载幸零痕，不似咸阳三月焚。

数尺遗砖如石重，移来垒砌护阶筠。

正阳门

老北京内城九门，全国第一，因为地方上的各处大城也只有四门而已。这九门中，正阳门最为重要。

正阳门就是“前三门”的正中一门。如加上外城看，则永定门是“口”，而正阳门是“咽喉”；旧时之城是个活的机体，门极关紧要——并非如现时这样，墙垣既毁，孤立在那里像个“积木”垒成的“大型玩具”，谁也不去从那儿出入，已成为一个标本式的“死物”了。

正阳门如何就显示出它的重要性呢？听听规矩就晓然了——

京师正阳门，唯骅路所经，始一开启；平时唯从两掖门出入……

不但如此，就连每日启闭的时辰，也规定严格，与别门不同——

……盖必日出始可开城，而正阳门则丑刻专为趋朝者开放其半，又许入不许出也。

骅路者，皇帝出入之所经。丑刻，相当于今之午夜才过的一点到三点钟。可见彼时此门的威严庄重，是整个京师的“咽喉”，比喻不为无理。

正阳门是正名，百姓口语只称前门。幼时见吸烟者有“大前门”牌的卷烟，印象至深；及亲见此门楼，方知那是正阳门之前的箭楼。

另文说过，我进京时下了火车是进正阳门的东旁门——就是掖门了。原先的前门，不仅有瓮城，有大拱桥，有大牌坊，而且还有繁华的市集——

其依附两掖［门］之隙地，贾人设小市肆，在东曰东荷包巷，西曰西荷包巷：屋小如舟，栉比鳞次，百货所集，金碧辉煌。其货物以刺绣为多，故名荷包巷。喧闹萃处，犹有辽金之风。

这种情景，早无人知，荷包巷之名，连记载的也不多见了。

庚子拳乱，正阳门灾，两巷遂为灰烬。后稍修葺治，未及修复，遽以铁路改筑车站，廓而平之。民国初，毁去两掖门，改辟四孔，以便车马——自此陵迁谷变，帝城风物，不可复睹矣。

这些文字，引自王伯弓的《蜷庐随笔》，似乎与我的经历已不相干涉，但我借他的文笔来讲那种“陵迁谷变”的道理，人家却文简而势明，胜于我们这种“白话”啰啰嗦嗦者多多了。何况，我所进入的“东掖门”大约也只是“四孔”之一罢了，我是连“四孔”也弄不清它们的原义与位置了，遑论其他哉。

正阳门外和朝阳门外的两大市肆店铺集中之地，景象尤难“笔绘”。那时每一个店铺的招牌都是一项艺术绝品，而昔人描叙此种地方是“市招如云”，“招”即门面招牌，千姿百态，如锦如绣。中华的民间艺术，荟萃于此，制成一大风格气象。我还赶上了一点点最末后的实际景色。

诗曰：

荷包两巷早迷型，关庙犹传签语灵。

谁向铜驴羞掩袖，满城欢事上元灯。

［注］

参阅本书《九门之缘》。

天立轩

北京的正东门叫朝阳门，真正的“老北京”（人）却口称“齐化门”——仍沿的是元代的称呼。此门为通往京东直至东北三省的大道，官民商贾，往来车马最为繁盛。城门之外，“市招如云”，即商肆店铺的百般门面招牌及装修雕饰，蔚为一项极其美妙的民族工艺之大观（可惜这也完全被洋式玻璃店“窗”取代，并无丝毫遗韵可寻了）。城门与“东四”南北大街之间，有一条“小街”，因为很长，又分（门）南、北两大段。我住的门楼胡同，出家门数武，即到东口，口外的长街，就是这条。

巷口外对面是一个中药店，已忘其名。往南几步街西侧，却有一处茶馆，名曰“天立轩”。

这是北京式的老茶馆，不与别地（如成都）相同。门口悬一长方木牌，上镌“天立轩”三个大字，下缀一条红布为“穗”。地方不大，营业的只有一间屋，共设三张八仙漆桌，长条板凳。店主老夫妇两个，提壶沏茶，其他一无“点缀”，可谓朴素简纯之极致——这也就是老北京老百姓所能“享受”的品茗歇脚之处，它不是整日“泡”在那儿吃喝、歌唱的声色口腹之“方便”之乡、“快活”之境。

和天立轩有一段小小的因缘——大概除了我，谁也不会记起它，而且笔之于“史册”吧。

那是与“红学”有关。

在成都的两年，大约就是我平生仅有的“春风得意”的“时期”了——在华大、川大两校教课，大受同学的欢迎“拥戴”，虽然政治运动接连，而高等院校大调整中我因英文水平受到省市重视，在原华大外文系的教师中独得分配在成都（同人纷纷外调）；还加上《红楼梦新证》的出版，成为一时间的“新闻人物”。而一到京中，住入这个院子，我的“一切”处境都变了，身体坏了，出版社的严格坐班制渐渐顶不住了；家庭、孩子，问题滋生了烦恼；而“批俞批胡”一展开，《新证》的命运也发生了“翻天覆地”的变化。于是，我这初历世途三十刚过三年之人，没有什么大智慧、大涵养，就心灰意懒起来，不想再会有什么“事业”可为充当生平的目标，也觉不到自己还有什么“抱负”和“志气”。

可是，家兄祜昌却比我高多了：他对“红学”的一片痴情不减，是他鼓舞了我。

这些，说来话长，如今只能粗叙“大略”而已。

我走上“红学”之开端是发现了（胡适先生寻求而未得的）《懋斋诗钞·东皋集》，中有六首直接咏及曹雪芹的诗篇，而这一发现的起因都是祜昌的提示所引起。从此以后我二人为探寻雪芹与《红楼》遗迹，不遗余力，而他的热诚与痴情，实过于我。我“泄了气”，他说不可，看事不要如此简单肤浅，《新证》不会失去意义价值（此书四十万言的付排清稿都是他在困难条件下独力正楷抄成的）；他一力主张，我们的“自传说”的观点虽遭批判，其所辑诗文档记的丰富史资却不可废，应整理“加工”，以待后来知者。

他的执著不馁的意志，感染了我，于是商议，决定先将原《史事编年》一章拆散剪贴，勿惜多费些稿纸，每条之后，多留了空白纸幅，为补充修正、考订阐释的新文本做好准备。

我觉此议可行，由他耐心虔意、不辞劳琐地动起手来——这是他来京小住时的一番“举动”，他人不知。

因为寻静，也因为家里可免张罗伺候，我们就看中了天立轩。

天立轩的生意十分清淡，我们在那儿遇不上什么茶客，老夫妇收入可怜，不用多问可知。也常常是祜昌独自在那儿工作，我则时来时往。到了饭口，幼儿（名建临）到轩里去招呼，才收拾回家——孩子认定那是“四大爷家”（“大爷”，北语伯父，大字重读，爷字轻轻一带为语尾。否则此词即另有语义了）。

我听了孩子的话非常有趣，也引发感慨，即作纪事绝句，将孩语写入句中。祜昌甚表欣赏，说这种诗是“你的绝活儿，别人办不了”。

天立轩如何与“红学”联上的，无复人晓了，我不记几句，于心不安，因为它应该入“史”才是。

诗曰：

小街犹见旧茶轩，座客清清少秽言。

自向此间修敝稿，童云四伯有家园。

二郎庙

顺着东单（牌楼）大街北行，未到灯市口之间，路东侧出现一个小庙。庙小名大，虽然今人已不复知，历史上却是一处名胜。

这原先是东城的一奇。奇在何处？据记载与目睹者共同证实，那庙中神像顶上一颗宝珠，每日清晨太阳刚一露面之时，便发出异样光彩，辉煌夺目。因为庙是坐东朝西的，早晨是绝对没阳光投入的，珠却先发奇光，岂非一大奇迹？

因此，庙虽极小，名气则大。

此庙供奉的是二郎神杨戬。庙并无门，只是木栅为栏，那不过一间小屋的大小，窄小得有趣。望望庙貌，苦于光线甚暗，看它不见。

这层小殿之后面是否还有二进院？也不得而知——因为庙已非庙，住的是民户人家，实在不敢冒昧闯入去“了解”一切。

但我有“庙癖”，每行过此，必要徘徊瞻望一回。印象最深的是庙外两件文物：一是庙“门”南侧（墙由此缩进数尺，成一拐凹之处）有一汉白玉碑；二是庙门北侧墙上深嵌着一尊古石兽，面与双前腿外露，身子在墙里不知有多大。

看碑，其体制大约不过是清初所建，这在北京是“很晚”的、不值细看的“东西”，碑上文字从未见路人驻足赐目。

那石兽可就古极了。看“面型”不像狮子，似乎略与西城的石虎有相仿之处。前腿高而挺直，此特点表明至晚也是金、元之古物，与明、清做法大有分际。

此为何兽？未闻谈者。也许就是二郎神的那个捉孙大圣的神犬？愧不能知。因为千年风化太甚，也看不出到底像犬与否或是别的古兽，与庙无关。

我久住北京的经验无声的“告示”让我预知：凡这种与民俗意趣相关的珍贵古迹文物，不知哪一天你再去看时，那儿已经“整顿一新”，铲光了，什么“思古之幽情”也无法相向而“发”之了。果然，有一天我又路过时，庙门筑了新砖墙，石碑不翼而飞。墙内古兽呢？也“走”了，谁也无法问知它的“末路”收场是何种命运。

有人说，珠发奇光，是它建得恰与太和殿顶正在一个水平线上，殿顶所受阳光正反射到神珠上。似乎可信。

但庙既非庙，那家民户恐怕也不会住进有神像的“屋”里去——大约也早归销毁了。宝珠既无复存于顶上，谁又能再联系太和殿去做一次“科学实验”呢？

此庙与我何干？不知为什么，此后我不愿路过那“遗址”，因为心头总觉得老北京的风味风趣风貌风俗一无所有了。

诗曰：

一间小庙发奇光，过路无人识二郎。

最是北墙蹲古兽，料应神犬溯隋唐。

动物园

这儿不是谈什么“动物”。我到此园次数较多，也看动物，但目的还有另外一层，就是想从中寻找乾隆时与《红楼梦》有重要关系之文物痕迹——其实这所谓“痕迹”本亦无迹，仅仅是从历史知识中得到的一些“故事”加上自己的“思古之幽情”的想象而已。

提起动物园，不想引经据典，却可以一提张中行先生《负暄琐话》，他在此书中有一则讲到此园的历史。

记得他写那篇文章，开头就对“考证派”致以微词婉讽，大有不屑之意；可是一读下去，他讲此园的历史却也还是“考证派”的功绩，这倒令人颇觉有味可寻。对此，我写信与他老讲过，开过小玩笑，还指出他知识还不完备，没有提到红玉这个满洲人①。

却说今之动物园，初名“万牲园”，在早老北京口称，则是“三贝子花园”。再一“考证”，它又叫“环溪别墅”——这就和曹雪芹挂上了钩儿。

此话怎讲？且听我慢慢道来——

原来，环溪别墅是乾隆时富察氏名叫明义的园子，园以水胜。明义是位诗人，他家与皇室是至亲，满门富贵，位极人臣，可他却只是上驷院（俗呼“御马圈”）“执鞭”之人，当了一辈子的“御马夫”。字写得好，而其胞兄明仁尤工篆书，精于治印。

明义比雪芹略小一些，他是当时第一个以组诗题咏《红楼梦》的人，诗前有小序，明言“曹子雪芹”是《红楼》一书的著者，此一要义也。又说雪芹先人是江宁织造，因而世系得明，第二要义也。又从文句表示出雪芹所写即他自己家世，此三要义也。这都重要无比。

再经研究者一考，雪芹之至友敦家兄弟的幼叔额尔赫宜（号墨香）就是他的姊夫，而另一题咏芹书的宗室永忠，就是从墨香而得见抄本的。

这些，早为“红学”常识了，不必多叙，如今要说的是明仁、明义兄弟二人，给我们留下了一份关系雪芹的珍贵文物。

我有幸得见原件，今记大略，以飨关切者。

此份文物是一对铜简，其长恰为清尺一尺，丝毫不差，宽约寸半，厚约二分。两简各刻七言二句，合为一首七言绝句，文云：

莫问金姻与玉缘，聚如春梦散如烟。

石归山下无灵气，总使能言亦枉然。

此诗为明义题《红》的第十九首，见于《绿烟琐窗集》，并无异文。其书法是石鼓文体的大篆，精彩之极！——我研书学，看古今名作自信所见相当丰富，六十年间从未遇有如此高手佳作！

上款是“曹子雪芹”，下款是“清丁卯明义”，有一朱文小印“明义”，左读右行刻法。小楷楷字与小印篆，亦俱精甚。

据工艺家谛审，字槽是刀刻而非后世蚀铜法所为，诸字笔画刻法新旧一致，无后添之迹。

一查明义诗集，开卷不久即有一首七古，咏他哥哥明仁的篆印，句中正亦提到了《石鼓文》，一一吻合。

据友人云，他从旧物摊收得，摊主是天津来的。于是我又忆起，旧年天津文管处曾携曹寅、明义手迹到京请专家鉴定，乃知明义的手迹有的落于津门了，原由未详。我从那些字方知明义书法之高。

然有人致疑：何以清朝人落款纪年而还要写出“清丁卯”？岂非清以后的人所刻之物？

我说：明义诗集只有一部抄本，无人见过，晚近方才发现，若出伪作，他从何处得知此诗此称？

况且，他也无从知道明仁是个大篆书家，他求人写也绝写不出这么高级的石鼓篆来，近世能习此体的名人之迹我都习见，那差远了！天津更无这种品格的篆书家。这一点我敢放言无忌。

因为铜简是仿长联式而制的，对联的上下款的位置是有讲究的，上款是“一字下”，七言联下款是“三字下”（指起笔）。若长联下款须几字下，那要看是多少字的联，从下倒数要留几字的“空档”而定，所以下款纪年也不能像立碑顶格多字细写“大清乾隆××年岁次××”之款式，只能以极少的字在最好看的位置酌定而书，故仅写“清丁卯”，这并非异世“追记逊清”之可比。有何疑乎？

平生所见与雪芹相关的旧物，可珍可爱，足以赏心悦目的，脂砚而外，此为第一②。

诗曰：

盈尺长铜见所稀，石归山下旧时题。
雪芹曹子分明在，棠棣人奇书更奇。

［注］

① 张老此书中，记韩世昌记张伯驹，皆属“败笔”，我写信直言，并不客套虚尊。但他的真佳篇我也极口赞好，有的作一首诗专颂。这些书札如异日编印，可以证明我对张公绝无欠恭之意。我们是老友，他未为世识，自号“佚叟”，是怀才不遇者，岂容任何人轻加贬抑哉。

② 我所见伪造之物，水平太低太劣了，而俗目信之。假如近时今日乃有如此高手而造伪物，我就拜服——认为那与真物价值也足以相埒了。“古董”可造，书法无法“造”。

九门之缘

北京大得“可怕”，一个人要想走遍全城，那除非他是大闲人，不上班，只逛景；或者职业是串胡同的小贩之类（也只能限于一区一隅）。我这几十年所到之处极其有限，可是有名的“九门”却都出入过——这已是“不凡”了。

上大学时，在西郊，要出入西直门；后来居住城内多次赴西山访芹迹，也是必出西直门。早时从前门有有轨电车直达这座西面最北的大门。后来改了公共汽车，在门左城墙开一豁口出入，在此换车可达颐和园、香山。再后，听说西直门首先拆掉了。

出入东直门的次数也不少，五十年代病号休假，体弱不能远行，就与孩子到这离家不过十分钟之路的东直门。出了这大门，墙根咫尺便是火车停处，在那儿歇憩遣闷，人也不多，不是什么“热闹”去处，也无好玩的景趣可寻，但感觉上十分亲切。

有一次忽然鼓起勇气，要走出此门绕过城角，进入安定门（北面之东门）而回家。心想不知顺阻如何，全不可卜。谁知一走开去，那沙土路修得非常可喜，靠着城河，长着碧草，散发着芳香之气——北京的土，一沾湿润（比如下了小雨，泼了水），就有一种特别的气息，那土也松软不粘不板，令人走上去满心舒服——这儿没有西郊的大石板铺的“辇路”感觉。

这种舒服的快意之感，一换了洋式的“柏油沥青马路”，便整个儿消失了。

安定门那儿寂静之甚，没有人迹，有大车轨道。出入口城墙内嵌有一块石碑，现已记不起是何文物。

城外的郊原景象，静谧可喜。

北面之西门就是德胜门，元代本名健德门者是也。[①]明末满洲兵临京师城下，就在此门。我只到过一次，那是走谒顾随（羡季）先生回校前顺路到此一观，只见门内的街很窄，有小贩车出入。门外无时间多看，只站一小会儿望望，心知这就是雪芹所写的宝玉偷祭金钏“出北门的大道”了。

阜成门是西正门，我与祜昌四兄因寻太平湖，绕路坐于门外河边休息，又走到西便门，进宣武门……因有另文叙此，故不重述。

正阳门，如另文所叙，清代的百姓是终其生也无缘出入一次的；而到了民国，旁开“四孔”更无须走它——成了“废物”。我却出入了一次，那是为了“过过瘾”，并非必须“穿”它而行。

记得很清楚，那时正阳门两旁城墙紧根儿上，贴墙有二小庙，一东一西。庙极小，只一间屋。其一为关帝庙，在老北京异常出名，一说庙里的签儿最灵验。我进去看过，见一位道士照料香火，果有上香跪拜求签儿者。我后悔没试试看灵不灵。

---

① 编者按：原文如此。健德门为元大都城北垣西门。1368 年，明军至通州，元顺帝出此门离大都北奔。同年易名德胜门。明洪武四年（1371）改建北平城时，南移大都北垣五里，此门废。

另一小庙关闭，不得而入，不知其详，却幼年曾闻二哥说过（他在前门长巷住过）：那庙有一铜驴，正月节间，妇女上庙到此，不生育的少妇，让一个年长的女亲戚或仆妇用衣遮掩着，那少妇则用手去摸那驴肾，羞羞惭惭地，令人发笑称奇——据说也很灵：摸了就能生子女云。

正阳门之东便是崇文门了，俗称哈德门。清代是个关卡，很厉害。门外花儿市，有名的繁华市肆。我出入此门最多，因为寻访雪芹故居蒜市口、卧佛寺，皆在门外。还有后来那儿开设了一个很大的古玉商场，名为“青山居”，在那儿我也开了眼界，也买过几件佳品。门外有花木，有长椅，像个小花园，而几步之外即是护城河桥，水势很急，哗哗喧响，河岸住户颇有江南水乡之意味。我对此处总是十分留恋。

还有，崇文门门楼上的燕子，是出名的。到春来，大燕教给雏燕飞翔，成百成千，遮天蔽日，真是“大观”，好看极了。

六十年代初“三年困难”期间，新正月我登上了这座门楼。那天还冷，街上行人亦无，商店所余无几，无处可游，我就登楼纵目，大为畅快，其时并无人禁管保护古建筑。

我登过的另一城门楼是安定门，此门荒废之状最甚，我多次上去，下边已如荒墟土堆，然一仰观，那大木巨柱层楼的雄伟结构，仍然那么巍峨优美，动人心目。

这么一叙，就剩了朝阳一门了，此门旧称齐化门，是老百姓不改元代称呼。今我移住东皋，若进“城”（城已拆掉），就出入这个无门的朝阳门，门外之变化，更难尽述。

北面的城墙，不知何以如此荒残破败，我从安定门朝德胜门的方向而在城墙上走了相当远，皆是如此；但东面的大墙则大为不残，倍显崇伟坚固，登上去，其“上宽”还可容二车对开，其下基之宽可想了。城上遍生茂草小灌木，草虫乱蹦，别是一番境界。城如不拆，辟为环城“公园”，当为世界第一奇观，堪作吸引国际旅游的“金碗”。又何用拿着金碗“讨饭吃”呢？

闲话休题，九门的总司令叫作“步兵统领九门提督”，是皇帝政权与人身的“保镖人”，也是最亲信的要员大将。雍正时，此任是隆科多（佟姓，雍正的舅舅）。雍正阴谋夺位，是舅舅首功，而如汉之韩信，功最大而最为“危险人物”，怕他泄密“反正”，于是以四十一款大“罪”将舅舅制服（禁锢而死）。隆案判决后只一个月，就下令抄了曹頫（雪芹之父）的家，逮问治“罪”，何也？雪芹笔下有透露：王子腾是“京营节度使”，其另一异称是“都太尉”（太尉乃古代最高武职）。这即是暗指“九门提督”“步兵统领”。由此可证，曹頫之“罪”，是他娶了佟氏女为妻，雪芹之母应为佟佳氏也。佟家外号“佟半朝”，满门富贵，所以王熙凤也说过，扫扫我们王家的地缝子，也比你贾家富得多！

此义旁证还多，唯本文不是研史论文，不是考证“红学”，只因“九门”而连带想起来，在此一提，也未尝不可吧？

诗曰：

京营节度是何官？琯钥九门帝座安。

大罪忽传四十一，椿萱有罪外家难。

恭王府

（上）

话头稍稍往回挽一点儿。

我一回到北京，就接到两个“红学头绪”：一个是工作新单位新同人侯岱麟君（他后来成了“右派”，调走了，不知命运何似了）初相识，便赠来一幅手抄的乾隆时满人明义的《题红楼梦》七绝二十首全文，这正是我于一九五一年离京（应聘准备入蜀在华西大学当讲师）已得知明义诗集藏于北京图书馆，而匆匆顾不上去觅阅的重要文献。另一就是忽得原辅仁大学（今北京师范大学）数学系魏庚人教授的一封惠札，拆缄看时，是热情地提示说：读您的《新证》，发现所绘“荣国府院落示意图”与辅仁的女生部（按即今称恭王府者）的布局完全一致。可来此一看，并做研究（大意如此）。

我得此函，真是喜出望外——因为我推考雪芹笔下贾府的“原型”应在北京北城偏西一点，而辅仁大学与女生院恰恰就坐落在这个地区。

这是梦想都不到的奇迹，居然出现了，而且是人家主动来“报”的，而且是一位数学科学家呀，难说他的头脑思维“不清楚”吧？

说我是“异想天开”“牵强附会”，行吗？

从此，等家兄祜昌每年暑期一有空，必要来京相聚时，便又增添了一处务欲亲临其境的寻幽访胜之重要目标。

我们二人的足迹终于印到了恭王府的四周——我们前前后后围着这座大府邸也不知绕了多少圈，像入了迷、着了魔。

如今，“恭王府”三字举世皆知，国际游客的观光名单中它是重要的一个“项目”了，有时真有“车水马龙”之盛况。可有谁知道，它的拔出风尘（如同古文物之出土），它的出名并得以保存免于毁灭，以至于有今日之盛境，竟然就是以我们的“绕圈子”开始，而一步一步艰难奔走呼唤、撰著而得到了承认、得到了重视，也得到了保护与维修的。

（中）

新中国成立后不算太久的北京，不是今日景象，到处还可以享受一些古老的历史文化气息与实体的残余。那座老府，简直可说是知者甚少，它在那里甚至令人生荒寂之感，似乎几百年历史的影子还潜存在它身上以及四围。

古老，在京城不足为奇，奇在古老得竟至有点儿神秘感。说来难让人信：我们两个初次寻到此地，走近府址时，忽见一年老妇人，披头散发，面向府墙，两臂平伸，用手在“丈量”那老墙的“宽度”，她一步步地挪着那样“进行”，谁也不瞅，专心致志……

我们惊讶，不敢贴近，站住了。心里猜度：大约是那府的旧人，早离了府，年老后还在用这个方式怀念她的年轻岁月吧？

王府的墙是特别高大的，墙砖也与民居不同。我们走进了两府之间的古巷！

那个境界！我可真不知以何词句方能“形容”“描写”，自愧无此才能笔致。

这两府，邻近老居民世代即称“东府”“西府”。两府也正只是“一巷之隔”。

这条巷，正名“府夹道”，已经拆却，感兴趣的读者却无庸费事去寻看了——只能听我“一面之词”，作为想象之资，神游之助吧——

那夹道，比一般小胡同，也许并不真狭窄，但在左右高墙之间，可真是幽径一条，人踪罕遇。

往墙上看，墙头长满了长长的荒草，略无润色，像是久枯的。南端一个“车门”（即府正门以外的墙门，车马出入的便门）；中段有一拐硬弯处也有一门，都是木头的，形色已十分敝旧。在另一“洼拉浅儿”处（即墙忽折而凹进一块之地）有一座很小的古庙，样子只一间屋，不是大庙“山门”，只有木栅为栏，檐下一匾，四字书曰“古月禅林”。居民说是府的“家庙”，是个小小的尼庵。

古建专家陈从周曾来考察，认定“西府”墙是东面尤古，有“收分”（即如城墙之基宽广而墙头微狭，成一种向上收敛形状），与西城帝王庙明代古墙一样。

果然，就在小庵一边墙上发现了“万历十年……”的刻字砖，完全证实了陈先生的考古学识，目力之精审，令人折服。这就把假专家硬说恭王府（前身）乃乾隆末年宠臣和珅所建的谬论彻底推翻了。还有一位“红学家”在一次会上讨论恭王府与《红楼》的关系时，竟说府、园“地面上没有清后期以前的实物痕迹的存在”，这一类言辞，无视（或无知）于历史实证，也竟不时出现于当代“学”界，堪称怪现象。暂不多表。

却说家兄，事事痴过于我，因我有事不能同往时，他就一个人独赴，独自去“绕府”。那时，府邸“本部”是无缘擅入，而府后之园，更为禁地（起先不了解，多年后方知是公安部宿舍占用）。我还得谆谆嘱咐他：“你衣服、口音等都不合本地的情形，多注意，自然一点儿，别太惹人注目……”因为他围着转圈子，再伸长脖子想往墙里窥看，那会让人认为“形迹可疑”“身份不明”，弄个“秀才遇见兵——有理说不清”是很有可能的——谁也不相信他“绕府”的真心本意：“世上哪有这样的痴人？”

（下）

等到六十年代之最初，恭王府的事可就闹“大”了。“大”在何处？说来也许又有人不肯相信：当时中央领导人，从周总理起，几乎都到了恭王府，为它与《红楼梦》的关系而大感兴趣。据实证，去过的诸位中有：郭沫若、陈叔通、张奚若、李富春、李先念、杨尚昆、陈毅、康生、梁思成等人。粤剧名演员红线女一同游园时手持一团扇（上画钱塘江大桥），并请郭老题诗一首曰：

一日清闲结雅游，百年余梦觅红楼。
楼前尚有湘妃竹，扇上钱塘天外流。

据北京市有关部门的记录，陪随周总理同往的有副市长王昆仑，总理先对他说：你看像不像大观园？王答不像，理由是大小不合。总理就说：“你就照它是大观园的说法讲讲嘛。”后来着重指明的一段话尤为要紧，总理评论道：“要说不是，人家总有些理由嘛。不要轻易地肯定就是，也不要轻易地否定说不是。”

王昆仑为了恭王府，亲自驾临过敝寓（无量大人胡同的宿舍）。同至者有他女儿王金陵与一位女秘书。我并无机缘、资格及时得知总理游园的大事与要言，是多年后才辗转闻说的。我的拙说竟获总理的关注，感到无上光荣，别人反对，也就略如“下士闻道则大笑”，又何足计哉！果然后来“四人帮”攻击周总理，“大观园”也竟成为一项重要的条款。

总理还指示过，将来可将此府园辟为曹雪芹纪念馆。但“红学界”似乎另有想法，从未有人尊重总理的意见——因为连重提一句（上述种种事实经过）的事也未再听见过。

诗曰：

秀水明山抱复回，万宁宫墅此曾开。

不识金元什刹海，名园申第枉疑猜。

［注］

关于恭王府，本书只叙其缘起。另有一册二十三万言的专著《红楼梦访真》，包罗较为详备。

附篇：一位澳洲学人看恭王府园

北京的元月中，例应酷寒，可是这回却出现了一个暖和而且阳光明媚的日子。要说是冬月，真不如说像春天。这天适逢星期日，全家出游的人群到街上溜达来了，也有闲步于北海的，也有滑冰于湖上的。原来是皇城北墙的这处遗址，现时是一条宽马路，马路北边的这一块地方，是由很多条小巷或胡同构成的。这一地带至今仍然有一种当年禁地式的意味可以令人感受得到。因为清朝的时候，这里是很多王公府邸和旗人富家第宅的聚处。所以有人说这一带是个“富有诗意、文雅精致而又具贵家风范、富丽豪华的所在”，好比是满族旗人的一个恳星屯（Kensington①）。

我沿着这个名称什刹海的湖塘的西岸，走到了一个地点。这地点有五六条胡同纵横交错，我停步呆了一下，是想辨明我当时身在哪个（地图）位置。此时四面都是光秃秃的灰色的院墙，你置身于这种迷宫中，最容易遭逢四顾茫茫之苦。即使你心中确知自己这是为奔往何处而来，那也无济于事。何况那时候，我自己所知道的只是我要寻找一座王府，而这座王府坐落在旧内城西北隅的某一渺茫之地点，如此而已。就在前一天晚上，一位朋友就已经说过：在这儿做这种探胜寻奇，简直是愚蠢的浪漫之想，是注定要失败的。因为在这儿的诸般事情，种种手续繁难，要不就得是事先私下安排好了走后门才行。

我靠着一堵墙坐下，从背包里抽出一本不太厚的书来。这本书是新近才出版的，它详细论述了一位最负声望的“石头”学者[2]周汝昌的看法。他认为，从某一意义讲，曹雪芹笔下的荣国府和大观园就是以我正在找寻的这座府邸为根据的。这座王府一度为乾隆的宠臣和珅（一七五〇——一七九九）所有。后来又曾历次赐予几位王爷，其中最有名的就是恭亲王（一八三三——一八九八），他是咸丰皇帝的弟弟，十九世纪下半叶中国对外交往的首席代表。本（二十）世纪三十年代，这座王府卖给了辅仁大学。查了周著前面小小的地形示意图，我发现，要将这幅十八世纪的地形图与我所携有的不甚精确的旅游街道图相互映照，那是很困难的。要想从这两幅地图上找出眼前这些无字的墙，则更是难上加难。我正想算了吧，不再找它了，距我耳朵不过六英寸远近，传来一声吆喝：“卖鞭炮啊！”我抬起头，看见一位老者笑着俯视于我。“找恭王府吧？”他指着我这本书的封面问我。“就在前边儿。”他一面说，一面顺着墙用个手势指点。可我刚才就是从那边儿过来的，记得只看到几座五十年代式样的办公大楼，一个不许随便出入的大门。通过大门，我瞥见几辆汽车和高级轿车，还有一堵高高的红色影壁墙。墙上的“革命标语”因日久而剥落了。——除了这些，我什么也没有看见。

老者对我脸上的那份疑惑的神情全不理睬，朝着他指过的地方走去。他的意思明显地是要我跟他走。一路上，做了几个鞭炮生意后，他就将我一个人撂在那座不许随便出入的大门前。这回我看了看门上的字："中国音乐学院。"字是竖直写在大门的右边的。我又不相信地朝老者摇摇头。他向我担保这就是恭王府，还使劲地朝影壁墙后边做手势，意思似乎是说"就在那一边儿"，而后就扬长而去，照旧卖他的鞭炮去了。

花了半个小时，好不容易我才使铁面无情的看门人相信我不是间谍。我把一捆书放在门房里，获准一个人进去寻找我的王府。一绕过影壁，我不禁大为惊喜，果见在练琴房的包裹之中，左右"蹲着两个大石狮子，三间兽头大门"。在这座外门里边，的的确确有"一条（石头）大甬路直接出大门的"。这就是恭王府了。被埋在现代建筑群中的它，就如同嵌入水泥之间的一颗宝珠一般！

只观察了五分钟，我就明白了，一些学者为什么把这座王府与《石头记》中的贾府联系起来看待了（另一派则否认这种联系）。这两者的布局太相似了（举例说，贾母院所在的位置与书中描写得一模一样），建筑风格与规模，既豪华又幽雅，和人所臆想的全无二致。不论是曹雪芹的小说就是以这处地方作为模特儿，还是这里住过的人们模仿曹的小说的场景。这到底又有什么关系？！像曹雪芹自己说过的那样："假作真时真亦假，无为有处有还无。"

比这些相似之处更惊人的是，过了一会儿，我就发现这个不可思议的地方住的是书里描写的那种人——音乐家、艺术家，充满梦想的人——《石头记》表达了那种意气的人。我刚走完一条长长的可以四通八达的小路，就听到二胡琴的声音。这琴声充满感情，带着伤感，弥漫在“嘉乐堂”前沐浴着阳光的庭院中。不一会儿，这位年轻的音乐家又用饱满的感情和轻快的手触，在钢琴上弹起莫扎特的一组钢琴变奏曲。正如《石头记》经历了各种思想及文化的冲击而奇迹般地流传下来一样，这座王府经过中国历史上两百年的动乱而免遭破坏，并且仍然是满可以居住之地，尽管它最终免不了成为一座陈列馆。恭王府同《石头记》这部小说居然未随同样一场梦幻而消失，可以说是历劫不朽吧。

音乐学院并不与王府北边那座花园相通。要进花园，得重新回到街上，向左拐，顺着墙转过去，到东北上的另一个机构的大门才行。我到达这座大门时，已经是下午很晚了。因为急切地想在天黑前看看花园，也因为我仍为我自个儿一人进入王府的成功所鼓舞，这次我没有先向传达室报告我的来临，而是径直走了进去。远远地，我只能看到一座像假山的东西，我加快了脚步。这时，一个女人粗鲁的声音攫住了我。这可绝不是什么仙女对讨人厌的凡人把她少女的洁净境界弄得污浊了的抗议（译者按：此系暗指宝玉初至太虚幻境被仙子们斥为浊物的那段经历），而是一位气势汹汹、手提一只绿色大壶的老太太的训斥。她告诉我，说我无权进入此地，叫我最好立即出去，还问我究竟是什么人。我一语不发，一径很快地走向传达室。我很幸运地在那儿见到一位正在值班的老人，他脸上挂着微笑，又面带倦意，他向我保证，说进去看看没什么关系，并且还说，如果有人问，就说我已得到他的许可。说完了，他就退回到暖和的小屋里，听下午的京剧广播去了。

当此仲冬时节，这座王爷的花园具有一种萧条荒凉感的魅力。进去后，我觉得仿佛来到了一个已经消失了的传奇故事的世界，一个失去了的领域。我的这种感觉比刚才在王府里感到的还要强烈，觉得过去——那个虚幻和梦境的世界——悬在冥冥之中，令人发沉，令人屏息。在一座蜿蜒的向南伸延的假山东部，我发现有一条豁口。从这里，我攀登上那些奇形异状的石头，来到山顶视野开阔的地方，从这儿看见了第一群建筑。就在山下，穿过一扇月洞窗，可见到一座有点儿破旧的庭院，走廊上缠绕着已然枯萎了的爬蔓草。往左边，在“山脉”下，有一座八角亭，亭子过去一点儿，有一个水塘（水已干涸），水塘的另一边散布着更多的假山和房子。我向下望去，计算出园子的总面积大约为二三英亩的样子——远比我拟想的大观园要小得多。但是，园内景物的精心布置，却给人一种扩大感。这确实是一个想象力很高的设计杰作。

从山上下来，我看见一个胖墩墩的、脸蛋儿红扑扑的小孩（他应已九岁光景），正在友善而又好奇地打量着我。我问他是否住在园子里，听他说是，我表示非常羡慕。他似乎并未被我的话打动，倒正正经经地提出替我背背包，领我去看石头、山洞和铭题——他所喜欢的这些迷人的去处。他告诉我说，那天下午园子里没有别的外来人。待了一会儿，当我们沿着一条修建得很精致的游廊走过去时，这条廊子通向园中央水塘后的“大主山”脚下，又一位老太太（没有刚才那位那么凶）叫住了我们。她先对那个孩子说话。原来，她是这个孩子的姑妈。孩子将我来此地的用意告诉她，她笑起来，说：“我们家就住那儿。”说着，还用手顺着走廊指往山顶上的一座小房，激动地说：“那就是怡红院，知道吧，早先是贾宝玉住的地方呢！”这时，突然又一位老太太，不知从什么地方冒出来似的，笑着申斥道：“得了吧，你快甭拿贾雨村言迷惑这小伙子了！”说得我也笑起来。我继续考察花园后部，那条主道在几所小轩馆门前经过，从岩石间通过去，一直通向“大主山”的后边。

最后，我又回到园南头，这时，我看到我的小伙伴正在同他的三个小朋友在八角亭和水塘之间的一片空地上踢足球。我看了一会儿，认为既然“贾府”住艺术家是合适的，那么“大观园”作为孩子们玩耍的地方也同样是合适的。并且他们的游戏就应该不时地被婆子们搅断，那是从“怡红院”往“潇湘馆”的路上的婆子们争闲气或是嘁嘁喳喳说长道短吧。

天，这时可晚了，我真该走了。出来时，我又在传达室停了一下，向那位面带倦容的老人打听，占用这座花园的是什么单位，因为大门口什么也没写。他说是公安部的宿舍。走在黑黑的胡同里，我边走边在心里反复琢磨着最后得到的这条小消息。恭王府的花园——原本是大观园的地方，变成了公安官员的家，成了他们孩子们的游戏场，昔日的宅第竟成了音乐家的宿舍和琴房——这种现代的变形记，本身就已说明了中国文化的复杂、矛盾及其盛衰起伏。在我看来，它还象征着想象力与天真无邪之不可摧毁。

（徐东风、周月苓译）

［注］

① Kensington——恳星屯是伦敦西部一区，位置在泰晤士河北。十八世纪时，此地多居贵族，是当时时髦住宅区。现人口约为十七点二万。故作者用此比拟。

② “石头”学者，相当于我们常说的“红学家”。

张家湾传奇

张家湾在清代有大名，它是通州的一处小地点，但因那时从南方进京的客旅贾人与百般货物，由大运河北上，水路到此为止，一律要换车马走石板铺的六十里大路，方能达于京师东大门，可谓咽喉要道了。

张家湾盛况早废而成为历史，只因那儿曾是曹雪芹祖辈时开设的当铺，为学界所知，故偶一提及。拙著《红楼梦新证》于一九五三年问世后，知者始稍多。记得某年有一位同志约我一同到此访察一下曹家当铺，我欣然恭候；谁知再无下文。过了很久，方听得人说，人家早都去过了，不独张家湾，还有拙著提供的所有有关地点线索都前往调查，并拍了照片，写成文字，出了专著……人家一字未向我透露。我自愧是个书呆子，不懂这些奥妙。

据闻曹家当铺果有旧破房屋遗迹，但我再想自己去看时，残迹已经拆光。从此我与张家湾无从结缘。

谁知一九九二年的七月三十一日，忽接北京市文物局电话，邀我次日到张家湾去看新发现的曹雪芹的墓碑！

此讯石破天惊，我高兴极了，八月一日早早起来，做好前往的一切准备，果然文物局的车来了，顺利到达了目的地。

那是张家湾镇政府召开的一个鉴定会，一间大屋子中间摆了联桌，被邀者列坐两旁，有文物鉴定专家，有红学人士。另有一列横桌是主席台性质，是该地领导人与“红”界某人。

致词之后，让大家观看了一块“墓碑”，墙上贴着一张拓片，石刻字曰“曹公讳霑墓”五个字。

看过之后，请大家发言。“发现人”叫李景柱，还有他令弟，也“报告”了“发现实况”。桌上另有打印的两三份“证书”，即“发现”时当场目击者的“书面证明”。

专家发言的第一炮是文物行家，特别是碑刻专家秦公先生的讲话。

秦先生说：这件东西不可信。第一，石头质地与形制都不对，没有这样的墓碑，这是一块到处可见的盖房用的墙基或台阶的用石（四楞子柱形，碑系扁体……）。第二，字的沟槽里的“刀法”不是会刻碑的人以刻石专业技工刻出来的刀痕，而是用凿子类以剒（音“错”）磨盘那样的办法剒出来的，毫无笔画笔顺的规律。

此为两大致命的作伪马脚。他的原话可能有记录，我此处所记是大意，但保证基本忠实，不会走失原旨。

会场的气氛与开头不同了。

主席台一片沉默……

轮到我说几句的时候，我表示要充分尊重文物专家的鉴定意见，此外还应注意请专家从那石上文字的词语体制来估量合不合乾隆时墓碑的历史真实——所刻正文五字，“墓”字上没有“之”字，极可异，因为所有这种墓刻大字碑都例书“×××××之墓”，无“之”是欠通的。至于正文之左下方又出现“壬午”二小字，尤为可疑。因为墓碑倘若纪年，必于左边提行大书“皇清乾隆××年……”，绝不可能只刻干支二字，而且居于最下角。

在座的赵先生（忘其大名）也表示，所刻文体格式全与规制不合。

“发现人”李景柱的报告，也极有趣，他讲的内容中有两点最奇：

一是他发现时将“曹雪芹骸骨”与此“基石”一起运回家时，他是背着骨尸而行的，半途嫌累遂弃骨而存碑云。

二是此“碑”在土中原是“斜立”着，而非“平躺”着的——他用心是要表示石头原是“立”于墓旁的，因土塌陷故成“斜立”状。

这真是“心劳日绌”。骨尸没有组带联系，如何可“背着走”？（他说明不是零乱的碎骨，而是整体骨架，竟能“背”起！）

至于“碑”是否“立”着，更易判答——立碑须有石槽，无槽须有无字石的下端留有很长的一段，方能埋深入土而石不倒。如今此“碑”的“墓”字刻得紧贴石之下端边际，无一寸之余石。请问他“立”碑又将字都埋入土中，是给人看是给鬼看？

编谎越编越出漏洞。

事后我又读早先老支书写的“证明”，这位诚实的同志不想陪骗，写的是：“我当时不在那里，未见石头，也不知石上有什么字……”

这“证明”的却是真相的一面。

……

此事随即轰动了，报上很多文章，鉴定家还说，“不容怀疑”，“是真的”，“刻的字书法很好”——云是汉魏的书风！其实那都是火柴棍儿摆出来的“笔画”，死板僵硬的拙劣道道。

听说有一位鉴定家硬说是真，受到他令郎的批评，却又改口说，他那是“戏言”。

我问过文物局的一位科长同志，他也坦认：局方从未认为是真，故从未表态，所以不公开斥伪，是顾及这些鉴定家的声望，怕发生其他影响。

会毕，款待午餐，从会场走向饭厅路上，于杰先生对我说了一席话也很重要，他说：眼神经萎缩，视力坏了。早年他发现的“抗风轩”的墙皮上的字（有联，有诗，哄传是曹雪芹的笔迹云云），那是假的。他了解后，可也没法说了……（意谓不便揭破了。）

临回来路上，与秦公先生同车，原先不相识，这次是初会。在车上他又补充了鉴定意见。以后他写了好几篇文章斥伪[①]。

还有宗春启先生，原来他早接到知情人的揭伪信，细节具备，谎言无一是符合事实的。宗先生当时不便发表，事后他才写出了详细的文章，引录了原信的全文发表于《视角》杂志。

真相至此大白。

这段传奇故事，也是我居京五十年中的可记之事，粗叙于此，或可供学人参阅，未必无有意义吧。

诗曰：

当铺残痕在此湾，一朝奇墓出人间。

云碑云石词难定，剞磨先生斧凿寒。

［附记］

一九九二年八月一日随我与会者，是我的小女伦玲，于杰先生的这一席话，我二人同闻，字字在耳，不可埋没。

［注］

① 在会上，主席台有人向大家明示：先不要写文章。事后随即得知：就在开会的那天，上海《文汇报》已然刊出一篇报道文章，占了整整一版。而秦先生写出辨伪之文，找不到肯刊的报面，以致只好向香港去发表了他的首篇论文。尤奇者，“墓碑”此后不敢再称，改言“墓石”，说是在墓中的，但从未有此一名词制度（因只有“墓志”）。上海《解放日报》陈诏先生来函征文，我写了一篇质疑。随即有人发文，说我到沪报去“说三道四”。但他绝口不谈八月一日即有人在沪发文之事。此人是化名攻人，不止一次了；他在会议上常以审判“小官儿”的口调批这评那，也久以斥伪者姿态出现。这些事相，耐人寻味，故附记之。

万安山访古刹

我得以亲访万安山法海寺，要感谢刘向军女士。她是晁继周先生的高足弟子，我们一同编过一部《红楼梦辞典》，因此成为良友。她将要远游东瀛日本，临行之前，诸事纷纭，还惦着安排让我能到万安山一访雪芹遗迹，因为我时常提起这一心愿。

那地方不公开，游人难至，须先通过允准，还得请海淀区文物局的许君作为向导，又得安排车辆……一切准备，皆出她的心力。

久想一访法海寺，因为自己没有条件，全赖友人帮助安排，方能得遂此愿。虽然已过重阳两日，到底可以算是“补登高”，万安山顶，一畅神思。

为什么非要远游万安山？这却说来有趣。一九八六年，我在海外，看国内报纸，发现有一首诗，乃老舍先生五十年代之作。那时他在西郊小住，写了这首七律，在一条小注中忽然出现一枝“旁蔓”：他听村中父老说，曹雪芹曾在法海寺出过家，当过和尚。我把报纸剪了，留为资料，但回国后寻之不见了。这年的春天在香山开政协会，又与老舍夫人胡絜青老人晤谈，我们总不免话题转到《红楼梦》的事上。老人说，现在一些戏剧影视里的人物扮演，与八旗大家的历史真实相去太远了。例如把贾母老太太弄成那样儿，让人看了真是“受不了”。因为他们没见过满洲八旗世家的老太太，年尊品重，所受教育最严格、最深厚，慈祥和善，令人起敬，怎么会成了那个样子？我们又不免笑叹一回，懂得《红楼》的事物情景的，越来越少了，就以为曹雪芹写的本来就是那模样儿。我因此赋诗一首呈赠絜青老人：“盛会香山比岁同，仪型遥识大家风。相逢不说尘间事，却话红楼似梦中。”这时，我自然又忆起老舍先生那条诗注。陪同老人的舒大姐，非常热情，她说，这诗还查得着。第二天她就抄来了，拿给我看！果然不差，记下了村民父老的传述，雪芹在法海寺剃度为僧。舒大姐还说，寺离香山不太远——这就是我一直想到寺里去看看的缘故。

那天上午，友人晁先生、刘女士安排一切，请了许君当我们的向导。车到万安山下，时约九点过。许君一九八三年到过此地，五六年之后，路径已不能确记，他年轻力壮一下子闯上了山头。这时我们三位“游客”，我七十三，晁先生五十岁，刘女士年最少，可是她穿着高跟鞋，这样的三个人，要在无有路径的陡坡上，披荆斩棘，硬往上爬，其“情景”当然是很“可观”的。我们又笑又自我解嘲，说这比走康庄大道有味多了！

三人推推挽挽，终于坚持到“胜利”，但山巅平地一方，了无所有。于是许君独去搜寻这座古刹，究竟何“往”？费了一些周折，果然弄清了，山冈弯环，庙在对面山上隐隐可望，又有平路可通。这下子我们高兴极了。

循着山路，来到寺侧。将到之时，同伴们指与我，山坡之上，丛树之间，隐现着残垣一段，这就是法海古刹了。

我问过友人赵光华先生，才知道法海寺有两个，北法海寺在万安山，南法海寺在石景山。综合判断，老舍先生所指，乃是万安山法海寺无疑。再查书册，又知此处是入西山的门径之地，原有很多庙宇，清初已多圮废。法海、法华寺相连，建在前朝名刹弘教寺的废址上。我们一层层进去，寻到最后一处山岩，几块巨石叠为洞形，最上一石镌有“弘教禅林”四字，证明了清人的记述无讹。在这遗址上，单用眼看已无法分辨两寺的界线何在了，只凭几座巨大的白石丰碑，可以看出顺治十七年与康熙五年之岁月和建寺的经过。

凡建寺于山上的，总是一层殿后又上一层殿，随山坡递升。我们循着入寺之路，单方石砌成的一条“线路”，一石高似一石，引向山门。夹路两边皆是发红的栌叶，我不禁想起唐人的名句“清晨入古寺，初日照高林”，真有此等境界。这天天气晴暖，并无深秋的萧索之气，山上的朝阳，格外明朗，向低谷处望去，晨雾蒙蒙，尚未散尽。

向导许君说：原来山下还有一道外山门，已不复存在，如今进的是一座石砌的内山门，孑然犹在，门上无字，想来题名本在外山门上了。进门以后，遍地碎石，只有几层阶砌的条石尚可登陟。又看得出殿前铁炉的巨大圆座，佛像下层的长方底座，零零落落触目荒残，惹人一种无名的古今兴废之感。

然而，就是这种残痕遗迹，想来也会荡然无存。我们乘此良辰，拍了不少照片，以备异日“寻踪”“怀古”。当然我们怀的这“古”，主要是雪芹的影像。我对同伴说：雪芹当日处境极度艰难时，走投无路，不得已遁迹佛门，这是完全可以理解的，而这种环境中的古寺禅林，也正适合他的情性。我看父老传述是有道理的，与有些编造者的“传说”不同。我们如有“慧眼”，也许可以“看”到废址的土石上，还留有雪芹足印吧？

晁先生帮我拣了两块殿脊上的螭吻的残块，纹理飞动，古气盎然（螭吻者，俗称兽头，《红楼梦》里贾环作的“灯谜”，就有此物）。古庙是没有了，我把这残砖碎瓦带回来作为“念芹”的纪念品。

经过“文革”，那几座顺、康古碑，居然完好如新，真是一个奇迹。还有一个精雕方石座，一处庙中大幡竿的石雕座础（我不知当如何称呼，就是两块外方内圆的“夹石”），皆青石，雕工极好，我愿有关部门设法加强保护，以存古迹于万一。

雪芹曾在香山后一带（南边）留有生活遗迹，还有佐证，今不备述。单说他曾出家一事，拙著中也引录过资料，说他“逃禅”，即遁迹于禅林之意。记得有人指责我，既然你认为雪芹就是宝玉的原型（鲁迅先生也如是认为），那么你“考”了半天，为何考不出雪芹当了和尚？拿这一点来“将”我的“军”，此例最近又有人重新以此论证“考证”的无益。我站在古寺荒墟之上，心头也在自思自忖：村民父老，未必看过拙著，受到“影响”，而向老舍先生肆口胡云，并且“编”得那么好，以致老舍也觉得应当见书于文字吧？谁知道呢？

此游的当时，知识很不充分；事过多时，方又得知：万安山曾有雪芹足迹，不仅老舍先生曾闻山村乡民传述，还有互证的线索。此线索即六十年代周啸邦君多次到郊西调查，得知那地区有传说，雪芹曾在杏子口、曾在小营一带居住。经考史，小营乃金川之役俘获苗兵，在此立一专营居住，地点正在万安山。而杏子口也相邻相接。加上王文志老人在香山后街遇到过雪芹遗迹（详见本书另文），所谓“后街”，又正在附近南辛庄，街之一端即是山脚，别无第二处“后街”之名。

合以上而观之，我们的此行，并不同于捕风捉影，大有意义。

我至今保存法海寺残迹中的一块螭吻。

诗曰：

重阳节气爽西山，好友相携上万安。

弘教禅林余瓦砾，丰碑犹幸未全残。

雪芹履印落城东

齐白石老人讲过曹雪芹的一些事迹，知道他曾寄寓于京城崇文门与广渠门之间的一座古刹（俗亦称卧佛寺）内，穷愁著书，三餐不继；并画了一幅《红楼梦断图》，自题一首七绝云：“风枝露叶向疏栏，梦断红楼月半残。

举火称奇居冷巷，寺门萧瑟短檠寒。”不但画好，诗也不凡。举火称奇，是用典，大意是说穷到极处——通常以无计点火做饭为奇，如今则偶有一次点火做饭倒是大奇事了！短檠，是贫士所用照明的矮灯台。“短檠寒”三字写尽了雪芹挑灯夜作的苦况。这幅名画佳题，堪称无价之宝。可惜被人弄丢了。我只还有一幅为了弥补遗憾而补绘的摹本：横长小幅，左方寺门一角，上有古树枝柯覆掩；右上方则只一钩残月。构图如此精简，而给人的艺术想象（享受）十分深刻，感染力量正在涵蕴而并非显豁。

我过去常常思量自问：那卧佛寺坐落京城外城的紧东边，清代旗汉分居内外城，规定是严格的，雪芹家世是皇室包衣（世仆），更无“居住自由权”，他怎么会跑到那儿去住呢？难道白石老人这段传说不见得就是没有问题吗？

谁知，后来发现了历史档案：雍正既下令抄了曹氏的家，拿问回京，两世孤孀无立锥之地，经人讨情，雍正这才“特恩”赏了“十七间半”的一处小四合院让他们存身——此院却在崇文门外花儿市以南的蒜市口。我于是“彻悟”了！原来从蒜市口往东折南，不多远就是那座卧佛寺。这不是偶然的，白石老人传下来的雪芹遗事，的的确确，是用不着怀疑的了。

不但如此。我的彻悟一直推及更早的一项记载，说的是雪芹的“悼红轩”原在东城，发现过遗迹残痕。于是我也才明白：这东城实指外东城，即蒜市口一带了。真是

"若符契之合"也，又疑个甚底[1]？

蒜市口是元代古三里河边诸多集市中的一"员"，老名目尚留存至今。古时有菜市、猪市（今日之"珠市"是也）、鱼市、羊（肉）市、草（柴）市、瓜市……，大抵不复可寻了，而这蒜市尚可踪迹，实在是一桩幸事。蒜市口，东西范围极小，往西是"磁器（市）口"，往东只几步即又是"缆杆市"了（还隐隐显示着古河道行船的往事前尘）。今日而幸存此一极小市口，岂非奇迹？可惜的是，蒜市口近年也大拆建过，雪芹的小院子，怕是已随逝波而俱尽了吧？前几年新正十三日（古之"试灯日"），我曾抱着一腔幻想与奢望走访蒜市口，看了那一带外城小院子的规格的一些"共同性"，还作了一首七律，算是仅有的"收获"。我心至今犹感怅然，有说不出的欣慨相兼的味道耿然在怀，不能淡忘。

卧佛寺我也早去访过，已是大杂院民居，外貌早非寺形，只存一殿，一断碑，殿内极大木雕卧佛，明代彩绘，那殿被他一"人"就占满了。后问居民，方知大佛原在后殿，周围十八弟子，殿为日伪汉奸拆卖了木材，才把大佛移到前殿，原是容不下的，庙内本有清幽的跨院——我想，这就是雪芹的寄身之地了。

不知为何不把此寺辟为重要的文化古迹胜地？由蒜市口往东，很自然地就到了蟠桃宫。由北宫再东折而稍北，过了日坛（金台夕照），就又是东岳庙。这两处寺观是京师极有名的去处，那庙会的盛况是惊动四方，都人仕女，是倾城而往游的。雪芹是个最喜欢“逛庙”的人，故这么城里城外“大廊大庙的逛”。他之曾到蟠桃宫与东岳庙，是再也不必等待“考证派”来撰文的。为什么提这些？只因这和雪芹的写作小说关系至为密切重要。“太虚幻境”的“原型”，就在东岳庙中——《石头记》只称“天齐庙”，这是京师人的口语[②]。

蟠桃宫这小庙好玩极了！身披黄袍的小王母娘娘，塑得真奇，高不及尺，端庄华贵，透着秀气。四壁是像浮雕而玲珑剔透的彩塑，有翠林中的观音，有向菩萨顶礼的悟空……，都小极了，有趣极了。我真是来到了“西游记艺术宫”的一般，哪里是什么神庙？

他整个儿是民间艺术大师奇妙的创造！

一九五九年三月三日，上巳良辰，我拉了妻子，定要在这日期去看看闻名已久的蟠桃宫——正名是太平宫。因不识路，误出朝阳门，走了“冤枉”路。谁知这“冤枉”可正是平生难忘的一次幸福享受：从朝阳门（北京正东门）顺着城根儿，直往南行。一路右侧是高峙的古城墙，巍然浑厚而凝重，它记载着数百年的都城旧史。左侧即是豆棚瓜架，老树新畦的农家村舍风光。护城河还在左边。走得不算不累，妻子几次说：“怎么还不到？”一下子望见大石桥，东便门（内城东南角）外对河就是庙门了！这真好！无怪诗人比之为唐代长安城角上的曲江胜游之地，可谓贴切。

从那之后，没过多久，就听说在拆除蟠桃宫，盖洋房了。再过了些时，古城墙、大石桥、护城河……，我目见的那种风物境界，统统变成了“历史名词”了。

东便门外几步，便是大通桥，桥下的一道闸，京人呼之为“头闸”，此闸最“新”，是康熙年间才增建的。我曾站在桥上，想象雪芹与敦家好友同游潞河的旧事。这时一位抱着小孩的中年妇女过来了，我就拜问此桥名称，果然不差；遂又问“二闸”，离这儿还有多远？她见这一问，兴致立刻提高了，热情地告诉我，二闸就往东几里地，那地方很可玩，过去每到四月，渐渐地人就多起来了，都从我们这儿过，往东逛二闸去，可热闹啦！

我只能往东远望神游。身边河畔风光房舍，已经很引我的思绪了。我依依不舍地下桥，并向那热情交谈的北京特有的文雅厚道的“农村妇道”告辞。

从元代开这条通惠河，河上建有二十四座桥闸，连什刹海边的“响闸”（澄清闸）也在其列。就只从京城至通州这一段而言，清代著称的还有五闸。大通桥下为头闸。古籍东闸，后改庆丰闸，遂呼为“二闸”了。这段河，特名潞河，过通州，到天津的那一段，才叫白河。

敦家弟兄诗文中常见的，都称潞河，而他们（包括偕同雪芹）的游踪，就始终以二闸为中心。可是又常常提到一个“水南庄”。这是怎么回事呢？

那时候，从潞河、白河直达天津，天津有一处胜地叫作“水西庄”，是天下闻名的一处“文化中心”，聚集了南北的名流在此从事各种文学活动，词坛名著《南宋绝妙好词笺》即出自此地。主人宛平查氏，由京迁津，文化世家，著述甚富。有一部《莲坡诗话》，其中记载着许多重要史迹掌故。有一则，记“高云老人重上长安秋日忆旧日诗”，其中一首云：“水南庄上有髯公。”其末注云：“水南庄，在东便门外二闸河边。”只看这一条，便一切分明了。髯公，指宗室名吞珠，号拙斋。敦诚诗注也正说水南庄是“吞公别墅”。互证无疑。

敦敏自从戊寅年（乾隆二十三年，一七五八）自山海关归京葬亲于潞河之南，遂时来往于城东二闸一带。其诗集取名“东皋”，开卷第一首即是《水南庄》。这原委就清楚得很。

敦诚有一首《阻雨东甸，与子明兄（敦敏）夜话》，诗云：“联床苦雨秋灯话，彻枕惊涛残夜声。明日鱼苗正可买，归舟小泊契丹城。”这东甸，指其先茔（并非始祖阿济格英亲王八王坟）所在，而“惊涛”正指二闸的那震耳的水声。

原来，从京师算起，测量到通州，这五六十里之间，地势高下竟相差了四十尺之多！这是元明时代水利家考察的科学数据。这个差度，使得通惠河的水流很急，要想行舟、漕运，非得调节流量不可——这也就是循河建闸的原由。敦家弟兄多次写到这个“涛声”，夜枕不眠，尤其盈耳动神。比如敦诚的《潞河游记》中一段，叙清明寒食上冢，自东甸，乘舟而西返，先憩于天将寺（老尼诗僧住持），然后再行——

“复登舟而西，俄闻如瀑声，如骤雨声，如万壑松声——知丰闸近矣！”

即是二闸（庆丰闸）水喧之声的描写了。其下接云：“比舣舟，贻谋（其堂弟也）倚楼久俟矣，相与共饮……”这所倚之楼，就是二闸酒家得月楼，他们常来饮酒题诗之地——亦即雪芹也曾同游之处。此楼，也屡见敦家诗句中③。

那么，上文引的敦诚绝句的“契丹城”，又是什么话？请看乾隆初年励宗万所著《京城古迹考》吧，那自序中说得明白：“旧城者，唐藩镇城及辽、金别都之城也。元迁都稍东，于是旧城遂入朝市间，而西半犹存，号为‘萧太后城’，即梁氏园所在也。今考东便门外二闸，亦尚有土城故址，不仅西有旧城也。”梁氏园俗呼梁家园，土著凡指称辽代古迹，都说是“萧太后”某地某楼。辽代乃契丹朝号，所以敦诚把二闸的辽代老土城叫作“契丹城”。一丝不差。

敦敏在二闸一带，写诗最多，集子的开卷第二首《三忠祠》也是此地范围——祠已荒圮，供奉的是孔明、岳飞、文天祥，祠后有濯缨亭，并多古墓。《帝京景物略》有所记载。所以敦诚又曾题咏——

同诸兄弟饮月下，听涛声

入夜涛声急，如闻百丈湫。

村楼归酒客，浦月聚渔舟……

这村楼浦月，正就是巧写二闸的“得月楼”。

再看他另一组绝句，也是同兄弟及友人泛舟东皋之作，第二首即是——

濯缨亭畔维长缆，得月楼头觅旧诗。

两岸晓风吹梦觉，扣舷高唱柳卿词。

这又可见他们在这酒楼上是有题壁诗的。

乾嘉时人戴璐《藤阴杂记》在“郊坰”卷，起笔便叙“出东便门，循河五里，为双林寺，林木蔚秀”，“城东卷地黄埃，一过大通桥，见水，顿觉心旷神怡。故二闸泛舟，都人目为胜游之一”。这自然是诗人酒侣如雪芹辈者所最喜欢的去处。无怪乎敦敏《河干集饮题壁兼吊雪芹》诗中说：

逝水不留诗客杳，登临空忆酒徒非。

那“河干”，即通惠河二闸之畔；那“登临”，即他们去

"觅旧诗"的得月酒楼。

这一切，自然早化烟云。东便门的那座角楼还幸存无恙[④]。通惠河边好像已出现了一批工厂，成排的高大烟囱吐着浓聚不散的黑烟。水南庄之名似乎犹在，但不知其地风光，今已何似？为纪念雪芹，追寻他的屐印酒痕，不妨于春郊踏青之时乘兴一往，也许还是不无意味的吧？

诗曰：

大通桥外是东皋，二闸楼窗酒兴豪。

事与通州那相涉，可怜伪石计徒劳。

［附记］

本文论证敦家兄弟在城东之活动中心即在二闸。自二闸再东行，则为平津上闸（但无"三闸"之称），距城不过二十多里。彼二人皆曾题及此闸，过此绝无更东之痕迹。至于通州地界，敦诚曾因远赴香河县雀林庄而路经通州，而敦敏亦只因其弟此行而回忆早岁曾到通州之事，此外整部《东皋集》内绝无游至通州之任何字句可以附会。原书具在，可详按也。又考史籍，乾隆二十三、二十五两年，曾两次浚治通惠河，此正雪芹等诗友活动的年代。

［注］

① 雪芹贫居卧佛寺（妙音寺）之说，除白石老人外，还有几家也知此事，

张次溪先生曾写示过一个名单，此等资料已因“文革”失去，全不能追记了。

② 东岳庙，门外大牌坊，内有七十二司，故太虚幻境也有大牌坊和“薄命”“痴情”“朝啼”等等诸司。邓云乡《燕京乡土记》已曾言及东岳庙即是雪芹创造幻境的原型与联想。

③ 如敦诚《（敦敏）兄留东皋余独归对月奉杯》：“我促吟骖争暮色，兄留酒阁听秋声。”此酒阁亦即得月楼，秋声亦即二闸涛声也。余例不尽列。

④ 此角楼一度岌岌可危，我曾在人民日报《战地》创刊时撰文呼吁保护。其后幸得修复。

恭王府传奇

北京什刹海环抱着一座神秘的古王府，那儿天天游客盈门，国际嘉宾更是为数不少，令人格外瞩目——这就是闻名寰宇的恭王府。此府，前部为邸第，包括九道大庭院；后部即府第之北，是一座花园，目下开放的还只是花园的这一部分。

听人说，有位德国客人，看了园子，对这座保护完整的私家花园极致惊喜激赏之意，表示这应该列为联合国世界文化遗产的珍贵项目内，可与皇家园林、紫禁城比肩。国内呢，一个有趣的现象更为奇特：不少新婚的郎妇伉俪相偕，专门要到此园来拍照，以为婚礼留念。

如此不同凡响。

那么她（园子）的魅力何在呢？

要回答此问，长谈须万言大文，短讲则只需一句白话——原来此园的地点（前身）曾与《红楼梦》中的大观园大有关系。

新婚的爱侣，特意要在“大观园”留影，意味深长，那绝不会是要与清末的“六爷”（恭亲王奕䜣）结什么“不解之缘”。

此园地点即大观园遗址？谁说的？有证据吗？

有证有据，话是清代及民初的民间父老、历史学家、诗人、哲士……都这么说的。

“恭王府”之名，并非不对，但只表明末代府主是恭亲王罢了，它的前身历史，极为丰富多彩。最早可以追溯到金代，这儿曾是皇家的东北郊园、离宫别苑———名叫“万宁宫”。元、明两代，什刹海畔留下了不少名园甲第，明代此处的大慈恩寺，有花园，宰臣李东阳、大太监李广，都曾居此“蓬莱”仙境（湖、河环抱四围），都有园林；直到清代蒋廷锡的赐第在此，乾隆帝的御书匾仍然是“秀比蓬壶”四字。所以曹雪芹让李纨作诗，开头就是“秀水明山抱复回（huái），风流文采胜蓬莱”。字字合符，事事实境。

那一带居民父老众口一词：六爷府为西府，就是小说中的荣国府（指地点遗存）。此说来历久远，到府园归于辅仁大学时，从校长、教授到工友，都认同这个“闾巷传闻”，信服不疑，还把一位洋教授与其住处比为“林美人”与“潇湘馆”（园之东部垂花门内）。

《老残游记》作者刘铁云的子侄辈在三十年代住进了“东府”（康熙皇子胤禩的故府，因是雍正的反对者，被废），其四公子刘大绅（留日学者，哲学家）为记东、西两府的历史传说及实境，写了四首七律诗。其中“夹道中分荣国第”，正是数百年来的二府相邻、只隔一巷的实况之吟咏（可惜巷已拆改，全非旧貌）。

可见此种“闾巷传闻”，大有“文献可证”（献，即耆宿口述史迹），并不能以“胡说”斥之，论学要重文尊献，岂可轻薄诋词。

有人说，此府此园始自和珅（乾隆后期），以前无有，云云。此纯属不考之过。和珅诗中明写园中旧有“寿椿楼”，却让姬妾居于楼中，“寿椿”是敬父之词，显为旧主所筑（如今也找不到此楼的遗迹，可知历次易主拆改变化巨大）。园中“天香庭院”匾，早于和珅年代，出慎郡王之手笔。其他明代建筑的铁证，地下出土的明瓷，诸般反证，断非和珅“始建”。

世上的事，目光不同，想法各异，乃是常情，于是恭王府园（前身）与大观园是否有关，亦有仁智之见。例如有专家并无一项论证，却公开表示二者“无关”。这就不属于学术（史地）研究的性质了，故无从讨论。再如一种说法，以为这可能是把明珠府的事混而为一了（因旧说谓《红楼》所写是明珠之子纳兰容若的事，属“索隐派”

主张）。这充其量又只不过是揣度而想当然，还是不属学术研究范围，因为明珠府在什刹海北岸西端，此地居民父老，世代为邻，怎么会把左邻右舍都分之不清，闹到一处去？况且那儿也没有“夹道中分”的建筑格局可言。所以当地老住户听那揣度，会觉得是“外乡人”之“隔岸观花”了。

只一句话，几点空谈，都无法否定证据重重的事实。恭王府之所以独得保存，其实也正是红学之力。离开学术文化，离开《红楼梦》，只凭一个“恭王”，则此府此园能有多大的魅力？其生命血脉源流会有多大的积蓄？仁人智士，皆有深思。

诗曰：

道是言非可异同，翻云覆雨技何工。

不学有术新风尚，笑煞寒窗十载穷！

［注］

某日恭王府开会，讨论府址与《红楼》之历史关系，有人空口一语否认。又有某君昔年热心考论，积极主张，而此次则一改前衷，公然反对。于是乃知学术一语本是美词，可作招牌以图名位，名位已得，又可随时改变其“根基”耳。

雪芹祠瞻礼小记

丙子端午节间，陪同成都大学钟树梁教授（全国人大代表，学者、诗人）到雪芹祠去瞻仰致敬。写此小记，以飨欲谒祠而尚未能如愿者。

雪芹祠位于京城之南二十里，其地望甚古：在元代为飞放泊，俗称“南海子”，明、清称“南苑”，本为皇家岁时游猎之所，方圆百廿里，水草丰美，诸兽群禽，飞跃繁衍。建有宫苑、寺宇，岁久大抵只有地名尚存史意。至今其地尚有“南宫”之称。

祠之创建，是我个人的倡议，倡议见过报纸，可惜并无一人一处予以响应。因叹雪芹名气虽大，读者不少，但为他办一项实事的就极少了，其盛名之下的冷落淡漠，成为文化界之异象。后幸得梅子女士一力支持响应，由“北普陀影视基地”投资建成。因我只是一个倡议者，至于组建设计、安排布置，俱由梅子与助手王君主张，故我之到祠瞻礼，一切都是初开眼界，很觉新鲜。

我们车到，时为上午九时，此北普陀影视基地正门外大牌坊，华表，玉石桥，壮丽的大门，仿宫城风格。我们到达，有一班女乐队，礼服排立，奏乐欢迎——其时正有一大队游客也正到门，同受乐曲之迎；恰好梅子（基地董事长）正降阶而迎，一时那气氛十分热烈欢跃。

过高拱玉石桥，跨进大门楼后，便见对面偏右是佳石高叠湖山，上有南式飞檐亭台翼然而立。向左拐而行，见一大牌坊在北，是为“太虚幻境”。直往西行，便到祠前。三间穿堂门厅，厅内左右应有陈设尚未齐备，过厅迎面一巨石，盖寓《石头记》女娲补天之意。庭内花木有致。

再进数武，即到正殿。殿颇高爽，不同于隘陋小筑。举目则雪芹造像在望，其像盖欲传雪芹盛年神采而异于某些绘像之须髯衰颜颓唐相貌。其姿态倚石萧散执卷而坐，左足斜伸。像前供桌、黄幔，像上高悬一匾，题曰“文采风流”四字。按此题乃我所拟，实取诗圣《丹青引》名篇咏赞曹氏之辞，而《红楼梦》大观园诗中恰亦用之，故觉欲题雪芹，非此四字不可。

芹像之两侧壁前，各有木雕像四位，上首为敦敏敦诚兄弟，下首为脂砚斋、张宜泉。真可谓之“四友”。更有趣者，脂砚已现女儿身，梳髻，粉庞，外着红色满式旗袍，手执书卷。对此，我个人十分赞赏——因为我事先一无所知，故一见惊喜。

正典情景粗叙，便是此文之中心，其他不必详说，如走廊壁嵌名家书法题字，诗文俱备，镌刻之艺，笔法之工，精神完足。

祠后有“梦园”，园有湖，而回廊绕之，廊有栏板，可以倚憩，俯视清波游鱼悠然可数。

至于我与芹祠的“因缘”，除上文所说“文采风流”

正匾外，又拟一匾曰“神皋奎耀”，悬在檐际。此二匾闻系集古字。只有正门的“雪芹祠庙”四字，乃是拙家题写的。此三事外，再无拙笔陋迹了。或有关心之友问我：为何不题“曹雪芹祠”而偏省曹添庙？又“神皋奎耀”何义？答曰：祠名的题法，是个文化加感情的问题，“曹雪芹祠”是个死板而乏味的“官样名目”，我不喜欢。我那提法，略加变换，就亲切有味得多了，况且祠庙二字连用也是有例可援的（不用“祠堂”，是平仄格律所关）。神皋是指我中华赤县神州之地，奎乃文曲巨星，他的光焰照亮了这一方圣土。

祠中的一侧厢房，是陈列雪芹家世谱牒史料的地方。据闻收谱甚丰，极长的陈列壁橱仅仅展示了六种谱，明代刊印的曹氏祖辈画像极是珍贵难得，宋代名贤的题赞，开人眼界。从这儿也看清了雪芹上世是由河北、河南、江西南昌辗转迁至河北丰润的真脉络。

我们八点启程，为何要九点到？中间还有一段事情可叙。我们路经地名“旧宫”（南苑旧署行宫），原有德寿寺，现存丰碑二座，其巨大实为国内少见，碑乃乾隆二十一年丙子所立，今年正好四甲子二百四十周年，但碑文与雪芹何干？曰：君不见《庚辰本石头记》中一页题记（脂砚之笔也）说“乾隆二十一年丙子五月初七日对清。缺中秋诗，俟雪芹”乎？那年应即脂砚“三阅评过”，故有“对清”核定文字的题语，那么，此二巨碑者，岂不正好是为此而留下了一桩“同世同年”的标志？须知，乾隆遗迹，晚期的最常见，二十一年的实在珍罕极了！怎么与雪芹无干？丙子次年丁丑敦诚才寄怀雪芹“不如著书黄叶村”的呢！

钟先生闻我此言，也大为高兴，我们在那儿徘徊良久，照了相，想来钟先生会有佳句记此奇遇。

如此巨碑，经二百数十年风日丝毫未损，更奇者，“文革”时也曾要“破”此“旧”物，因其太大太坚，试了试，毁不动，也没想起“高招儿”来——此二宝物竟然历此浩劫，岿然屹立于那一片瓦砾之间，真令人生无限的感慨赞叹！

我愿此二巨碑与芹祠一同永垂久远，勿罹灾难。

诗曰：

鹿苑[1]曾吟随驾诗，楝亭笔墨总奇姿。

新祠却奉文孙位，当日黄獐是阿谁？

［注］

①楝亭诗记鹿苑，犹是雅词，当时实呼“獐子苑”，即今芹祠所在地也。楝亭诗又云“短衣徒手缚黄獐”，乃隐语双关，谓鳌拜也。

泡子河——芷园

雪芹的祖父为大名家曹寅（字子清，号荔轩、楝亭、柳山……），弟本名曹宣（字子猷，号筠石、芷园……），是亲弟兄俩；另有堂弟曹宜，过去一向将宣、宜误混为一人，拙著《新证》做出辨析，真相始明。宣后因讳康熙帝玄烨的“嫌讳”（玄、宣北语同音难分。其实二字本音甚异），而改名为“荃”，连“宝盖”（宀）也不能排行了。宣之四子名頫，过继与伯父寅为嗣子。雪芹实頫所生，俗谓“假子真孙”者是也。

曹寅在江南做官，总是想念都中的芷园令弟，见于吟咏者不知凡几。

然则，芷园也就是雪芹的真正“老家”。

那么，这老宅又在何处呢？

我们考明：它原在东城墙内不远、贡院以东、观象台以北的“泡子河”一带地方。

泡子河，是个老地名，今已不存。“泡子”是北语，指类似水塘、小片湖泊之类。此河顺城墙根南北而流，但南端却只是个泡子，不通他处，故称“泡子河”。

泡子河在明代是一处胜地，入清朝已经残废荒落，但仍多名园故宅的遗迹。曹家“从龙入关”，因隶满洲正白旗，故分配占居在城东白旗辖区。（例如曾是白旗旗主的努尔哈赤“三幼子”阿济格［八王］、多尔衮［九王］、多铎［十王］三家之府，皆在东城。此乃八旗“方位”的定制：黄北、白东、红西、蓝南。）

先说说贡院的事，因曹寅曾明言其家花园邻近贡院这句要紧的话，这就惹得我也要围着贡院去转圈子——一心妄想寻找曹家老宅，至少也在那一带领略些风光，添加一些想象。

贡院者，明、清两代的“国家大考场”是也，顺天府乡试、全国会试，皆在此举行，实为一大文化人才、吏治成员的选拔鉴定中心点，所系于国家兴衰命脉者殊非细小。它的所在地本是元代的礼部衙署，位于内城东南角内。

如今的北京火车站，直对的原是小胡同名叫方巾巷（北京的巷，多为南北走向，或曲折拐弯者，而胡同则是东西横通为主）。方巾是明代念书人、士子戴的帽子，可知此地是方巾作坊。果然，由方巾巷往东不远，就是贡院了。

贡院原貌大致是方形的，坐北朝南，门前分列三座大牌坊，各有题额，文曰：“天开文运”“明经取士”“为国求贤”。院内以二门分界，“内帘”“外帘”考时“锁闱”断绝。“号舍”按《千字文》排布，举子被“锁”，三日的“吃喝拉撒睡”皆在“舍”内，不许逾阈。九百年间，亿万考生，在此“生活”一时，而东单牌楼一带百般商肆无不利市三倍（外地人都必然买些京师物品）。

不但如此，附近民居都设法腾出空屋，出赁与这些

“赶考”的书生，门外大红纸贴好“状元吉寓”的“广告”字样。这儿的顶银胡同、鲤鱼胡同、笔管胡同……都是如此——也就成了我多次穿绕寻觅的“目的”（现时所有这一切，均已拆光）。

贡院本身现在是中国社会科学院大楼，地名“建国门内大街”——此门本无，乃是后开。贡院自清末光绪三十一年停止科举而荒圮，到民国十六年张作霖（大元帅）时拆除拍卖物料，遂从此荡然无迹。

回来再说曹家的“芷园”。

只因曹寅在《楝亭诗别集》卷四有《送王竹村北试》诗二首，其中有句云：

掌大悬香阁，文光射斗魁。

句下有原注云：“芷园小阁，邻试院、寓公多利。”

这就有趣极了：依诗人所写，那小阁只有“手掌”大，可以判知那是一座小小的魁星阁，供奉的是一尊魁星之像。魁星像做成个小鬼模样，金身，一手执朱笔扬起，一足跷起作“踢斗”（北斗）之姿式。古时以为魁（奎）星主文，供奉它就会诞育文才、科考高中（zhòng）。可是“悬香”之名又为何义呢？原来唐代名诗人李贺诗有句曰：“画栏桂树悬秋香。”阁旁植有桂树一株，而那时“大比”之年是“秋闱”八月，桂花时令，是以“蟾宫折桂”祝人考场文运通利之词。

由以上确证，雪芹老宅有园有阁，离贡院很近，开考时亲友借寓，取其吉利——而且时有灵应之例。

园内景物今不多叙（可看拙著《红楼梦新证》第四章第三节），只说曹寅诗咏此宅，曾云有明文：

古瓦修柯荫舍南，参差城郭迥凄含。

这就分明：宅在贡院东侧，因为看得见东南城墙，舍南则是高古寺——因为另有句云：

古寺凉风挽鹿车。

这古寺，应即挨近的吕公祠与慈云寺，吕公祠也是赴考举子们来庙“求梦”的胜地（庙内有“梦榻”，得佳梦者则以为可以考中云）。

至于这个宅门，也写得清晰——

老槐门巷今犹昔，来捉蒲葵得几人？

是说怀念老宅，门前古槐绿荫，而在门口摇扇（蒲扇）乘凉的，又有几个呢？——感叹自己离家远宦之意也。

我就是按着这些线索，在贡院的东面寻踪觅迹，一心痴望有所“发现”。

老北京内城的大拆大改，正是以这个东南角为最早最厉害，历史文化之微痕亦极难幸存。吕公祠这一路，我只访寻过一次，因彼时知识太贫乏，看见了古庙门的面貌，曲折有致的老居民胡同，此外收获甚微，况因年久，记忆也很模糊，什么也说不上来了。机缘的逝去，十分可惜可憾。

顺带说一下，观象台倒是去过的，上层的天文仪器不必多讲，只说引我兴趣的却在地面上的这一层（即天文台底下），平房，样子已极古旧、残破，只有两件文物：一是一个铁铸的秦桧跪像，看其年代，绝不晚于元、明——怎么会在这儿？疑是从哪处岳庙移存在此的。此物已够古的了，另一件更古，乃是一块巨大的陨石，实亦铁质。

——不过五十年的“今昔”，变化之巨大，令人回首自惊。天文台尚在，大约保护了仪器，别的无人留意。台旁还有一小段“古城墙”，看上去一色崭新，整整齐齐——却像大型玩具建筑一般，是个死物，面目僵板，引不起人的丝毫文化审美之情感。因为它是假的，根本没有包含着历史阅历、岁月风霜的内美与外容，只是索然无复生气，败兴而已（很多“修复”的“古迹”，大致患了此症）。

古寺凉风，参差城郭，老槐门巷……，一切一切，迹已荡然，但我当年工余穿巷望门，考文按位，那点儿痴意诗情，还是值得一叙——因为我如不叙，就连这些也难让后贤来哲知悉了。

诗曰：

白旗老宅近东墙，古瓦修柯傍吕堂。

小阁重檐真不俗，秋来魁斗柱悬香。

“同福”——佟府

曹雪芹的“假语”“荒唐言”中，总藏有他的“真事”，亦即用“假”写真——即是“假做真时真亦假”，掩人耳目，避其灾祸。用这个认识去解读破译他的“符号”，时有所得所悟。例如“贾王史薛”的贾是曹、史是李，世已尽知；但王家何指？未见明言畅论者。其实那就是“佟半朝”佟家。佟家姻亲关系很特别：上与皇家是世代“儿女亲家”，中与明代辽东镇帅李成梁家后人是世代姻亲，而“下”与内务府曹家也就早有亲戚之谊。

所以，北京东城的佟家老宅，也是我走访的“项目”之一。

怎么知道书中的王家就是佟家？

证据既简又确，无可疑辩，试看雪芹的措词，那舅舅王子腾是何官职？单单叫作“京营节度使”。再看《甲戌本石头记》第四回“护官符”，在“金陵王”句下，注明是“都太尉”王公之后。奥妙尽在于斯矣！

在清代，哪里有什么“京营节度使”与“都太尉”的官名？骗煞“死心眼儿”的“看官”了。可是他说的又是明明白白：京城的兵力守备的总长官就是“九门提督”，此官掌握京城九门（内城总门数）启闭锁钥的大权，亦即京师守御安全之职责，以他为主帅。

身为九门提督而与曹家有关系的是谁？

答曰：此人重要无比，名叫隆科多（满洲音写）。

隆科多是运用兵权阴谋扶持雍正夺位的头号功臣，而雍正为了灭口，必须置之死地，终于雍正五年十月定其四十一款“大罪”禁锢至死，而在此大案中，曹家正是“附犯”，遂致家破人亡，子孙沦落——雪芹之著书，留下了“真事”的痕迹。

关系如此重大紧要，所以我也要访察佟府，是本书内容范围以内的头等大事，一般人对此尚不明了，故需略做“考证”——真像“小说”“故事”一样，出人意外，离奇而真切。

在《红楼》书中，王家既是“京营节度使”，又是“都太尉”者，皆为何义呢？

原来，隆科多是康熙生母佟太后（孝康）的侄儿，又是康熙的孝懿仁皇后之弟，而且，他还是雍正同母妹下嫁与佟家的“公公”（嫁与隆之子舜安颜）。雍正称他舅舅（也是官称）。康熙五十年（一七一一），即以步军统领的亲信要职授与隆科多了——步军统领，俗称“九门提督”。

步军统领，地位极其崇高重要，其全称是“提督九门、巡捕步军五营统领”，定员一人，例由亲信大臣兼任，正二品。由康熙十三年始，步军统领新加之重任为提督九门，“统领掌九门管钥，统帅八旗步军五营将弁，以周卫徼循，肃靖京邑”（引用文字据《清史稿·志九十二·职官四·武职》，卷一百十七）。

请你看看：那“京营节度使”“都太尉”，有没有着落？哪个字是虚下妄拟？

（五营：骁骑营、前锋营、护军营、上三旗包衣骁骑营、护军营。“节度使”，借唐、宋地方军事长官的名目。唐分州县为道，每道置采访、防御诸使，遇寇警戎马之地，加以使节［特权］，命为节度使，以后割据势力之藩镇，亦起于此。太尉，秦、汉即有此职，位冠“三公”，但至宋代尤重，位在节度使上，为武职之首。而清代九门守军本名副尉、协尉。曹雪芹巧用古今真假，综互见义，实指九门提督隆科多家，妙不可言！）

隆科多是康熙帝的表弟兼内弟，膺此重任，他正是以此特擅的兵权，控制了整个京师，——康熙晏驾于西郊畅春苑，当时诸皇子实无一人在侧，只有隆科多，他飞马驰向城内，凭他一口之词，宣布传位胤禛（雍正），诸皇子及贵戚重臣，无不目瞪口呆，然无一人能够反抗者，皆受步军统领（相当于后世的卫戍总司令）太岁压顶之故也。

但雍正阴险残酷，岂能留他“后患”？五年十月，四十一款“大罪”了结了他。

注意：只隔了一个月，到那年腊月，便将曹门抄家逮问了。什么原由？不问自明。

是以《蒙古王府本石头记》第七回，在焦大怒骂文字之旁，有批语云：

有此功劳，实不可轻易摧折，亦当处之以道，厚其赡养，尊其等次。……所谓汉之功臣不得保其首领者，吾知之矣！（按原抄有误字，此已经过校读改正。参看拙著《红楼真本》第二十六页。）

我曾在影印蒙古王府本之序言中提出：这一系统的旧抄本上的批语诗词等文字，应出于佟氏后代或族人之手。此意，如参合以上考证，大约不会有人横议是毫无理据的吧？

推考略明，方晓访察佟府是大有意义之事。

往哪儿去访去察？隆科多的事也化云烟，连佟府也变成了“同福”。

这种莫名其妙的乱改，实在也是不晓历史文化而聪明自作的病症。在北京，其例不可胜数。比如南京的“秦状元巷”就不改（秦大士故里），这丝毫也不等于“崇拜状元”，它是文化史迹。你改了“同福”“同贵”，岂不更为庸俗气味逼人？

闲话休提。却说考明王家是隆科多家，也就说明，曹雪芹借贾宝玉以写自己的小说中，用特笔点醒他母亲

"王夫人"乃是佟姓之女，佟、曹从在关外时就是姻亲，入关之后虽然贵戚与"包衣"身份悬殊，但结亲还是有例的——雪芹两位姑母都是王妃，乃是明证。

雪芹的母亲应是佟佳氏（佟本汉人，改入满洲后加"佳"字，定"抬旗"变籍的标志）。这一重要考证，我存于心中很久，今日方正式以文字表出之。

然后，我们就可以"理直气壮"地去寻找佟府的确切地点了。

我先"引经据典"——

《实用北京街巷指南》一书，王彬主编，燕山出版社一九八七年版，是我所能拿到的最详明、日期最"近"的书，其第八十一页著录了一条"同福夹道"，属"东四"区，释文云："南起灯市口大街，北不通行。门牌2号至8号。"条末注明的"单位"有二：一、北京一六六中学；二、空政话剧团。（一九八七年以后有无变化，愧未能调查。）

我与家兄祜昌去踏看时，只见"夹道"口正动工，很大的"脚手架"，不知何工程，钻过架子，拐小弯，方见深处一红漆宅门，问知是一中学。这当然是不能擅入的。再向旁边人打听，回答的热心人说："老样子没有了，早拆改光了，盖了新楼……"

这几句话，败了我们的兴，也就不想再进入打扰，向门望了望，抽身而退，心里却是十分"不甘"如此空返，一无所获。

诗曰：

灯市来寻迹已销，佟佳一姓“半”臣僚。

“都中旺族”“吾门首”，兔死狗烹嗟汉朝。

［注］

“都中望族首吾门”，“汉之功臣不得保其首领者，吾知之矣”，皆见《石头记》批语中。参阅本书《九门之缘》篇。

小府

知道了隆科多的命运，正如“汉之功臣不得保其首领”，所谓“狡兔死，走狗烹”，丝毫不爽。如今要说的是他的姑母，嫁给了顺治，生的是第三皇子玄烨，即康熙大帝。康熙的这位母后佟佳氏，乃佟盛年（后改满名“图赖”，早先则写作“秃赖”）之女，顺治之妃。生小康熙时为顺治十一年三月，年方十五岁。康熙元年十月，上尊号曰慈和皇太后；次年癸卯二月十一日薨逝，年二十四岁。是为顺治之孝康章皇后。

我们在此叙及于她，所因何故呢？原来曹家的命运，百年的兴亡荣辱，全由她一人引起。

顺治临危，方议立嗣，紧急中选定了三子玄烨，他年方八龄。在这之前，他照规矩是要离开生母而由乳母哺育、保母教养而成长为童的。乳、保人选，标准严格，那皇子的生母及其外家佟门是主要决定者，而佟后却选中了一位孙氏保母，人才超众——此母即雪芹曾祖曹玺的夫人（后封工部尚书一品夫人）。

当时满洲人最怕生痘，为生命一大关卡，小康熙因要“避痘”，出宫分居到一座“小府”。所以雪芹之祖父曹寅（小于康熙四岁）也就和小康熙在一起长大，按满俗，他们互称为“嬷嬷哥”“嬷嬷兄弟”。

这小府才是曹家的实际“发祥地”，因而我必须访看它的踪影。

小府这个非凡的宅院虽也久历沧桑，毕竟还属“幸运”之列，未归彻底泯灭。

老北京的内城、皇城，早已面目全非，只有最小圈圈的紫禁城，成了全世界旅客观光大开眼界的“金碗”。此城的垛口是品字形，也有护城河，北京人呼之为“筒子河”——以其四方笔直也。在西筒子河的西岸，就找着了这座小府。

不过，府已成了寺，寺名“福佑”——与这一条街名“府右街”的字音好像是渊源有自。[1]

府怎么成的寺？这完全是出于雍正的“孝”心。

雍正的“即位”，是一场地地道道的阴谋政变，隆科多扮演了主角（主持）人物，康熙虽病，而死因十分暧昧

① 编者按：福佑寺位于今西城区北长街北口路东，中南海东侧。

难明。朝野皆知雍正是“谋父、逼母、屠兄、戮弟”而得“位”的。他做贼心虚，百般装做，以掩恶迹——特别在“孝”字上做功夫——将“皇考”的“龙兴”之地改为佛寺，并供奉牌位，以受香火。（他把自己当皇子时的住宅也改作了佛寺雍和宫，今亦犹存。）

来到了府右街[①]，往南走，远远望见了街东侧是一带红墙，墙内矗立一座精美的高牌坊。

牌坊上例有匾额，观之不见字迹；后询知者，云是“泽流九有”四大字，本来完好，“文化大革命”时凿掉了。此语是颂扬康熙之仁政，惠及全国。“九有”即禹贡九州（或曰九域）之意。据说，这四个字引起了后世人的误解，不明史实，却附会说是“雨神庙”。

我得入小府遗址福佑寺，记得至少有两次。第一次只能观看大概。见那寺庙有三进院宇，只有看守人，并无住持僧众，殿亦不启。然无十分敝旧破烂景象，倒有整洁萧静之感。

我因求知心切，立意要再做较深细些的考察。第二次友人协助，办了更正式的手续，邀了拍照的专家，共同前往。

这次与看守人也熟悉些了，得到了更多的热情接待，慷慨地打开正殿让我们尽情观赏——既不“监视”，也不干涉。我可以有礼貌而不“乱来”地随意取出一些次小物

① 编者按：原文如此。今府右街位于中南海西侧。

件细加玩味，如旁侧龛内浮摆（他处移来）的小型白色大理石精雕菩萨半跏坐像，美不可言；也拿出柜内收藏的藏文贝叶经，散页经册（横写长方窄条式），很觉新奇。

当然这都不是我们的真目标。大殿东半间空处，一尊巨大木雕弥勒佛（当然是从前殿移来“寄存”的），工艺绝伦，我看那只大脚的每个巨趾，也雕得那么“美”，令人爱玩不忍离去……

忽然，在大殿西墙根处，宝物发现了！

说是宝物，这是在我眼里的“估价”，对别人来说那是一堆破烂儿，仅仅没有“处理”掉罢了。

我记得清楚的，至少有四件是极难得的文物：

一、“福佑寺”三字寺名正匾。欧体正楷书，写得极好——因那时是赵、董的“软体”字风行，罕有如此峻整方棱的“英气”字了，这不知出于哪位名家（翰林、大臣）之手。

二、康熙御笔“福寿”二字横匾，也是正楷，当是早时盛年所书，多年来便不多见如此笔迹了。

三、嘉庆皇帝御书诗匾。诗为五言律一首，乃重修此庙时落成奠礼之作，诗、字都很有气魄，胜于乾隆的“蚯蚓”字不啻十倍！这使我为之发生一种“敬意”，从中看到清代皇家培育子弟人才的规矩，实非等闲，皇子们的文化造诣，也超出了我以往的想象。

四、道光皇帝的诗匾。相形之下，那“小气”多了——令人一下子感到确实有个“气运”的问题。国之兴衰，一切现象都有所表现或“反映”，那衰微之气显露了“乾嘉”气象不复可见了，这诚非“人力”所能左右的“运数”，并不是唯心之论，实物实相，皆有可征。

这四件中，我最珍惜的，还是康熙的“福寿”匾。

我自己给自己作了“鉴定意见”：此匾必是康熙即位之后，写赐他的乳母、保母的，断非他人所能享有。

要看雪芹曾祖母时代的历史真痕实证，在今日来说，只有此一种宝物了。（在江南的孙夫人的遗迹，因织造府、大行宫已于太平天国时消灭无存。）

［附记］

如果记忆没有混乱，探访“小府”似共三次，第三次是为了进入绝未向人开放过的一进院子。

这儿原非旅游观光之地，乃是一处高级军将的住所——住所是最后一进院子，我们当然不是洽请入观院宇布置，而只是想问询有无带字迹文词的旧物尚偶有遗存，可望发现。

这本是一种不情之请。谁知我很幸运，那位夫人闻知我之考研的来意后，竟十分慷慨地将前寺与后宅之间的一道过厅式空房屋打开了，并让我们进去观览。蒙她如此热情接待，我们大为感动，遂兴奋地进入厅屋。

室内布置简朴，然亦有座位可憩。抬头看时，正面后墙上方有小方窗，窗之左右各有一方立匾牌。可是都已用纸封贴遮住了。

主人完全理解我们的心情，立刻允许，可以揭视——因为当初不过不知它是何等事物，就糊上纸了，并非有什么禁忌。我们真是感谢极了，也不知从哪儿很快搬了梯子来，友人孙君登上去将纸撤除，大家引领张目，一齐在“期待发现”！

——原来这两方诗匾是康熙写赐大臣噶礼的诗，噶礼就是康熙乳母瓜尔佳氏之子。这证明了此府原与乳、保“八母”的真实关系。似乎是康熙即位之后，原居小府就赏与了乳、保之家，作为赐第。估计这座不小的府最初就是赐与噶礼之母与曹寅之母的。

提起噶礼，可以说是令研史者义愤填膺，而提他又正好可以反衬出曹寅的艰难处境与高洁的人品。他们是“两种人”，是“对立面”，提他不是题外芜词与节外生枝。

大约只因噶礼与曹寅一样，自幼都是“嬷嬷兄弟”，童年小伙伴，其人颇有才干，也会得到康熙的赏识。长大后从侍卫步步高升，直做到山西巡抚、两江总督。但他是个头号贪官酷吏，在地方上是“次皇帝”，结党营私，包揽贪婪的州县下级，擅加苛敛“火耗”，数十万银肥己，民不堪命。御史、民人劾他、“上访”告他的，都不能伸张正义，因为康熙起初不信，屡屡庇护宽待于他。他更加有恃无恐，威福恣肆。

极简单地说几句，他与陈鹏年（人称“陈青天”）、张伯行（康熙亲口称为天下第一清官）是死对头，处心积虑要害他们。后来几经曲折，酿成震动全国的大案，幸康熙后来觉察其奸恶之情、欺蔽之迹，陈、张未致遭其毒手。

曹寅原与陈青天不甚投契，但当陈陷大难时，冒死相救。而寅逝后给他作祭文的，却又正是张伯行一人。由此看来，曹寅在江南的处境如何复杂与危险？谁是好人，谁是恶党？无待“智者”而可明矣。

曹家的人可钦可敬，史实铮铮，永远彪炳青简之上、民心之间。

曹家如此可敬，却被雍正害得家败人亡，子孙飘泊。《红楼梦》开场第一个被屈枉者就叫“冯渊”——逢冤。是向读者表明其家世遭逢，乃天下一大冤案也。

再看噶礼如何？——他母亲，康熙的老乳母，亲自叩见了她的“皇儿”，告他亲生子噶礼的逆：他竟与妻、侄等为恶，在饭食中下了毒药，要毒死她！

康熙大约早已醒悟，噶礼并非善类，闻此震怒，下刑部狱鞫讯得实。噶礼本是斩罪，特“赐自尽”，令其恶妻从死，家产籍没。其余坏人斩的斩，充发的充发。到底分清了善恶清浊。

此案轰传于全国。京师旧时一直流传民间口碑曰：“噶礼妈——俺儿搭。”我未深解其语义——也许是说她告逆，“搭”上了儿子的一条命？总之，这个大贪官酷吏的恶有恶报，朝野称快。所以后来有诗人赞扬曹寅是“诗书家计皆冰雪”，清正至如冰雪之洁，舆论之公，自有所在。雪芹知此，也可以无憾矣。

我因甚恶噶礼之为人，对那两块匾也不愿拍照或“叙录”（不过是康熙自书自作之诗，毫无史料内容）。但那匾黑漆金字，闪闪有光，完好如新，与前殿的十分破旧的“福寿”横匾正成对照。所以我推断破旧之件却应是曹家孙氏夫人时代的珍贵文物。

诗曰：

府右名街义尚存，泽流九有字谁尊？

功崇保育题萱瑞，几个人知是母恩？

虎门——右翼宗学

（上）

曹雪芹在“虎门”的踪迹是确凿无疑的，证据是他好友敦诚的诗句：

……当时虎门数晨夕，西窗剪烛风雨昏。

见《四松堂集·寄怀曹雪芹》。

虎门是什么地方？当然这不是指广东有一处地名虎门。

最先发现此诗的胡适之先生对此未作任何考证。拙著中据古义推测或指“虎闱”侍卫班，或指国学（在明、清即国子监）。后来吴恩裕先生于《八旗文经》中发现有以指“宗学”之例，而敦家弟兄恰曾在右翼宗学肄业，于是得到了确解——因宗学是为皇家宗室子弟所立的专学，故可与“国学”为比。

但吴先生建此功绩，却误以为右翼宗学在绒线胡同（那是后迁址了）。我们终于在西城西单牌楼之北侧街东，找到它的真址。

原来那叫石虎胡同，巷口有一古老的白石雕的坐虎。方知敦诚的“虎门”还涵有一层巧用的兼义。考研史事，真是又艰难，又有趣。

石虎胡同在北京也不止一个（台湾有一个笔名叫“高阳”的就自作聪明，弄错了地方，而且还说别人错了），外城也有一个，其取名都与原有石雕虎为镇巷之宝相关。宗学是雍正夺位之后为了“教育”（控制）宗室而设立的；右翼是八旗的西面四旗。敦家因住西城，故入右学就读。此学从一成立就在“西四”瞻云坊以北第二条胡同之内，是名“石虎”之巷。

敦诚诗句证明了他和雪芹在那儿剪烛夜谈之乐，并称其诗有奇气，又善高谈雄辩，傲视凡庸之辈。

因此，我们就又要寻访这处古学校。

我们找到了。在它门前也不知徘徊了多少“过儿”，后来也进了院子。

大门、四合院平常房屋，并无特色，保存得却相当完好，只是老门窗格调没有了，安装了玻璃，就“现代”味儿了。

（中）

这个院子，除非是对“历史癖”者能发生特异的感情和境界的魅力，对一般人是不会引起什么兴趣的——这也就是说，要“描写”它而能“引人入胜”，办法实在不多，我亦无此才气。那时想看老北京的真古迹，总是心态矛盾重重：一方面欣喜遗痕幸在，一方面见其萧凉寂寞，无人知其价值，不知珍惜，心头泛起难言的惆怅。

记不清我进入时是谁人占用，空荡荡的，门都锁闭。玻窗上破纸掩映，凌乱无致。扒着纸隙向内窥视，有些桌椅之类。院里立着一面黑板，像是个布告牌。大门紧闭，门洞内堆着杂物。

风光就是如此。

我只能从这种情景中“想象”雪芹当日在那间屋里高声谈笑，旁若无人。

但我对这所房舍的来历，因做过“考证”，却可以在此重叙一番，庶几略添史趣。

这所古宅，在明代是大学士周延儒的宰相府。到了清初，分给了吴三桂的儿子、新朝驸马吴应熊，是公主府级的甲第（顺治帝之女下嫁）。吴三桂降清，本即“冲冠一怒为红颜”（陈圆圆），满洲人早提防他反复无常，果然，至康熙帝要“撤藩”时就揭起叛旗了，吴驸马（满语叫“额驸”）被收斩，府遂空废。其后情况不详，直到雍正立宗学，这才选中了它，成为一处“天潢贵胄”的读书之所。（以后宗学迁址，成为大臣裘日修的赐第。近代蔡锷、梁启超皆与此宅有重要关系。再后是蒙藏学院的附属中学……）

从历史看，它不是一般居宅，范围似应更大，疑心我所见到的已是隔断后的一小部分。

还不算到此为“止”，要叙叙它的西邻。

说西邻是昔时之事，我到时已将界墙拆去“打通”为一体了。西邻阔气得多，一座正殿月台，辉煌未经全归湮灭，分明是一座王级稍下一等的贵家之府。因改学校，殿前拆光做了操场（多处皆如此办理）。我和校中老师们谈会，他们闻知来意，都十分关注，高兴地提供所知拆改以前的原貌。

大家一致感兴趣的则是两院之间的一株大枣树。树干很粗大，皮色黝黑，古气迎人。院内人估量说，枣树长得极慢，这么大的，至少非二三百年是不行的。

于是大家聚在树下，伸手抚摩这棵古木，都“同意”一个“设想”：它是见过雪芹的。

谁都心里明白这是想象，有其可能性，但不等于历史事实，因为没有“证据”。

但是，仅仅这么一个假想，而且大家心里认同，我们作为燕京访古寻芹迹之人，却觉得已经获得了一种满足——在二百数十年后之今日，不知已历几番沧桑的一处遗存，对它不应再存什么“发现”的奢望了。

（下）

六十年代出现一种“传说”，谓雪芹所以能与敦家弟兄相聚，是他在宗学当差，做“舍夫”。“舍夫”又被人解释为“差役”，后又因满语称师傅曰“瑟父（傅）”而再解为在宗学“执教”。这是“齐东野语”的误导。因为敦诚同一首诗中已经点破“劝君莫弹食客铗，劝君莫叩富儿门……”，原来雪芹那时是在巷内富良家做西宾。

富良是满洲人富察氏大臣马齐之子，袭封敦惠伯，府邸就是石虎胡同。伯是属于武职的封爵（公、侯、伯、子、男五级，各级再分“等”。这与皇族的亲王、郡王、贝勒、贝子、辅国公……是不同的两系列封爵）。雪芹家与富家是公私两方面年深日久、千丝万缕的世交关系（也许还有姻亲），马齐贵势极大，民间口碑是“二马吃尽天下草”（指马齐、马武兄弟二人），又是内务府大臣，曹家的上司。雪芹与“富儿”（敦诚是用杜诗的典，又与“富”姓双关妙语）相交，可知者明琳、明义等乃是“富”字辈的子侄；他是在富家做“师爷”时，早晚有空就到近邻右翼宗学去“串门儿”。“数（入声，音朔）晨夕”又是用陶诗卜邻之典。

以上是雪芹与宗学老宅的真关系。

然后该说说这处留有雪芹足迹的古迹之命运问题了。

八十年代，我从无量（吴良）大人胡同移居八大人（把台大人）胡同后，有一天，忽得友人传来紧急信息：右翼宗学要拆除，望我想办法保护——彼时尚无第二处与雪芹关系确凿的古迹地点。

我听了很着急，立刻写信给中央统战部，吁请保护。

统战部十分重视，立即转达与民委（因为要在那儿修建民委大厦）。民委派来了同志，向我了解历史情况及其价值。我将一切叙明。那同志索要证据，我将拙著《曹雪芹小传》借与了他，他携书而去。

以后民委并未给我联系，书也没还我。我从别的渠道得知，暂不拆除了。

再以后，中央党校一位同志多次惠函关切此事，报告情况，希望我继续努力维护。可见舆情之一斑。

近来听说那胡同已近乎拆光，成了农贸市场（或是摊贩聚处），“还是要拆”的声音也不时尚可听到传述。确切消息不得而知。

记得我与亡兄祜昌最末一次同往再探，那古物石虎已横躺在巷东口。今又如何？毁乎迁乎？更难寻问（有友于音乐学院、旧醇王府发现一个，唯不知是否自彼移来者）。

古枣树是否真见过雪芹，原不可定，而雪芹与古石虎十分“熟识”，却是毫无疑问的。可惜，并无一人出而为之请命。

诗曰：

瞻云坊北尚遗痕，右翼宗黉好巷门。

曾是西窗同剪烛，一帘风雨话黄昏。

樱桃沟——烟霞窟

曹雪芹怎么和樱桃沟发生的“关系”？这原由责任，应归我负。

北京名胜多在西山，西山是太行山——燕山延伸到京西的一个小支脉，内有许多大小山谷，土名叫峪（yù），叫沟。樱桃沟只不过是距城最近而又不是太大的一个小峡谷。明末的名流孙承泽隐居在此，命之曰“退谷”。

传说雪芹出城后，到西郊，住在健锐营。这个说法不止一人相传，吴恩裕先生有所记载——也是起于六十年代初，以前未闻也。此说出后，引起两种结果：一是有人认定“健锐营”即指兵营本身，雪芹住于营内。二是理解健锐营早已成为一个地名，传述之言不过是指雪芹曾在那一带住过，不应拘执了兵营的字眼。

我是这后一种理解的主张者。理由简单清楚：敦诚弟兄访雪芹的诗都说那是一处“薜萝门巷”“野浦柴扉”，而健锐营是当时新建的大营盘（乾隆十四年始设此营），营分八旗，外有围墙角楼，按时启闭，军规严格，雪芹如何能住此中而且是幽僻冷落的“门巷”？各种现代人的可笑（不明历史）之附会，只能令人忍俊不禁而已。

那么，距此营不远而又十分幽僻的胜境，能否寻到呢？答案就落到樱桃沟上。

此沟以樱桃万树而得名，又有茂密的竹林，奇石满山，仄径难度，还有一道清泉，由谷之深处涓涓流出。谷内更多杂花古木，百鸟争鸣。是以明朝人士称之为“幽人之宫”。

因此，我提出了雪芹居近樱桃沟之说。

这只是一种推想假设，并无实据。

我对此谷加增了兴趣，也因饶孟侃老教授（四川大学外文系同人，“新月派”老诗人）也和我不约而同地主张此说。

提起饶先生，我便感念难忘，可惜不能在此详叙一切，只说我调入四川大学之初，还并无任何交往机缘，有一天晚间他就与其弟子解毓葵兄来访于梅园宿舍。我一直想不出他因何对一个陌生青年发生很大兴趣，加以青目。因此成了忘年好友。后来他也到了北京（调外交学院），时蒙见访快谈。

这一回，因话及雪芹遗事，他忽然说：雪芹山村，应近樱桃沟。

这句话使我惊奇，因为想法如此不约而同。于是当下约定，在周日同游西郊，专访芹迹。

那回二人兴致很高，他在学校附近一家早点店热情招待，食品丰盛，饱餐后便奔赴香山脚下。

按着当时的传说，加上我们的推想，一直游遍了佟峪、健锐营镶黄旗、正白旗、卧佛寺，寺旁山谷即是樱桃沟。后又登碧云寺山巅，玉皇顶，下山访北辛村，询问旗家老太太……老太太开口便说：你们是找曹雪芹吧？这句话震惊了我们两个。

此行各自赋诗多首纪游，我除了一组绝句，还有一篇五言排律，写得很有意致。这是“文革”前夕吧？诗也写寄给祜昌，后来他在“运动”中将一大批信札付之一炬，其中情事及诗词甚富，我素不留底草副本，稍过即全不记得了。

至于我与家兄祜昌，共访此境有多少次？已记之不清。如今只能撮叙一二片段，也不过是十分粗略的笔墨之痕了。

最难忘的是有一次烟霞化雨。

那回是一个夏日的快游。拿定主意，离寓动身，时间不早了；坐电车只到西直门，等候换赴香山之公共汽车。站在城门内“关厢”高台矶红柱下，那天已阴上来，乌云布空，“气色”不佳。人遇这种天，是该往家奔的，哪儿还有远赴数十里外荒境之理？我心里是“打道回衙”，不想找“麻烦”。但家兄的脾气向来有执拗之称；他丝毫也没有动摇的“表现”。平生体谅兄意，不忍逆其意兴，硬着头皮上了汽车。

虽然一路上心里打鼓，但一到卧佛寺路口下车往北走，景色境界就是不同了，兴致立刻升高，两人步履都健，也不入寺，直奔寺西山后而去。

每到此一番，总似各有一番新体会——当然也总是抱着有所“发现”的希望。谷内因天阴而清幽益甚。

入口处宽敞，愈入（往北）愈窄。桥南小径早已用砖铺平，忽见径旁有一方很小的碑碣立于边侧，俯身看时，满是字迹。祜昌曾将它全文录回。我只记得年月是乾隆四十几年，雪芹逝后之物，立碣人是宫内如意馆（画苑）的太监。碣文是记载修路——原来此谷怪石遍地，极难行走，土人有许多奇名，也只记得一个叫“跌死猫”！

怪不得如此小谷竟尔称奇，也方悟“幽人之宫”人踪罕到的缘故。

我与家兄相对而“发思古之幽情”，说：如意馆的太监，如何会到这种地方来？岂不是早已有来过寻访雪芹的？（乾隆二十五年，要画功臣像，请雪芹入馆当差；故友人张宜泉有“苑召难忘［平声］立本羞”之赠诗。）

等我们下一次重来时，此碣即无踪影。

天色已晚，不敢久留，反身出谷。刚出谷口，大雨已至。

我还不知祜昌竟携来一块塑料布。这时展开，两人顶在头上，冲雨而行。不但没有“狼狈”之感，反而觉得别有一种豪兴，有点儿“浪漫色彩”——我们平生拘谨，大步不敢迈，故自以为“奇”也。

回头一望，原来谷口外竟也是一条涸溪，大雨中方见水又充满成溜，蜿蜒南流。我们又说：这就是“芹溪”之名的由来吧？

这些，转眼皆成历史。樱沟胜境，连我们所及见的，也发生了巨大变化。

诗曰：

万树樱花海样明，秋来黄叶寺门清。

山村水谷游踪罕，或有奇人曳杖行。

（曳杖，见张宜泉诗，非谓年老，言路极难也。）

［追忆］

这处胜境，明人称之为“幽人之宫”，数百年来，也同历沧桑之变，改动、破坏严重，其幽趣所剩本已不多，但自从提出此地可能与雪芹有些关系之后，访者日多，加之“整理者”不懂“自然生态”，是以“城市清洁”的认识与手法去处置。我到一次见幽趣少一次，奇石被“清理”走，开通“大道”……后阅一文，惊呼那儿已经“车水马龙”，成了“人海”……，味儿全变了……我读后也觉心惊意败，还有些后悔当初不该写文章声扬此地的意义，心抱内疚之感。至于那地方，当然更不敢再去领略其“盛况”了。

太平湖寻梦录

北京城垣内外，哪儿有尚可追寻曹雪芹步履遗痕的地方，哪儿就有我与家兄祜昌的踪影。每一次的寻痕问迹，都值得好好记一记，可惜我没能办到。这原因是多层的，最不为人注重而实为主要原因的，却是当时并不以为奇特，也不知道从那以后的变化是如此巨大，还以为想再访时再重游就是了。一句话，自以为并非不能体会此种寻访经历见闻之可珍可贵，可是实际上还是体会不够，估量不足。如今事隔多年，悔意暗萌，而记忆已趋模糊，心理矛盾是想记则殊感歉然不自惬怀，不记则连这么一点模糊也将变为不复存在。真是莫名的惆怅，难言的惋惜。

今年，蒙一关心此事的友人多次“劝驾”，方始做一番“亡羊补牢”的小工作——这句话用得也是无可奈何，而一时不遑推敲，自己心里明白：连“牢”都拆光了，又何从谈到一个“补”字呢？

忍不住，一声长叹。

那大约是“三年困难时期”已过，“文革”尚未兴起之时，家兄正做一名职工业余中学的教师，每到暑假，必由故里来京相聚，每聚并无第二则话题，总是魂牵梦绕着雪芹这位不幸的畸人才士。因为我们散步时也会诵念那些难忘的诗文名句，有时就想起一位满族学者的一段话——

平流十顷，地疑兴庆之宫；高柳数章，人误曲江之苑。每当夕阳衔堞，水影涵楼，上下都作胭脂色，尤令过者留连不能去！

这是写的哪里？那境界如此之美，如此之足与唐代长安城侧的曲江苑兴庆宫一带风光相为比拟？这太让人心驰神往了！

原来这就是《天咫偶闻》中写太平湖的文字，作者为满族学者曼殊震钧，有人说他的著作不及前人（记载北京地理人文名胜掌故的书籍），但据我看来，他那文采斐然、善于运用骈句散叙交互倚辅的章法，气味典雅，将汉字文章之美发挥得十分出色，在晚清时代实不多逢了，怎可轻加贬抑？

我与家兄并肩而行，一边走，一边背那一段美文，简直得意极了！

我们口里背的是好文词，心里想的是太平湖侧就是雪芹好友敦敏家之槐园所在，那儿常有雪芹的履痕鞋印。

“听说太平湖早没了。可惜这一段景色咱们无福一见了。”我们共相叹惜。

“反正是那个地点，湖园没了，也该去访访。什么都没有了，去一趟也值得，倘若万一有点收获，岂不更好？”

我们商量着，拿定了主意，次日去走一遭。

湖在内城尽西角，角楼之下。坐车到了西单牌楼，往北不远就是石虎胡同右翼宗学，雪芹常在那儿与敦家弟兄剪烛夜谈。我们已到过了，这回只往南行，向西拐，进石驸马大街，就是雪芹姑丈、大表兄两代平郡王府，府门虽已面目全非，内院规格还在，此刻也不暇多叙。顺街走到尽头，再往南拐，就是醇亲王府故址了。

太平湖明明就应当在府畔。绕了绕，不见踪迹，且也无路可循，十分失望，便往东向开里走走，想遇个父老打听打听。

路见人过，便冒昧上前询问，都摇首答云不知。

茫茫然莫知所投之间，却又见一位老太太，我们估量她的年纪，似乎会记得，即又上前求问。

“那湖，早没有了。日本人占北京的时候，把湖垫平了！”

聆听此言之下，一切“万一之想”都断绝了。

于是只好寻路奔北——作“打道回衙”之计。但心里还是不甘就此罢休。走到了一处，胡同名字已记不得了，见拐角是一烧饼铺。因时已近午，便买了几个烧饼，找了一个小街侧的砖砌的高房基拂土而坐，两人以烧饼代午饭。

吃饱了也歇过了，起身再向北行，出了胡同已是出城的一条街了。因漫无目的，正如游观，便到了城门外看看。

嗬，这可太宏伟了！

不禁惊叹暗语：那位设计元大都整体的人和那个设计明北京城墙的人，都是何等的奇才？他们的胸怀太博大了！能在一片广阔的平原上创造出这般壮美的艺术景象，真是不可思议的奇迹！

正对着大城门是桥，桥下便是护城河。河水是有些变浅了，却也还是河景宜人。河身是“V”字形，河面两岸相距很宽，两边都是高大的老柳。我们找一块好柳荫，拂草坐了。向对岸望去，连河床的斜坡也长满了绿草，几个居民就坐在坡间乘凉，悠然地享受着这种境界。

我心里想着：若能住在这里，岂非洞天福地。家兄端坐无言，可是看他脸上，便知他是心旷神怡——他最喜欢北京，却没有福分到这种地方小憩。

坐了半晌，恋恋难舍地起身，因为到底须做回程打算而余兴未尽怎么办？就在河内岸循着城墙往南而行。

那是地上没膝的丛草，没人经行的，不时触动了一些草虫，忽然跳跃出来，让人吃一小惊。我们难得到这种地方的两个老“秀才”书生，简直有点儿“开山伐林”“荒原拓境”的冒险意味了。但往左一抬头，那高大壮伟的古墙，那饱经风日、带着苔痕的明代巨砖，伸手就可扪着，方悟这乃是古老的帝城脚下。

愈南行，河里水草愈盛了，但似乎还有一个小木船在——这自然不能拿唐诗的“野渡无人舟自横”来作比，可是帝城脚下的野趣，实在是盎然满眼。

走着走着，见草里斜卧着一个石羊。它带着残缺，却大体完整。这是原先立在何处的？怎么到的这里？

我对家兄说：咱们若有力气，就拉回家去，咱们老家里的“青毡”“敝帚”都罄尽了，这岂不足可当一件镇斋（书斋）之宝？

他俯下身，用手摩抚着，讷讷不能言，叹了两声。

哎呀，不知不觉已走到了西便门！

就打这门进城吧。不必从宣武门再入内城。

这时天色已不早了，日欲平西。我们商量着，是直接回寓，还是再做一下最后的留连？

犹犹豫豫之间，脚步却又奔西，漫然无所指向。忽然走到一条胡同口，见一木牌，上写“太平湖公园”！

我们惊得几乎“叫”起来。二人更不发言，紧步往里走去。

啊，世外仙源！

迤迤逦逦，一条小土岗，引向深处。还真有高柳多株，垂条拂影。这是不是震钧笔下的那“数章”？即使不是，也足可代表当时风致。树木所围之处，是一片低洼地。这是浅水干涸后的遗痕，十分明显。估量一下，该就是太平湖的尽南端的一个小水角。

树下还设着公园式的靠背木条椅。我们也走累了，坐下来，抑制着“大发现”的惊喜感，舒着长气。

惊喜稍定，转入静默，眼望着地下，似乎就真可以找见雪芹的“脚印”似的。

“前不见古人，后不见来者”——这也还是并不恰当，但心中的滋味，莫可名状，只能勉强拿这两句陈诗来作一种感叹。

沉思良久，猛一抬头，见靠南边偏西一点儿，就是那奇美无比的角楼——“九梁十八柱”，非此不足以形容，不折不扣的中华建筑奇迹。

斜阳正从角楼的后面反照过来。

“夕阳衔堞，水影涵楼”，再一次诵念这名句佳文，方知这是了不起的，是画所难到的传神之笔——虽然那八个字只剩下了上半犹见实景，下半已经没有“十顷”的水涵倒影了，然而也就满可以想象而得之，真实不虚。

“雪芹一定有好诗写过。”我们互相拟议。

我见角楼太美了，走去到它跟前。见久无人到，荒芜冷落的景象，内有些杂物垃圾堆积，尚不严重。无人管理，缺少维护，那却是一目了然的。心里担忧，这种无价之国宝，长此下去，会不会遭到毁坏？坏了是再难重有的。

但当时尚觉“放心”，因为区域虽不甚大，已然建为公园，想来不致大不幸吧。

“令过者留连不能去”（过，到也。去，离也）。我们留连到很晚了，必须回家了。念叨也没想法儿带个相机来，留点宝贵的影像，“下次再来吧。”我们自慰——有点儿自疑，后来证明这是自欺。

等到一九七四年、一九七五年之间，因增订拙著《新证》时，约着编辑、摄影师，重访“太平湖公园”取影为插图增色，到达之后，我傻眼了。

壮伟的城墙，奇美的角楼，一概无有。高柳幽池，已变为一片荒土，形如沙漠。满处堆垛着现代的新红砖和现搭盖的难看的“工房”，此外一无所有。

“拍个老城墙的残基夯土吧。”拿相机的同行说。

谁也无法解说“发展”“改建”必须连这么一个小景观也不放过。

这地方，我永远也不会再来看它一眼，因为心里难过，也觉自己有罪：当时未能留影，后来也不知应当作一些呼吁保护古迹的尝试——即使无用，也算尽了心，对得起雪芹。

诗曰：

太平湖侧旧槐柯，质酒留刀击石歌。

寻梦来迟还是早，更无崇堞映胭波。

触类旁通

老北京是个大宝地，倒不是“遍地金银”，而是到处皆为文物古迹，不可胜数，只要你有一些文史知识，就会“左右逢源”——也就能“触类旁通”，其乐信乎无穷也。

这“乐”是个什么“问题”呢？说到根儿上，是个中华传统文化大题目，假使身在北京出门一望，茫茫什么也“看不见”（只见楼房汽车），那恐怕未必是件值得自我夸耀的美事。

我住城内时，“城”是实物，不是虚词。城正东门叫朝阳门，旧时凡从天津经通州晋京的，还有关东一路的无数官民，都会进这个朝阳大门。朝阳门是笔直大街，直通东四牌楼。在大门与牌楼之间，有一条叫“小街”的，分为南北两段。我和这条南北走向的小街缘分最深。这小街两侧，胡同左右分排（当然皆是东西走向）。我住过的一条，叫作“无量大人”胡同——原来是明初功臣吴良的府第所在。其后讹写“无量”了。这胡同西口，有一座老府，清朝宗室溥雪斋住在此处，我有时还碰见他。我的对门，就是京剧大师梅兰芳的故居——想象当年不知多少名流贵客，以及梨园界出色艺人，都曾不断来往出入于此巷中。

这胡同的稍北，有十字路口，往东有大官仓名曰禄米仓，还有明代名寺智化寺，门前石狮底座已埋入土中甚深，足见年代之久远。往西是干面胡同，丰润曹家在此有官宅，直隶总督方观承有过题匾。曹寅与族兄们聚会时，即在此宅。

正好，曹寅老宅离此并不很远——稍往东南行，即是贡院（明清两代科考的重地），曹寅家就在贡院左边。所以，这一带的尘土地面下，留有不少雪芹一家人的足迹履印。

与无量大人胡同并排的，往南隔巷有一条叫作石大人胡同（明代石亨故居），中间有一座巨大而古老的府第，即明代辽东总镇、宁远伯李成梁的故居。李之晚年，于万历九年以功高赐第一座，即此是矣。

此府于乾隆四十三年重封睿亲王时，做了新睿王的赐府。兴亡易代，府亦沧桑历尽。

我每经过时，见那古墙极高大，上有薜萝，大门外二巨狮，石雕剥落，其古态也令人感到真非数百年绝不能臻此形状也。

这座具有两代丰富历史内容的老府，我曾提案保护，北京市府也已同意列入了一级保护文物。惟我迁至东郊，转眼已将十载，此府现状如何，就不知道了。

睿亲王就是“九王爷”多尔衮，努尔哈赤的“三幼子”当中的一名（兄为阿济格，英王；弟多铎，豫王）。多尔衮本来是他父亲最钟爱的意中嗣位人，但后来皇位被其异母兄皇太极夺去，母亲也被迫自缢殉夫。皇太极幼子即位，是为入关后的第一代皇帝，但实权却在“九王爷”

手里，一度尊称为“皇父”。他一死，政敌一派说他有“逆”心，于是获罪，削去王爵，革出宗室，抄了家……一败涂地——而且无有后裔。乾隆后期，特旨恢复了睿王，将多铎的后代名叫淳颖的，派给多尔衮系下作为过继袭位人，赏住了李成梁的宁远伯府。

多铎（十王爷）的老府就是后来的协和医院。淳颖早年失父，母佟佳氏，抚养教育他，竟成了一位手笔不凡的诗人。他有诗集印行过，集外诗有一首题《石头记》的手稿——

满纸喁喁语不休，英雄血泪几难收！
痴情尽处灰能化，幻境传来石也愁。
怕见春归人易老，岂知花落水仍流？
美人黄土梦凄切，麦饭啼鹃上故邱。

此诗前四句全从“满纸荒唐言，一把辛酸泪。都云作者痴，谁解其中味”雪芹原句化出。第三句指宝玉情至极处自欲化灰化烟的奇语。结尾一句最引人瞩目：这是说的什么？书里哪一段？

答曰：不必白费事，你是找不见的。

麦饭啼鹃上故邱，分明是说清明节日宝玉为亡去的某一女儿（或不止于一位）上坟扫墓的情景。

这个精彩的场面，我们已然读不到了——因为淳颖从他母亲手中得到的，还未经妄人删改篡乱的雪芹原本，与今世一百二十回“程高本”完全不同。

我曾猜想：宝玉因为秦可卿送殡，身到郊外，在农家见了村姑二丫头，“恨不能跟了她去”。及至八十回后真本中，宝玉又为亡者上坟，此时已贫穷类乎乞丐，他家坟地，必然路过二丫头家——二人重见，如同隔世，如在梦中——又是一段感人心肺的精彩文字！可惜，我们无此福缘得读了。

真是中华文化史上的一种无比痛心的巨大损失。

雪芹，人人都说他伟大，伟大在哪里？

试看，他家几代沦为旗奴，多尔衮、多铎正是他家的老旗主，掌握他们的生死命运。可是，这些不可一世的大王爷，身后凄凉，也未出现一个值得写入历史的辉煌人物；而他们的“奴才”家，却出了一个叫雪芹的，十年血泪，写了一部《石头记》，此书竟使得他的“主子”家的后代为之击节，为之折服，为之感动，为之激起诗情，写出深情挚意的动人诗句！这就足以说明：雪芹确是伟大，真实不虚。只有真伟大，方有震撼淳颖的力量。

淳颖的识力极高——只看那第二句，把雪芹理解为一位英雄人物（不指俗义的武侠战将，是精神思想、文笔艺术的无畏者），这真令人为之一惊。

世俗之辈，甚至把雪芹看作“花花公子”，怎么与英雄“沾边儿”？有识者思之，再思之。

诗曰：

把卷神游证古城，条条古巷字峥嵘。

寻曹问李心知处，不是闲游信步行。

多少楼台烟雨中

北京的西郊以至西山，是个庙宇最多的去处。少的说是“三百寺”，多的说是“七百寺”，大概谁也没法儿真数个清楚确实。晚唐杜郎之名句曰：“千里莺啼绿映红，水村山郭酒旗风。南朝四百八十寺，多少楼台烟雨中！”两相比照，正不知谁为优胜？这种现象“正常”否？自然也照例是你赞成我反对，其说不一。但如果那四百八十座南朝古刹至今还“健在”的话，那么南京市的旅游收入一定居“世界之最”，无论你赞成还是反对，当你面对那种“景观”，总会暗自说一声：“真了不起！”否则，岂不太无审美能力了？

南朝为何那么多寺？我只知道梁武帝是舍宅为寺的名人，这显然起了巨大的作用。北京呢，连曹雪芹写《红楼梦》，都发表过“批评意见”，他说：这都是有钱的老公们混盖的。一点儿不差，明代太监是修庙的“施主群”。看来，曹雪芹对此颇有异议，但他不仅“西郊憩废寺”而作诗，而且“寻诗人去留僧舍”，“破刹今游寄兴深”。据齐白石老人确言，雪芹贫极时寄居崇文门外卧佛寺，齐老并作画题诗：“风枝露叶向疏栏，梦断红楼月半残。举火称奇居冷巷，寺门萧瑟短檠寒。”成为无价的名迹。而且，据老舍先生作诗自注，他在西郊听村民父老传述：曹雪芹曾在万安山上法海寺出过家。

这样看来，雪芹先生毕竟是个憎庙者还是个爱庙者？只怕“研究”起来又并不简单，还难以得出“正确结论”。

杜郎曾目击的烟雨楼台，恐怕早已片瓦无存。万安山的法海寺，我爬上去寻觅残踪遗迹，只见满地瓦砾，除石碑石阶外，一无所有。

读史，知道历代有崇佛造寺的，也有贬佛毁寺的，其反复兴替无常，也是一篇难算的账目。据说周世宗（柴大官人一家子）就曾尽毁天下佛寺，将无数铜佛像投入熔炉，改铸为铜钱了。我想他可能对货币流通起过好作用，有功劳。不过，许多寺庙铜铸艺术珍品，多少工艺大师、匠人的心血也就都“化”为铜钱了。

阅报，乃知内地、香港以至美洲，都新铸起了“超史型”的巨大铜佛了。

用佛语来讲，“轮回”不但是人所难逃，佛也一概在内。

以上是“寺”的事，寺专指佛庙。寺，原本是一种官署名称——大理寺、光禄寺，直到清代也照旧。只因古高僧曾在寺内译经之故，佛庙就都以“寺”为名起来。寺，与祠、观、堂等有别，比如寺的布局自有规律：山门、四大天王、弥勒、钟鼓楼、观音、韦陀、如来，大体是不异的。道观神庙，并不如此。

中国的佛寺是外来文化而“华夏化”的艺术殿堂，是百般艺术精品的大聚览——民族形式的“艺术博物馆”。所以，千百劫后幸存的古刹名蓝、琳宫梵宇，才成了最宝贵的“文物”和“旅游景点”。它包括着建筑、雕塑、壁画、书法（联匾）、刺绣（幡幔）、金银铜铁锡五金、土木……数不清的百般巧匠之绝艺，还有钟磬、梵呗、木鱼、管弦……诸般音乐，还有精雕木刊本的经卷……是“文化宫”“工艺殿”。

但中国的“本土庙”为数更多，这些应称“祠”。

所谓神，不是灵怪，是人之不朽者，不朽是指其功业、道德、精神永为后人钦仰怀慕，故立祠庙，以寄托追思。药王、李冰、岳武穆、关云长……皆此义也。这更与“迷信”是截然不同的两回事，不必一听见个“庙”字就赶忙板起面孔叫它是“愚昧”“落后”的“历史垃圾”。

到了锦里蓉城，你上哪儿去？当然地方多的是，可你不去拜谒一下诸葛武侯祠与诗圣杜少陵的草堂祠庙吗？对此两古人，“我无兴趣”“也无感情”，就是对中华文化的蔑视唾弃了。这，又与“迷信”有什么交涉呢？

事情需要分源，需要识义，也需要正当运用这个本民族独创的、群众基础最为深厚的文化形式来进行文化传播、感染、熏陶、宣释等有意义的重要工作，不一定进庙就为“烧香磕头”。

准此一义，我曾撰文呼唤有力的施主们为咱们中华的奇才巨匠“文曲星”曹雪芹修一座小小的祠庙，因为国人对他似乎太冷落了。

北京雪芹庙，难道不应与成都草堂祠辉映媲美吗？为何无一人出来登高一呼，襄此盛举？

拙文发后，如一枚小卵石投入了汪洋沧海。

最近作家刘心武在《读书》上发表了对拙著《曹雪芹新传》的书评，文中抒发了他的深刻动人的感喟：曹雪芹与莎士比亚的对比和“处境”之悬殊大异！他慨叹说，中华文化巨人如此难为世界所了解，遑论“重视”了。他说，读《新传》掩卷之后，不禁想起雪芹的文友说他：“寂寞西郊人到罕，有谁曳杖过烟林？”他感到那个惆怅的寂寞，而为之酸鼻。

我读了他的文章，也不禁为之泫然。

值得欣慰的是，过了这么一年，我终于寻到了一位热肠古道的女企业家，她由教育界、作家界而“下海”的，她慨然发大心愿，决意为雪芹盖一座祠庙。

这是令人深深感慰的一件喜事。故此特将这一消息刊布在报纸上。自然这还只是一枚小卵石，投入了汪洋万顷的沧海，它所激起的小浪花与细声响，再次表明了一种令少数人感到鼻酸目泫的寂寞，这个寂寞，将萌生思索与反思索。

诗曰：

不是南朝也六朝，三千古寺瓦萧萧。

何人曾说曹侯庙，一议空供俗士嘲。

“西府”的谜底

北京的前海、后海之间，有两座大府邸，即闻名天下的“东府”“西府”。东府的历史很清楚，可以追寻到明末清初，那是吴三桂之父吴襄的宅第。吴三桂叛清后，此处成了敦郡王（胤䄉）府。雍正夺位后，首先“整”胤䄉，此府遂废。后来他又“整”他的大功臣年大将军（羹尧），将年囚禁在此府之中。此府没离开两朝政局上的大事故。可是“西府”呢？难道就“没事儿”？此谜一直难解。因此引来一种说法，认为“西府”是很晚才新建的一处宅子，并指明是乾隆晚期和珅才盖成的。但古建筑专家从府墙等明代遗迹证明了此府原来也是早有的（后来扩建、改造等情，那是另一回事，无须牵混）。

我一直疑心，西府的历史，也不会那么“平静”，了无可述——与东府那么不同！我们努力考查，却一点儿线索也抓它不着，煞是可怪。东府的事，还有人敢提几句。西府怎么连提它一句都不敢？这岂不正说明其内中原由要更“神秘”、更重大得多吗？我曾推断，它也许是胤祯的老府之所在。但又寻不得有力的证据。

胤祯是谁？就是雍正夺位阴谋的对象；康熙本来内定以他为继位人，派他到西宁去做抚远大将军，掌握军权，历练才干。不料胤禛将传位密诏描改“祯”字成为“禛”字，夺了皇位，却把胤祯召还京师，囚禁在景山的“高墙”之内（特殊监狱）。九年之后，雍正暴亡，乾隆继位，才把胤祯赦释。是年，他得一孙，取名叫永忠——表示感谢乾隆，不想再算“老账”了！永忠，原本虽然该有做皇帝的份儿，但因雍正的夺位，他却窝窝囊囊当了一辈子诗人。（不然他是相当于嘉庆皇帝的资格呢！）如今却只因他写了三首诗，悼念曹雪芹，这才出了大名。他的诗集题为《延芬室集》。我从这部诗集里，却找到了他家住“西府”的重要线索。

若详细叙列，那就费篇幅了。如今只举简捷明显的。

我曾考证过：西府地点在明代是大慈恩寺的范围。此寺久废，却出现了大太监李广的大宅子。大寺是消灭了，但到清代，这儿又继现一座慈因寺——只比慈恩寺差个“心”字。此寺不见著录，画家罗两峰却给它留下了影痕。而永忠的诗里，多次提到这个慈因寺，而且明言“境近招携便”“香林居近”，确是近在咫尺。一次，他到这寺吃了早斋，能立刻回到家中，这大约不会是成为问题的了。

永忠的诗里还可以看到他能欣赏水中鸥鹭，因观鱼而写出水天空碧之景——这除了前、后海，你在北京城是没法想象的，明清时代这里水鸟最多。他还写到“北渚”，明指后海。他写“碕岸”柳荫，写冬天的冰床——这更证明：他所居即离前、后海很近。

今之所谓“恭王府花园”中，有一立石，上刻字迹印章，一方印文是“馀生老人”。我们皆知，用“馀生”，就暗示了此人经历过大灾大难，幸而未死，仅存一命的难言之事。我以为，这样的印文，出于胤祯之手，用为别号，那是太吻合了。

附带一说：现在你查清史书，找遍了也找不见“胤祯”一名。原来雍正为了灭迹，不让世人看到破绽，硬是把胤祯改名叫作胤“禵”了！这个秘密我在康熙的谕旨中发现了它。

因此，在清朝谁要提这，定有灭门之祸！这就是“西府之谜”的由来。日久事迷了。

当然，清制凡获“罪”王爵贝子等，例须将府撤除，责令迁居，故胤祯居宅也曾经历变动。但他获释后应予复府。况永忠之父弘明，也封了贝勒。

寻这个谜底可实在不容易，这只是初步的“揭晓”。希望还能找到佐证。

诗曰：

戚里谁家盛海棠，从来西府冠群芳。

只因雍正新皇异，摇手休提恂郡王[1]。

［注］

①恂郡王即胤祯，康熙内定嗣位人；胤禛矫诏夺其位，是为雍正，畏人知“祯”“禛”之秘，竟改官书掩去所有胤祯本名，改为“胤禵”。清人记恂王府在西直门内，此另有故，盖其本府实即“西府”，其裔孙永忠仍住近旁，不在西直门内也。

城中第一佳山水

“城中第一佳山水”，——此谁之语？是李东阳《重经西涯》一首七律中的起句。李东阳一生用《重经西涯》这个题目作七律诗，不下数十首，看来是每经西涯一次，就要赋诗一篇。这样的事例，古今中外，恐怕也不多见。他并且就取“西涯”二字作了别署。

李东阳本贯湖南茶陵人氏，但他实是一位“老北京”。他曾祖在洪武初年原是军籍，隶燕山右卫，就落户在此；老宅本在（今神武门外）白石桥旁；到后来，皇城北面向北扩展了一次，不能留住皇城之内，这才迁到“西涯”。李东阳诞生于此，儿童时“游钓”于此，这就是他对西涯感情极深、“梦寐难忘”的原因。——谁不对自己的童年故地感情深厚，有啥稀奇？况且上面这些“老生之常谈”，都是李东阳的“问题”，对我们来说，又“干卿底事”？

很显然，“干”了我们的“事”的，是“城中第一佳山水”。李东阳特别喜爱这处地方，不但是生长于此的感情作用，而且正如他所评为的，这是北京城内的第一处“佳山水”。我们热爱我们首都北京的人，当然要表示“关切”：这“佳山水”今在何处？

答案是，它在什刹海（前海）的西边，所谓“西涯”者，就是把“俗”称前海西河沿加以“雅”化了的意思。

山水佳在哪里呢？北京西北郊，特多佳泉，以玉泉为代表（也就成了包概诸泉的泛称），先汇于瓮山之旁，为七里泺（现在叫作颐和园昆明湖了），再流为高梁河，皆是游人聚集的胜地。泉、泺、河流到城边，由德胜门稍西的水关入城，先是淳注为一大湖沼，名积水潭。潭水经德胜桥以溪形东流，又折而南，再折而东，注为第二大湖沼，明人专呼为“海子”（今名什刹海，即前海）。海子与积水潭之间，又有一长条式的大湖，名后湖（亦呼后海），其水西与积水潭本不相连接，而以银锭桥为界，东连海子，实是海子自南折北而西，回抱而成。此三处水，河、潭、滩、湖、浦、池、海、塘、泡，各种称呼都有过的，而统名为“玉泉水”或“玉河水”。海子亦南流，一桥之隔，即注入皇城，是为北海（今北海公园），所以诗家说它是“波连太液”。海子和后湖的稍东北，是钟鼓楼，稍东南，是地安门（皇城北门），那就是地理建筑家所说的北京全城的“中轴线”的地位了。

这样水景局势，在北京是独一无二的。水在“地理”

上，好比眼在颜面上，有了它，才感到明亮，才“活”。有了它，于是柳色毵毵，荷香冉冉，诸景始备，再加上芦蒲鸥雁，无限风光。更奇者，从明朝起，内官监派人于此开稻田，面积甚广，每至夏日，“桔槔声不减江南”，旅寄京师的南士，每每到此来“闻稻香”，以慰其莼鲈之思。

海子北岸，有酒楼，从乾隆时代的天香楼，到清末的会贤堂，都著盛名，游观足倦，可以呼酒小坐，凭阑眺赏。清人至比此处是为唐代长安的曲江胜地。所有这些，在北京也是独一无二的。

说了半天的佳水，佳山又于何着落呢？原来，银锭桥虽然是座极小之桥，但地位十分重要（扼前海与后湖之“咽喉”要地），立在桥上，不但左右逢“源”，湖光潋滟，而且极目一望，西山爽气，如在眉睫间，给湖光柳影增加了更多的情趣。因此，记载早就有“银锭桥为城中看山第一胜处”的品目。诗人说：“依然晴翠送遥山。”词家说：“银锭桥边看晚山。”可知这是名不虚传的。

提起桥，还有不少知名的桥环列在海子四周，如东岸，直对钟鼓楼的地安桥，今有极为古旧的石桥栏犹在（实应好好保护）。海子西边，在那条远远流来的长溪上（即上述本从积水潭而出，东流到后湖半腰，折而南，又折而东，注入前海的），原有七座桥。最北为石拱桥，李广桥。再南有二小桥，再南为有名的清水桥。过清水桥不数武，溪折向东，有板桥；再东为有名的海子桥（又名三座桥，月桥）；再东，当溪流入海子处，为响闸口桥（曹雪芹之友人张宜泉诗中就写到过它）。响闸，后来也就是酒楼左近的景物“标志”之地点名称了。

这条长溪（居民也即呼玉河），两岸高槐古柳，境界极胜，有过“平桥远树”“清流激湍，映带左右”的描绘，清代诗人也时有佳句咏及。可惜的是，今已填平为“马路”，桥自然都无复有，不免索然。

我用粗笔触，把“西涯”地带勾勒出一个大概轮廓。此外曾有过不少“知名”的府宅。李东阳外，弘治时大太监李广的“大第”在焉，他私引玉泉水“经绕”他的私第，因此构成了他“坏了事”时的八大罪状之一（玉泉水为皇家专享，非特许，无人敢用）。李广的大府第遗址，几经兴废，后来先后成了和珅、庆王、恭王等人的府邸。府后并有大花园。府园之内，都有从明到清初的建筑遗址，已经专家鉴定无疑。这是明清两代的众人指目的阔府第，庆王永璘甚至以得居此府为平生之愿，可以想见其不凡了。此府东邻为罗王府（最后称塔王府），二府仅有一巷之隔，巷名府夹道。罗王府也是从康熙年代就有的一处老府。

曹雪芹写《红楼梦》的大观园，运用地点上的素材，似有取于此。他写的“衔山抱水建来精”“秀水明山抱复回”，他写的园内沁芳溪是由府后“外河”“引泉”而入的，还有许多其他线索，都说明他是暗写此一地理特色。

北京是举世所景慕的一座文化古都，可供游观之处本来不少，但目前仍只限于几处大公园之类，皆是皇家“苑囿型”，虽令远客有观止之叹，毕竟多样性上有欠丰富。如“西涯”这样的胜地，稍加筹划修整，培植景色，分别项目，以飨游人，实在是诸般景趣交汇于一点的一个极好的去处。若能运以匠心，善加利用，实有多方面的意义与利益，历史、文化上的种种关系，是足以为首都风貌增重的。

恭王府园，作为文物古迹，价值很高，且在北京百余处大小府园中，独能幸免彻底破坏拆改，保存了基本完整，尤为珍贵，因此，在已遭部分破坏外，再不容任何损毁行为发生。前海后海等水局周遭，逐渐出现乱盖一些不三不四的建筑的现象，登上鼓楼一望，便可见已有某种高大“洋”房，破坏谐调，殊煞风景，该管部门如能加以注意，或可免使情况恶化乎?

“城中第一佳山水”，让它发挥应有的光彩和作用，丰富人民的精神生活，岂非大好事。愿能引起有关同志的重视，不胜幸甚。

诗曰：

银锭桥边好看山，名园借景①妙参禅。

世人拘看惊“三里”，墙外风光绾大观。

［注］

①雪芹写园，包括园外借景；借景是名手筑园一大妙谛，俗人不解，每议“三里半”之言为难通，此自然科学家之心中意中，反能助成世人俗见也。辩之亦多余而无济耳。“借景”一义，在《园冶》中居首要地位。

曹雪芹与北京随园

随园在何处？人人皆知，是南京小仓山袁枚的园子。二百余年来，口碑文字，皆盛传此园与雪芹有关联——有的说雪芹曾为建园之设计者，有的直截了当，就说随园即是大观园。

但大观园是一处“府园”，中国传统文化中的“后花园”是也；而随园却在空山之中，连园墙也无有，树木盛，因而鸟也多，夜里不知何名的怪鸟叫声可怕，袁枚的众姬妾们都抱怨：不是人住的地方！——这情景见于乾隆人舒坤的记载。你看那像书里的大观园吗？

再说袁枚年纪比雪芹大，而雪芹从几岁上离开南京随父回京了，他如何会为袁枚去盖园子？

所以我不信那些传说。那么，雪芹与随园的关系之说又如何发生的呢？

这倒不是空穴来风，无中生有。雪芹确曾是随园座上之客。这个随园，不是那个随园。它坐落在北京西直门内稍南，地名“官园”。

这是怎么一回事?

原来，这随园就是慎郡王府的花园。慎郡王是康熙帝的少子，名叫胤禧。他是一位贤王，书画皆工，人品高洁，迥异于富贵俗人，平生不与贵显交游，过从者皆是寒士高流、逸才隐秀。

他与平郡王是本宗好友。平郡王福彭，是雪芹的姑表兄，曹寅的外孙。平郡王家的政治命运直接联系着雪芹家兴亡荣辱。

慎郡王最尊重旗籍诗人高士李锴——隐居在盘山豸青峰下，不与世通。他的诗集里却有一首《随园雅集图歌》，描述了慎邸此园的景物与座客——其中就有一位嗜酒工画的曹郎。这就正是曹雪芹了。

雪芹在他书中所写的“北静王”，就是指的慎郡王胤禧。

雪芹在书中称此王为“水溶”。这是何义呢?

原来慎郡王卒后无嗣，乾隆就将（自己的）皇六子永瑢指定过继给胤禧一支作嗣孙，以袭王爵。所以雪芹运用了“永瑢”这二字的字形，化为“水溶”，以代指隔辈的慎郡王。

然而，这看似曲折而实又明显的“手法”，当时的读者却是入目可悟的——所以高鹗、程伟元这一伙炮制伪“全本”的人终觉不妥，就偷偷地把“水溶”给改掉了，若非古抄本发现，就谁也猜不透这一切奥妙了。

平郡王福彭为人正直，雍正要杀害御史谢济世，放到军营去“效力”，以抓新的罪名，可是福彭救了他，而且聘为府里的塾师，教育自家的子弟。因此我推测，雪芹也受过谢御史的教导。

慎郡王极重谢之为人，想一见，烦福彭致意，谢御史立身峻洁，终不肯应命——因为那时皇帝忌恶诸王私自结交名流，怕他们生有“异心”，扩张声势影响。

平郡王是努尔哈赤的儿子大贝勒代善的后代；慎郡王（即皇家一系）则是代善之弟阿巴海（后称皇太极）的后代。代善功高，本来应居帝位，可是他让与弟弟，而且一力支持之。曹寅的大女儿，是康熙帝的好心，授意指配给福彭之父（名讷尔素）的，成为曹家的至亲，也算“皇亲国戚”一级了，这都是我们近些年方才考知的。

雪芹与慎郡王有交往，即此方可理解。

诗曰：

少年藩郡好丰仪，公子知音慎郡期。

莫向江南认隋氏，随园本自在京师。

隆福寺和隆福寺街

老北京东城最大的名胜古迹就是隆福寺，老百姓口中只称“东庙”，与西城的“西庙”（护国寺）齐名并列。

“西庙”我只到过一两次，赶上的“盛况”已是空荡荡的大殿内一个孤零破敝的侍者，官服肃立于阶下，面北向；还有两座元碑。因无可看，又住得远，就不想再去瞻仰了。而东庙却是我常到之地。

我喜欢东庙，有多层感情关系。重要的《庚辰本石头记》抄本，藏主徐氏就是得自此处。我得雪芹的“快绿怡红”印，也是在这里，别的且不必赘述。

我所见的东庙，其实只有一个前山门和一个后门。当中的正、配殿都是拆空了的，摆满了货架子。另外一大片隔开的古殿不是通连的，只开过短期茶座，那是明代的“南内”，气势犹在，记得有汉白玉雕栏，其他不开放，不知有无遗物。

在正门后门之间，一度辟有曲折的小通道，偏设于西侧，沿此“走廊”曾有各色京味“小吃”（此名甚俗，不喜用之），记得有一家油酥芝麻糖烧饼和冲茶汤、油炒面，质量甚高。也有过一小间“锅贴儿”，食客落座临时旋贴，只卖一分钱一个。

但我真感兴趣的不是吃，是“廊”内的民间手工艺的小玩艺儿，年时节令的耍物之类，例如小风筝、儿童木刀枪……一次我竟买到久已绝迹的木刻板《升官图》——这是大年夜家庭娱乐的典型嬉戏花样，名目有点儿俗，可玩起来笑料百出，妙趣横生。

可惜的是，这些珍贵的民族艺术之出现真如昙花一般，不知为了什么，当时的商店安排是“不断折腾”——过些时再到一看，大拆大改，好像“改好”了应当不变了，其实不然，三次再到，刚改设不久的“建置”又都变了样。所以今日追记，要想细细按先后，几度更张……

那是谁也没有这份儿记事天才的。

我每次进那古庙仅存的原山门，足下踏着那被万万人的鞋底磨平磨光的白石门槛，便想象着无数良辰都人士女拥拥挤挤、熙熙攘攘地走过这一石槛的盛况，那种气氛别的场合绝对无有可与伦比，也无法“描写”。门洞两旁空处，应是入门的两尊巨大神像站立之地——此外，连可供“想象”的文物遗痕亦无一丝可寻。

幸好，我初得“逛庙”之时，各大空殿（遗址，已非殿样）还列满了古玩货架，铜瓷玉木，无所不有，真令人感受“琳琅满目”、不暇迎接的惊喜快乐之情。那儿，只要你有鉴赏眼力，好东西尽有，而价并不昂贵。一串极古的（还带“原始形制的”）玉珠挂链，数十颗之多，也不过标价千元，那“珠”还作不圆，是小方柱形，当中典型的夏商时代的大穿孔，玉已在地下埋过几千年变得像石灰色——内行名之曰“鸡骨白”……只此一例，其余可知。

我喜获“快绿怡红”印，即在此时期，我曾记小文（见《红楼梦新证》）。那个摊架上下层是一大批石铜印章，美不胜收；我取看了几方——忽然发现了这一颗古印，大喜！价只要五毛钱。那售者不知此等印的价值，也没几个人会买旧印，故价格奇贱。（但居然有人写出大作，说这是有人特意作此“假古董”，专为骗我云云。这真匪夷所思，“作伪”者又没送到我眼前“推荐”，我这个“顾主”也不知隔多久才到彼一游，他怎么“专骗”周某某人呢？世上怪论是到处皆有的，不必惊讶可也。）

且说此印经数位内行鉴定，一云“确是古物无疑”；一云（说时面带惊奇喜悦）“印比雪芹的年代还要早！也许雪芹倒是运用印文，而不是印因《红楼》而制”。一位谛审，印纽上有土蚀所粘砂粒，判明是出土的（即曾入土埋藏甚久者）。

可惜，这一时期过后，货物变成日用杂品，又变为衣服……我对此一无兴趣。再过些时，那儿就成了“人民市场”，又盖新楼，千篇一律的“百货大楼”式的玻璃货柜，一片现代味儿。现在呢，又经何变，我已不晓了。

上东庙的情趣，不指庙之本身，实际包括庙东的一条街与庙前的“空场”——“热闹市儿”，有过鸟市，包括猴兔等小动物。最重要的还是隆福寺街。

这条街虽不算大，特色却强烈引人，我称之为城内的“小琉璃厂”。这儿在我能寻游之年代还有著名的修绠堂书店。清代的刻书印书活字“聚珍板”小说类，也出在这街上。

如从街东口入，那时把路口的还有小牌坊的遗痕。路是石铺的，进街有“石级”感。口北尚有一家“崇光阁”，是个旧书店，也有古砚文玩小品可以碰上——有一次见二古砚，品格甚佳，一是元代名家吾丘衍旧物，镌有二印，底有草书铭，字多而刀法流利不凡；另一为绿端，古夔纹为砚池边饰。我不敢问价，摩抚爱赏玩了一晌。再去就没了，问老掌柜的，答言卖了。我问多少钱？答云：三块钱一个。

我听了，十二分后悔上回没问价——因为我口袋里还有这六块钱！

进街后南北两侧都是古书店，有的已关了门。往里走，有各色京味小店铺，吃食，文具，修笔的，还有两家花店，门口摆着宜兴砂盆，零块的山石盆景……便有别处所无的雅趣与“文采”，令人目赏心游，十分快意。

后来——后来，这些可喜的残余京味，一个一个地没了，变了，改造了，面目皆非四个字最为恰当之形容了。许多门面挂着木板子——是关闭标志。

这也罢了，忘记哪年了，我因久未再到，鼓起兴致与勇气，想去一看。及至到时，吃惊不小！——整条街两侧所有店门“改进”了，每个店里挂的都是女士服装，街上游人顾客是年轻士女、时式人物——我走在彼处十分“扎眼”，太不“谐调”了！

我回来后很不是滋味，写了一篇“激烈”的杂文，发在《民主》杂志上，对首都的这种商业“结构”与文化“消亡”表示了气愤。

当然，这无非是老书生的一点“感触”罢了，既不合

“时宜”，也毫无用处，人家读了会发笑而已。

以后再也不想到那地方。

现时，听说又大改变了，从“东单”到“东四”一片都拆改新建洋楼大厦了。许多老胡同也从地图上归于乌有了。隆福寺——今后人不知它是怎么一个乏味无聊的东西。

诗曰：

东城东庙最繁奢，也似东京纪梦华。

不敢重游惭老丑，店门全改女装家。

东岳庙与《红楼梦》

在北京住了几十年，也算个“老北京”了，没逛过东岳庙，也盼了几十年——因为庙是机关占用之地，早不成庙矣。没想到，虎年的大年三十，竟然得遂一游之愿，心中着实欣慰不已。

北京旧日有庙二千余座，一条胡同里都能有一个小小的庙宇，设计各有特色，是一项不易评价的文化现象：说它好，像是“提倡迷信”；说它坏，无奈每一处寺庙，无拘大小释道，都是一座中华艺术宝库，都拆毁了，真令人心疼不已。在每一个小庙里，从建筑、塑像到壁画、供桌、幡幔、炉鼎、钟磬……，件件是可爱可珍的民间工艺大师的心血结晶，让我留连不忍离去。我这种矛盾心情很强烈，比如我所住的胡同和附近的坊巷，见那小庙的痕迹还依稀可辨，只是有的拆光了做了制作白灰浆的空屋。这还算“好”的。有一处道观，雕镂木门窗极为工细别致，可是路过一次见它变样一次———最后呢？最后成了厕所。

闲话休提。如今且说北京最有名的这座东岳庙，其名声远及于全国，每逢庙期，竟有从江南来进香的专船。

我对东岳庙感兴趣，原因是多层次的：

第一，北京寺庙以佛寺占了大多数，中华本土的神庙，以东岳庙最为重要。佛寺宣传的是西方乐国（所谓“极乐世界”），而东岳庙正相对，尊奉的是东方大帝。西方主寂灭空无，而东岳主生成发育。

东岳本指泰山，泰山是五岳之一，但唯独东岳为天下所奉，不限一方，此为独尊——就因为此神象征生命之源、岁序之首，自古封为“天齐大帝”者，正由于此。老百姓也不称什么东岳庙，只叫天齐庙。

第二，此庙建于元代，神像出于第一名塑大师刘元（亦作刘銮、刘蓝）之手，世界无二。

第三，此庙有“三多”之号：古木多，古碑多（至少百余），塑像多——竟有一千多尊！

这种多神之庙，是研究中华民俗的精华聚处。

第四，此庙与《红楼梦》颇有关系。

若问东岳庙和《红楼梦》又有何干？答曰：不但相干，而且不止一端，而且十分重要。也分述如下：

第一，秦可卿之丧仪中，所延僧道超度亡灵时，请的有“道录司”的正一真人。道录司是当时官方所准设的道教主管机构，在东岳庙内。

第二，当曹雪芹写到第八十回时，就是宝玉来到天齐庙的故事了。

天齐庙本在城东，朝阳门外——百姓也只称“齐化门”，是元代古名。可是曹公子却说宝玉是“出西门”去上庙，何也？这是故意瞒哄读者，而且老北京西郊“董四墓”（产桃最佳）一带确有一座“西天齐庙”，这证明雪芹是一概熟悉的，方能在笔下小弄狡狯——而南方人不知老北京的事，还讽刺说“出西门”是讲不通的，以此才“证明”《红楼》没一句“真实”云云，可真是上了古人的当。

雪芹还特笔写到，宝玉生性怯弱，害怕看天齐庙里的狰狞塑像。

这就又是东岳庙的最大特色，它的驰名九州四海也正由此故。本来庙里众神无所不在，其像共有一千余尊，姿态神情，各极其妙！观者无不神移心动。善像慈祥、庄严、华贵……，鬼卒则极为凶恶丑怪，令人心惊胆战。大东岳庙有著名的“七十二司”（此为俗语。据专家云实有七十六司云），塑像确实各呈怪异之状①。

第三，雪芹的幻笔奇墨写出一个“太虚幻境”，“太虚幻境”的想象构思，全由此庙而得来，因为山门外有大牌坊，庙内有“七十二司”：所以雪芹在第五回书中写的，幻境之入处先是一座大牌坊，进去之后就有“薄命”“朝啼”“暮哭”“春愁”“秋怨”……诸“司”，完全是这位文学大师的艺术联想——他的意思是说：俗人以为“冥界”有“七十二司”掌管人们的生死命运，我则“创造”一个警幻仙姑，一个“幻境”，专掌女儿的悲欢聚散、存亡命运。

这个见解是邓云乡先生首先提出的，我以为十分确切，深得雪芹先生的文心匠意、哲理神思。

第四，庙的后殿是寝宫，那东岳大帝之娘娘（圣母）的居处，宫内塑有百余个侍女，各执其事，姿态百变，如生欲动，成为奇观。此一景观，也是给予曹雪芹要写一百零八位女儿（总名单列为《情榜》，在原著卷末）的艺术启迪，或者说是灵感的源头之一支。

由于这么多的原因，所以我久想一看此庙的实际。但多年来无法如愿，直到去年（一九九九），这才得以一游，因为现已辟为京师的民俗博物馆了。

实际上，这残破不堪的古庙，仅仅修葺“房框子”，已需投资数百万巨款。“七十二司”，只补塑了有限的几司的神像，正殿也有了大帝的尊仪。月台下只存残碑数座，也是精工修补以后的成绩。全庙只开放了三进院，再后面尚在修治中。

如今的修复，视古难以望其千百分之一，但经过数年的经营缔造，达到今日之境地，也非容易，所以我们论事不应苛求，一切要实事求是，事分两面看，方有公允的评价。

庙的山门和“前脸儿”早已因修马路拆去，现存隔街的大牌坊已是琉璃瓦的，并非原有的石坊。但正殿四周环抱的七十多司，幸存全貌，也已配上了匾额和对联。

看一看这种规制，他处所无，深信邓先生之说是个大发现——这儿是雪芹到过的胜地，庙的形制与惊人的名塑使他产生了艺术的奇异联想构思。此即后世所谓“原型”“模特”。但能解此义此趣者无人，还将“太虚幻境”说成了是“大观园”，是“理想世界”乌托邦……云云，那就是洋套套了，对中华的历史风物、国人的信仰心理等等一无所知了。

至于道录司的遗痕，已不可见——也许还在后院里。

据传清代皇帝每年“谒陵”拜祖，要到京东遵化州去，例出朝阳门，要到东岳庙进香，故庙中还设有一处“御座”的休息小行殿。

老北京津津乐道东岳庙香火之盛甲于天下，也是奇迹。据传庙会之期，香客云集，“排队”可以排到东四牌楼，有十里之长！进香根本无法入庙门，只在此门以外，有巨大焚炉，光照天地。四方的“灶火”（民间“出会”“过会”的）旗幡如林，鼓乐喧闹，万人拥动。这种民俗盛况文字难以形容。

因此，我游东岳庙，觉得格外意蕴丰盈，兴味奇特——这是民俗文化艺术，不是简单的迷信二字可以解释、解决的。

我年过八旬，幸得一览遗型，虽所存不多，也深以为幸。

诗曰：

天齐大帝像巍巍，最是腾声七二司。

百女寝宫惊百态，太虚一境古今奇。

［注］

① 据北京民俗专家说：东岳庙的诸司与“阴曹地府”的“七十二司”，本来无关，因附近另有一个阎罗庙，内有七十二司，方是“地狱”刀山、剑树等惩罚恶人的塑像，十分恐怖，而且有的鬼卒装有机轮能够活动。而日久俗传遂将此二者混为一谈，将“七十二司”归属东岳庙了。今非考史，在小说中变通运用之例甚多，不必拘迂于一义可也。

上元佳节访芹居

寻找伟大文学家的故居遗迹，是一件极有意义和兴味的事情。谁都想知道并且看一看曹雪芹从南京来到北京之后的住处究竟在哪里。看看有什么用？这倒很难说得明白晓畅，条理粲然。人总是要过文化精神生活的，看看素常倾慕敬仰的历史人物、文学大师的故居，会引起一种丰富的想象，我们在此徘徊瞻眺，留连不忍离去——这处地方便能寄托我们久蕴于怀的无限景仰、怜惜怀念之情。人若有了这种感情，自然爱自己的国家，自己的民族，自己的文化。那时，也就不再是限于一人一事、某书某史的个别的事情了，换言之，故居就绝不仅仅是一处“地点”“房屋”或者“院落”的问题，其所关岂为细乎。

自从发现了一件档案，载明曹雪芹家在雍正六年因获罪抄家、拿问回京之后，已无立锥之地，后经人帮助请求，才“赏给”了一处住房，共有屋十七间半，坐落蒜市口——这是我们第一次“找到”了一个雪芹住过的确切地点。档案发表后，我就在甲子元年的元宵节间走访蒜市口。

那一次，不能说毫无收获，但因不懂古建筑，无法做出比较接近实际的估计。从那以后，我就订计划，邀请一位专研古建筑的老专家，再往续探。由于他非常忙碌，要到各地去踏看、开会，因而直到两年后的元宵节，这才得以同赴蒜市口，恰好一周年。住在北京，虽值上元佳节，了无节意可赏，我们值此嘉辰，同访芹迹，这却比赏灯看会另有一番况味。

有了老专家的协助，果然与我这外行独往是大不相同。这次的收获就大多了。

蒜市口，位于北京崇文门外（由内城通往外城的三座大城门的东面一门），顺着花儿市往南，走到尽头便是。论范围，这地点实不算很大。论情况，房屋拆改也还不是最多之处，但那变化也是可观的。我们得到居民的热心合作，给我们指点。我们进了很多家住户的院子，房主们无不表示欢迎接待，有问必答。

这样，我们经过观察比较，初步找着了一处小院，建筑旧迹尚存，布局风格未改，而且问明未加改建以前的房间数目，正好是十七间！老专家认为，这处地方，值得注意研究，他准备继续探索，并绘出图样。

甲子年的元宵节日是这样度过的，倒也十分新雅有致，为此作一首七律，以作纪念：

上元佳节了无灯，蒜市重来问古行。
椽桷已迷原覆瓦，轩窗忽显旧镂棂。
天衢路改寻常陌，地藉祠荒力士营。
十七楹间欣可数，主人好语最堪听。

游园访碑记

团结湖公园离我家不算远，可也难得一游，因为我年纪大了，加上眼坏了，过马路都像“过关”——那“车水马龙”的交通形势可真让人提心吊胆。没想到，一位友人定要带我去，也赶上女儿假日有空，遇上难行之“路”，可以扶持，一切无虑了。我们“一行三人”，列队而行，“浩浩荡荡”，直奔那处湖园而去。

从“九路车总站”桥西一条垂柳夹岸的河边而往，柳丝荫下，绝无另外的过路行人，心中有些纳闷儿。

友人问我：“看得见河里吗？”我说：“我想象那是绿盖红莲吧。”他掩鼻而笑：“那水面盖满的是垃圾，发了酵，散出奇臭，水是黑的……，我不敢看，心里恶心……”

约一里许，河“景”到了端头，这才发现：此路不通。

拦面是一堵红墙，上岸则是没有门的铁栅栏。要返回，那可就有园难游，腿力不济了……

幸好，墙与岸栏留有五寸之隙。友人身强力壮，跳了过去，又把我竟是“抱”了过去。

小园子布置不俗，管理得宜，清洁爽利，我很喜欢。

我对友人说，这园子我最欣赏的有两处：一是湖岸古碑乃康熙盛世之遗物；一是跨湖的洞桥高拱，而且桥上有亭，颇有《红楼梦》中沁芳亭的丰姿境界。

进东门，穿石径，穿月洞门花墙，便是循湖的游廊，不华不侈，不壮不陋，正宜倚柱小憩。顺廊绕步，一步一景，正行之间，友人已扬声告诉我：看见石碑了！

石碑本身巨大，再加立于岸边高坡上，分外雄伟。纯洁上等汉白玉，底座大海龟，雕制精美。石料取材不易，那巨身是一整块，头颈是另一块，用大铁锔子联在一起，铁锔作银锭形。

我摩抚白玉，爱不释手——尤其巨身前半（颈后），已被儿童长年累月的骑跨，磨得极其光润可爱，简直与玉无异——我想象如加以更久的摩抚，也许会出现“透亮”的质变。

因此而悟：我们中华文化从来不重一时表皮的现象，而是专重理解、发现事物的内蕴，久而方显，久而更新——斯为大美至美。浅薄之人，是永远也享受不到我们这种文化之大美至美的。

这座石碑，历劫独存，而且如此完好，实在可珍可贵。碑主是谁？因何而立？早想知晓，而无记载可查。这回好了，友人目力好，把碑阳碑阴两面的汉字全录下来了，大字抄清，供我研考。

当天夜里，我就查明了，喜报友人。

原来此碑是康熙四十八年腊月初八日玛尔汉为父所立。玛尔汉是正史上的记名（满语记汉字），而碑作“马尔汉”，此人兆佳氏，满洲正白旗，官至经筵讲官、议政大臣、吏部尚书兼佐领。他于是年告老退居，乃为父“额公”建碑，而诰赐的官衔，即以子贵——赠子之官于其父之身后，以为荣阶，此乃清代制度。

马尔汉，是额公之次子，兄名马库。马尔汉一生的功业，有文有武，武的今不详叙，单说文的。他曾随索额图（大臣）与俄交涉边界——俄侵入国境正深，康熙以兵驱之，议和定界。在此一外交大事中，马尔汉“辞辨明析，俄罗斯人折服”，立了大功，康熙大帝闻后，非常称赞他的才干，迁升了官位。

马尔汉为父立碑，地在朝阳门外约七里之遥，这东郊一带正是正白旗的辖区，一切合符。

马尔汉少时做过一等侍卫，与雪芹的曾祖曹玺为“同事”。马尔汉的年辈略长于雪芹祖父曹寅，也做盐政官，乃是河东，而非两淮。他们两家非亲即友。马尔汉之孙，有一个名叫佛保，颇有关系，今次不及详谈。

曹玺也是尚书级，他若立碑，应与此同等规制——可惜已无踪影可寻了。

碑上列名的“曾孙”中有一个名叫赵成，这使我疑心满族的“兆佳氏”本是金人掳往东北的宋朝皇帝的后代。“佛保”如非重名，记得与曹、李二家有亲。雪芹的伯母马氏，人们猜测了许多马家的女儿，是否也有可能是马尔汉家的姑娘？这须等待专家考证了。

坐在桥亭近旁，柳影清波，良朋对语，同时心里想着那座大碑的历史，这真是尘器喧闹中的一大清福——难得常来一享。

诗曰：

湖畔丰碑识纪年，康熙盛世事如烟。

波间亭阁登临处，花沁芳溪正可怜。

渌水亭荒尚可寻

纳兰成德，饮水词人，康熙初期明太傅（明珠）的贵公子，这已人人尽知。文学史上也记载他是清初满族的著名词人。但除此而外，还有什么可说的没有呢？若答此问，人们大约就举出一个渌水亭来了。

这是因为，他除了诗词传世，为世所知的还有一部随笔集叫作《渌水亭杂识》——“识”要读如“誌”，即“记”的意思。

这部书值得一读。我每次翻阅重温，都会引起很深的感受，对纳兰公子的学识钦佩不已。他那时方及三十岁，而学力之深厚，见解之高明，所涉经史人文地理书画音律以及考订纠误，范围之广，审辨之精，皆令人叹为难能可贵——我自己回忆：三十岁时只不过还是个一知半解的“大孩子”而已。古人真不可及，只以一个词人视之，太浅看他了。

近年颇有学者讨究，渌水亭到底在哪里？

“渌水亭荒不可寻”，清人早有此叹。多数人根据乾隆时吴长元的《宸垣识（zhì）略》把此亭的遗址定在郊西玉泉山麓。可惜吴氏所记欠妥，贻误了后人。最近有了较精的考索：它根本与玉泉山无涉，就在什刹海北岸（偏西）的明珠府门前。

纳兰有一篇诗，题曰《茅斋》，起云："我家凤城北，林塘似田野（yǎ）;蘧庐四五楹，花竹颇闲雅。……"这正是当时后海北岸明珠府的风貌——那一点儿也不是后来与现在的样子，而是一片野水，岸边都是稻畦农圃；而且林木交杂，"塘"的水面要比后来宽广数倍。

他的茅斋在相府中只占四五间屋，也很矮小，故诗云"容膝"。这还不是亭榭，与渌水亭的位置不在一处。

"我家凤城北"，是说家住京城的偏北一面（即北城）而不是指京城的北郊——这正如《红楼梦》中题大观园的薛宝钗起句即云："芳园筑向帝城西"，是明言此园位于京城的偏西之地，而与"西郊"无涉（是府之后花园）。

至于朱彝尊的词《台城路·饮容若渌水亭》，是吴长元等人误读而错解，朱本无可指责，因为他将玉泉与相府连在一起题咏所云："一弯裂帛湖流远，沙堤恰环门径。"那是说：京师西北郊淀间，号称"万泉"（泉水随地涌出），或则汇于瓮山昆明湖（今颐和园），或则成为裂帛湖位于玉泉山之东，然后由此湖水迤逦流向京城西北为高梁河；至德胜门以西，从水关而入，又汇为什刹三海，——而在此"海"之岸，即是相府所在，那"沙堤"一句，是用唐代赐宰相下朝回府、特命筑一条平坦的沙路，以便他骑马归家，是一个明确的相府典故，这与"郊墅"根本不相联涉，不明词人语义，又不明京城水系地理，遂以为渌水亭远在郊外，去事实太远了。

其实，“渌水”一名，暗用“荷出渌波”的古句，是指什刹海中荷花之景色。早先后海盛产支荷，所以才又有“鸡头（支）池”“莲花泡子”等别称。亭在后海岸边，本甚清楚。其后，湖面淤塞缩小，岸边之亭也就成了府园以内的建筑了（有人考论，亭本未迷，不过后来改名为“恩波亭”了，实际即仍存于今日之宋庆龄故居）。

我要说的有些人是把朱彝尊的词读错了，估量还会有不服气的争论者，说渌水亭还是在玉泉山，朱词可据，云云。

倘若如此，我倒有个好办法，就是不引别人佐证，单单再引朱氏的文词，以朱证朱——说得“难听”些，好比“以毒攻毒”，这才没得可辩处——

且看朱彝尊悼唁纳兰的一篇《诔词》，此文甚奇：通篇四字为句，押韵而又换韵，格调在古风与赋体之间；他开头就追述，叙说癸丑年（康熙十二年）居通州时，纳兰有书札问讯，于是他在次年（甲寅），“改岁月正，积雪初霁；紃屦布衣，访君于第。……”就是第一次到他府上拜访，也就是后海北岸的明太傅府。

从此以后，直至文末，说的都是在此间相会的情景：“……花间草堂，渌水之亭：有文有史，有图有经，炎炎者进，或键而扃；缝掖之来，君眼则青。浮醪以觚，盛仓以笔。夜合惺忪，花散籖帙，连吟比调，曾未旬日……”

所谓“花间草堂”，即上文所引那处颇有花竹的“茅斋”——它和渌水之亭正联在一地，何尝与什么“玉泉山”有半个字的关系？

诔末说他闻纳兰染病，前来问病，只当病者尚在，谁知不然——“彝尊月朔，谓君尚生；问疾而至，入巷心怦！……”

请看，等到他最后前去探慰之时，那路程也还是“入巷”，即走进府旁的胡同。倘若是“玉泉山麓”，哪儿又来的“巷”之可言呢？

事实上，纳兰诗中也写及“郊墅”，那也与玉泉山无关，而是指海淀的自怡园，这与渌水亭更是风马牛了。

自怡园乃园林，名叫叶洮所筑，叶与曹寅、李煦也十分相熟，但说来话长，宜另文专述。这儿只想补说一点：文史考证的要求条件，十分高深广泛，学识才智，皆不可缺；历史实际是曲折复杂的，没有“两句话”说清考明的事情，故其事至艰至“烦”——然而有人不知此种文化学术的功夫何似，却一见辨析稍详，又不耐细读，便立即将己未明的论证冠以“烦琐考证”之贬词：世人又从而认为那必是一种“坏”的东西，宜“敬鬼神而远之”……

于是，考证成了“毒草”；于是，向来误者长误，谬者随谬，相沿而相“安”——天下无事，论文之肤浅简陋，反而能博取，赞扬。——渌水亭之例，微乎末也矣。

话归本题：考明渌水亭何在这么一个微末的小节又有何意义？须知，明珠在顺、康之际的巨大作用表层是“撤藩”政策的政治、军事方面的积极主张（因而受到器重），更重大的贡献却是深层的文化意义——清初的“文化重镇”在他们那儿是文化、文献、文物、文学的渊薮，是满族入关后将满汉文化做出大融汇大贡献的氏族之一。渌水亭者，无非是个“标志”题目罢了。

清史的汉文化大问题，牵连着几位名家巨姓如范文程，乃宋贤范仲淹之后；蒋赫得，是京东遵化被掳入旗的儒士；还有曹寅的姊丈傅鼐家，其祖额色赫是个大“文化通”，与蒋二人开创了清代的文化大局面——曹家所以能与额色赫家结为至亲，原由何在？是偶然之小事吗？有史识的学人，对此就又需下切实的考证功夫了。

辛巳新正初七写讫

西山寻梦

雪芹四十年华的后期，庐结西郊，山村笔墨，这从他友辈诗句中已然昭若日月，无待考论。但是这处“野浦冻云深，柴扉晚烟薄”的幽棲，究在何方？一直是个牵动人心的寻究课题——自然也是一种神驰意往的境界。回忆自一九六一年、一九六二年之际为始，二三“红”友开山伐路，为此探胜追奇，做了多次的实地踵访；回忆种种情景，意味深长，风光殊异；随着时序的推迁，社会的变改，当年的景象，已无复痕迹。今昔之怀，陵谷之替，不禁长吟王勃的名句：“闲云潭影日悠悠，物换星移几度秋。”所谓今如不记，后则何知，是以略书梗概，聊溯情缘。

这须感谢吴恩裕先生，是他首先访得了线索，不自秘藏，招邀同访——起初只是约我，再后还曾有吴世昌加入，颇多逸事可传。

但另一重要线索却同样珍贵。因为恩裕兄的访寻目标是“健锐营”，而这另一线索则是万安山——是当时天津市文化局局长涂宗涛先生提起。

涂先生能诗，也曾与我有倡和之缘，也是第一个胆敢请我到天津去讲《红》的领导干部（我是被“批判”的“胡适派”呀！）。他对我说：某年晋京，旅游观光至香山一带，车过万安山公墓，同车一位军人忽然说起：曹雪芹就是在这地方住过。

我当年对西郊地理知识太差，一听是“公墓”，便觉不对味，也不肯深思细究，竟把这话轻忽而置之不论了。

谁知一九八六年冬寓居美国时，却在报上看到老舍先生的一首诗，作于万安山下的红旗村（红旗是清代八旗之一），自注中提及那儿传说是早先雪芹曾在山上的法海寺当过和尚。这让我想起涂先生的旧话，但仍然不明“公墓”和“山”的关系何似。

近时又读到严宽所著《槐荫堂随笔》，见有一文，题曰《万安公墓琐记》，据此方知公墓取名于万安山，墓即山之东侧。公墓乃当代之事物，自与往昔无关；单说万安山，却有一段故事。原来远在元代，山上即有古刹弘教寺；寺内来了一位万安法师，德高望重，为山下村民驱邪疗疾，深得百姓的崇敬；为了感念高僧恩惠，遂将此山名为万安山。而公墓是正对着弘教寺的方位。

我早先不知此情，只是循着老舍诗注的指点，与友好去寻找法海寺；寺在万安山上，早已荒废，只一片瓦砾标记着明代的残痕。及至来到寺之最后边，见是一面天然石壁，上面大书深刻四个楷字："弘教禅林。"于是一切都吻合无移了。

然后，这才可以讲说曹公子的事迹。涂局长与老舍的知闻，已不谋而合。但还有佐证：一九六二年、一九六三年之际，北京市副市长王昆仑先生的秘书周君啸邦，在西郊遍访雪芹足迹时，曾获得线索，即杏子口、南辛村一带，有传说雪芹曾居于此山的"小营子"左近。而杏子口、南辛，即是万安山旁，小营子就在山上——是乾隆时俘虏的金川"土番兵编营驻扎之地"（土番一名，亦见于《红楼梦》）。

奇巧还不止此。在辅仁大学的老工友王文志，为生物系到西山去采集标本，记得一次走到"香山后街"，入一小饭铺歇脚进餐，铺主老夫妇二人自家对话时，忽然说起："我们这铺子原来是曹雪芹的老地方。"这真是石破天惊——"踏破铁鞋无觅处，得来全不费工夫！"

我知此一信息后，十分兴奋，本想请王老人共同去寻访他早年的那个地点（其时他已八十高龄），不幸未及，他已谢世。后来，我又烦一位军人同志到那一带去踏寻觅访。蒙他走遍了那个区域，结论是：只有南辛村有一小街名叫“后街”，别无二处；街之尽头即是山坡了。

“香山后街”即南辛村的街，这真对了，因为南辛村即在香山之南侧。

经此多层互证，我们可以下个结论：雪芹有一个时期曾居住万安山，山上山下，皆有他的履印。

这个明白了，再回来讲健锐营。

恩裕兄访得了健锐营正黄旗，有一张永海老者（六十多岁）曾听到过一些曹雪芹传说，便邀我同访一聆，以便评判所述是否有历史价值。那时往返一趟香山地带，可非易事，没有私人汽车，“公交”达不到；他只得向文联求助。幸得如愿，晤见了张永海。在他小院里放一张饭桌（矮方桌），四周坐凳子。恩裕夫人骆静蓝做记录。

张永海讲的要点如下：一、雪芹住过镶黄旗后（北）的小营。二、从镶黄旗向东排，挨着的就是正白旗。三、他遥指一所较高处的整齐房子说，那是“正白旗印房”，即掌印小官的住房。四、再东是佟峪，高处有关帝庙，小酒铺；再东是“四王府”（地名）。五、往北有“红门”“黑门”（皆庙宇俗称），那儿有竹子。六、与雪芹同到香山的有一位鄂（ào）比（记音），二人是好友，也能够画，他们是“一案”而来的。

再一次重访张永海是为了寻求雪芹墓。据张云，葬在“象鼻沟”。于是开车而往，由张指路（坐司机旁）。不想那儿有驻军，不准通行。费了很大周折，证明往者诸人的身份；但终未抵达张所指之地。

那时的“健锐营”一带什么样？四十多年过去了，今天的中年人已无法“想象”。

那时的景状，还与张宜泉的诗意依稀仿佛：“寂寞西郊人到罕，有谁曳杖过烟林。”那处大军营，四周墙垣、角楼，早已荡然无有任何痕迹，只有山坡上尚存残破碉堡，无人一顾。所经之路，地面上布满了大大小小的“石头子儿”——属于鹅卵石型，但不规则；其色多为青碧，亦偶有深绿的佳致；其质虽非十分细润，却不同于粗砺。我们只能踏着这些石头，有点儿费力地谨步而行。眼得看着它们——不时捡起一枚“品赏”，不太好的随手扔下，可取的带回几块。记得恩裕兄像入了迷，连石头也带有“芹味”，所以他回家后花了大力气，竟将中意的一块磨制成一块雅砚，成了他的文房之一宝。

我很奇怪：这么普敷遍布的石子儿，再去看时，竟然扫地而光，如铲如洗！是何人、何力、何意将这样的西郊特色消灭罄尽的？那么巨量的石头都到哪儿去了？真是“神力”不可思议——大约就是“整顿”“清洁”“卫生”工作的成绩吧？

卧佛寺旁侧樱桃沟，原先的无数奇石，也是同样命运，再也不见了。空空荡荡，汽车需要开到里边“游览”呀。

及至稍后我与家兄祜昌同往时，见“小营”后难行的“荒径”已成“马路”——那时正白旗印房还未被姓舒的教师住入。去看了佟峪，我们注意的是这一方山村旗民的生活景况——

营盘早荒废了，尚存的营房即是民居，他们就是八旗兵的后代。他们用树木枝条编成“院墙”，分成一个个小院子，院与院间留出窄“巷”通行。隔着“篱墙”可以看到那些旗兵后代的男妇家庭在忙着晒晾衣物，或准备菜……他们的相貌、衣着、语音、行止，都与一般汉民不尽相同，还保持着若干特色，令人感到别有风味——我们不是“考古”寻找“活化石”，而是要从这儿体会出一些当年雪芹山村生活的“遥影”与“遐思”。

近些年，久无机缘旧地重游，一切了无知闻，想象变化必然也同别处一样是十分之巨大；我揣想，上面的情景也许如同石头子儿那样全部扫光了吧？若不出所料，看惯了现代红砖洋楼的今日之人，怎么可能知道我之所历所知——更何况三百来年前的况味呢？故作此小记，以飨来者。

末后一点说明：传说中曹雪芹住过健锐营，是指这三个字早已成为海淀区地名的地理范围，不再是专指那处乾隆十几年上才刚刚新建的巨大军营的本身。这种含义之异同，今天也是不知分辨的人越来越多了。

诗曰：

绿水青山曲径斜，薜萝门巷访芹家。

山村落日柴扉薄，隐约军营响暮笳。

故王宫府见沧桑

（上）

题中“故王宫府”一词是引用咸丰年间安徽一位诗人的原话，他晋京游履所至，到了一处撤废的旧王府，邻境有“清流激湍”（王右军《兰亭序》名句），后有“僧寮”佛院，而《红楼》葬花冢，就在此处。……

叙写得令人神驰而意往——这是哪里？能找到而一作“身临其境”之谋乎？

答曰：这就是今之所称为恭王府者是也——不过情景之变改，已然有若沧桑之难以辨认了。

原来，这个府的“前身”来历，可说是十二分的神秘与迷离，它所处之地势，是四面湖河环抱的一个“孤岛”，西南方旧地名有“人头井”与“鬼门关”（后改龙头井与贵人关了）；南北口名叫“关防口”（后讹为官坊口），是“关卡”不得随便出入的名称意义。而今之前、后海（海子，金、元时代称浅水湖泊之异名）在清代还是内务府奉宸院所司掌，民人是一点湖水也不许取用，公主、王爷之府邸要“引泉”入园，也得皇上特旨钦赐。

你看，这块地方可不同等闲之境吧？其中原由奥秘，至今尚难尽晓，绝非如某些人所说的那么简单“机械”：据云今之恭王府只是乾隆晚期和珅自己修造的住宅，——宅后也无花园，是一条胡同和隔巷的一些民居住房。

事实上，这地方的历史可谓源远而流长：在金代是京城东北的一处离宫别院，名叫“万宁宫”。到元代海子是南船北运可以直达的“终点码头”，湖面广阔，四岸多有名园甲第。明、清时代湖面淤缩，船不能达，遂形成稻田荷荡，鸥鹭翔集，一片“江南”野趣，为京师唯一的一处别境大观。

至于这个湖河环抱（名曰“蟠龙”水）的“岛”，万宁宫废后到明代建为大慈恩寺，是皇帝“临幸”之地——取义是要与唐代长安的名胜“曲江”、雁塔慈恩寺（玄奘译经处）相比映。寺之规模宏丽，寺后附有花园景色。至今仍遗留的古地名“三座桥”（又名越桥、月桥）是自南进入寺区的三座大虹桥的史痕。

后来寺废，改为一座为宫廷制作诸般织品器物的“厂”（今仍有“厂桥”之地名）。就在这儿，清初雍正阴谋夺位，他得势后“整治”的第一位弟兄名叫胤禩，是反对他的“政敌”之一员，胤禩府就是今恭王府东邻的大府邸，民间父老相传只言“东府”，不言其“主”名。此府一直废，以至最末沦为零散民居，遗迹早不可辨识了。

但世代沿称的它的对面的另一大府，就叫“西府”——也不言其“主名”是何如人氏。

这“西府”，就是与“东府”同样古老、同样品级、同样命运的“神秘之府”——即恭王府之“前身”了。

恭王为府主之前，是庆王（永璘），庆王之前是和珅，和珅之前是无主废府，“主名”是谁？如此神秘而忌讳不言，久而遂迷、了不可考。这个老府主到底是谁？极是耐人寻味——其中隐含了一桩特大事故，清代“官方”绝口不许触及！

这处咸丰年间诗人咏及的“故王宫府”，左有“清流”，是由后海引来的一条御河，自北而曲绕府之西、转东南而入前海（整个环抱西、南两面）——今已垫平，号曰“柳荫路”云。

那么，右有“激湍”又是何义？原来这御河入前海之水口有一石闸桥，水势湍急，响声震耳，故俗称“响闸”。响闸的真名是“万宁桥”，仍遗存了金代“万宁宫”的正名（有人编绘明清地图时，将“万宁桥”之名错按在直对鼓楼的桥，造成混乱）。

若欲了解恭王府的来龙去脉，必须先知以上各情。余者，再待讲。

（中）

考察恭王府的经过十分曲折，也异常有趣。其中最为耐人寻味的一段“掌故”就是府墙的年代问题——那是大师级古建、园林专家陈从周先生的卓识和高论：他说，府的西墙，年代不及东墙那样古老（在普通人目中，如我早年所见，站在李广桥西街，隔那一条带石桥的御河东望，府西墙也已很古旧了，墙基下还有一处“方框”形的引水入园口的痕迹），府东墙的“收分”（按即墙基座宽，逐渐向上则厚度收敛，如古城墙一般）形制是明代的，在全北京来看，唯有阜成门内帝王庙是与此相同——那年代是万历十年。

这一席话我记得最清。后来，府东墙发现了带字的墙砖上，分明有一行“万历十年”的字迹（入窑烧就的原字，不是后写后刻）。这一发现，“传奇性”地证实了陈先生的精鉴与无可移易的审断，令人无限钦服。他也指出府内东南一院的房屋有“小五架”木建筑，也是明代的确证。

既然如此，则可知那种“恭王府园（前身）只是乾隆末期和珅始建的，此前这儿并无府邸”的说法是完全无法成立的了。（只举此点，其他从略。）

这座大府，九道院落，恰与《红楼梦》中所叙符合，又是一奇。可惜的是九道大院子的最南一排，已被当时某单位之人拆毁，面目全非。

原来，外围是府墙，进府是东南角的“车门”，实在已是“府夹道”之内，不在街上。进了大门，先就看见一道屏壁挡住，上有琉璃砖瓦镶嵌的花纹图案。这是“二门”，看不见“内院”，哪儿有“一望到底”的府制度？

据叶嘉莹教授回忆，这儿是老辅仁大学的女生部，图书馆内尚存旧匾“多福轩”三大字，今亦无存——这取名恰恰就是太湖山石洞内康熙大帝御书“福”字的“点睛”之义。因为，康熙创书的这个“赐福”特殊写法的右半也实是一个行书体的“多”，巧寓“多福”的吉祥语！还有，慎郡王书的“天香庭院”。

这一切，都与和珅是风马牛之不相及。换言之，这已然显示出了康熙时代的重要史迹。

康熙时著名画家禹之鼎，为曹寅画过《楝亭图》，名流题咏殆遍。他恰恰又画过一幅《天香满院图》。图主误传为纳兰性德（见《蕙风词话》）。其实这不是明珠家的府中景色，我曾考论过，当与慎郡王所题“天香庭院”是一回事情。

（下）

已写了上、下二篇，意犹未尽。今再续缀前文，稍延新义。既然“恭王府”已成了北京国际旅游观光者的一项不可缺少的“景点”，则多说几句，或不算是絮絮无休乎？

谈论大观园的人都说“丈量三里半”的园子太大，与一座府园的规模不相应，所以是“荒唐言”，本无此园。其实这也是不知“借景”是造园艺术的一大要义。所谓“三里半”大，是借了前、后海这块“岛地”的形势而言的，在这“岛”上，早有花园了。上海资深红学家徐恭时先生帮我查寻北京老地图，就在一张清末民初时之图上找到“李广花园”四个字的标记名称。他大兴奋，因为这是一个极珍稀的力证。

鲁迅先生早就认定：雪芹的小说是“正因写实，转成新鲜”。其实，“写实”论者也从未主张过，一说写实，就否认了“小说”文学这个前提了，“实”者是主体精神意旨，写实的手法中仍然不时运用着艺术点染、穿插拆借，这并非什么“矛盾”，只在评论者的理论“通达”与否罢了。

这个“岛”，历代有名，所以直到乾隆赐大臣蒋廷锡宅（也在此处）匾额时，还是要用“蓬壶”这个典——海上三神山者，即三个岛也。

提起徐恭时先生，他对考证大观园遗址也有非同一般的贡献。他援引一位“老北京”的传闻，得知雪芹贫极时，住过马棚和“水窝子”。这是哪儿？经我与友人齐儆兄一同踏勘考察，原来“水窝子”就在今恭府之后的后海南沿，是一个仅存的古井，旧时卖水的“据点”——在大翔凤（原名墙缝）胡同北口外。

马棚呢？说来更有趣。

前海的西半，今填平做了“体育场”，场西隔着铁栅栏的那所住宅，原来是乐仁堂乐家的产业（后为郭沫若所住）。在乐家以前，那儿是“和珅府的马号”！

这是前海一带老居民王先生（一足微跛，持杖）告知我的。我一听，大为震惊——和珅府者即我们考论的主题，它的“后身”是庆王府、恭王府，而“前身”不可晓——正是《红楼》暗写的那大府院了，在那“东院”以南的“南院马棚”起过一回火，吓得贾母立时派人到“火神庙”烧香，火神庙正在前海的东岸！所有小说中一切方位，处处吻合，丝丝入扣。这就不是什么“巧合”一语所能了事的了。

若说“巧合”，还有更“巧”的。

北师大即原辅仁大学生物系老工友名叫王文志，多年前到香山后街采标本时，巧逢雪芹故居（那时他见的已是一个小饭铺）。他幼时听师傅说，曹雪芹在恭王府（原范围很大）北边的三间小房住过，那是仆人们每日早起聚集听分配差使的地方；而这三间房后来被辅大的一个管事的拆了，而曹雪芹的斋名叫“红豆馆”。

王文志老人（当时八十岁）的话，让我想起：在上海开会见过相传是雪芹字幅的印章，文曰“红藕花馆”，所谓“红豆馆”当是音讹的误传——因为，前、后海早先是一片荷花胜景，京师独一无二之地，而雪芹的“红藕”斋名，既是实景，又是运用宋女词人李清照《一剪梅》的“红藕香残玉簟秋”之句。这也正是《红楼》书中大观园之“藕香榭”一名的真本历！

前、后海，恭府前身，与红楼的关系，斑斑俱在。

有一线索，大可注意：雪芹逝后方得读到《红楼梦》原抄本的永忠，是康熙晚年“内定”嗣位人胤祯的孙儿，“胤祯”被雍亲王篡改为“胤禛”，夺了帝位，将真胤祯改名软禁在景山。而永忠写出“可恨（雪芹）同时不相识，几回掩卷哭曹侯”时，还住在“恭王府”遗址的一角，他诗中常见的“慈恩寺”，就在府后，即罗两峰画“小西涯”诸景中之一景。画册中的李广桥、清水桥、松树街等处实境，都是府的西邻，老地图也都十分清楚。

这就说明，永忠所居之“府”，还是他家老府的一个角落，地点正在我们的“大观园”范围。其事耐人寻味之至矣。

出版说明

本书是已故红学大家周汝昌先生五十年来在北京生活的记录和感触。作者在生活和治学期间，陆续写下了一系列细腻真挚的小文。为尊重作者写作习惯和遣词风格、尊重语言文字自身发展流变的规律，为读者提供一个可靠的版本，本书对于已经出版过的作品不进行现代汉语的规范化处理。

提请读者特别注意。

北京出版社